# 神農小倆口 3 完

安小橘 著

文創風 851

風文創
851

# 目錄

# 第二十一章

立春一過，村裡家家戶戶開始為春耕做準備，而宋平文則收拾包袱去縣裡參加縣試，郭浩然也一同前往。

原本宋茂山說要跟著一起去，後來還是被宋平文給拒絕了。不過一個縣試罷了，還讓父母親自陪同，未免惹人嘲笑。

縣試雖說不難，但是也要經過四至五場考試，每場考試隔數日才知結果，且還是通過上一輪考試才能參加下一輪的模式，因此需要花費好一陣子的時間。

宋茂山與田氏在家擔憂半個多月，就連宋平東都每日盼著，終於把宋平文給盼回來了。

宋平文離家的二十來天，到後來宋茂山與其說是緊張，其實心中還有竊喜在，因為宋平文越晚回家，正說明宋平文考到最後了！

宋茂山對小兒子宋平文的學問很有信心，越等到後頭，他反而越冷靜。

縣試才是第一步，兩個月後還有府試，考中也才是個童生，待得秋季的院試考中便是秀才，後面還有鄉試……

總之，縣試還不值得他大驚小怪。

宋茂山想是這麼想，然而當他聽聞門口有馬車的車轂轆聲由遠及近，隱隱還伴著人聲時，他當即從凳子上一躍而起，三步併作兩步地飛奔到大門口，目光灼熱地盯著迎面駛來的馬車。

田氏聽到動靜，也立即邁著步子衝到門口，手中掃帚都忘了放下。

馬車車夫「吁」了一聲後拉住韁繩，馬車停穩，宋平文掀開布簾跳下車來，他人清瘦了些，面上卻是神采奕奕，眉目間的喜氣難以抑制。

宋茂山急忙往前兩步，雖然心中有了譜，仍殷殷巴望著宋平文。「兒子，可還順利？」

這時候宋平東兩口子也牽著二狗子出來，和過來看熱鬧的村民一起看向宋平文。

宋平文抱拳作揖，眉眼間自信傲然，鋒芒畢露。「爹、娘，兒子幸不辱命，此次縣試取得第十六名的成績！」十六名，比郭先生原先預測的要高上二、三十名，他怎麼能不高興？

考試時題目不算難，但他也沒想那麼多，誰知道竟給了他一個大驚喜。

其實他心裡有猜測，莫不是郭先生怕他太過驕傲，所以才說他最多是四、五十名次的水平？

宋平文到底是少年心性，首次下場便能得到這麼滿意的成績，他心中自得又高興，比從前郭先生誇獎他要高興一百倍都不止。

周圍村民皆倒抽一口氣，不約而同地露出震驚的神情。參加縣試的怎麼說也有上千人吧？宋家老小竟然能從上千人中脫穎而出，取得十六名的好名次？

這樣的他，已經是周圍五個村裡最有才華、最聰明的人了！

田氏抓住宋平文的胳膊，從頭到尾打量一遍，見宋平文瘦了一些，她眼眶驀地一酸。

眾人欽羨的目光讓宋平文跟宋茂山都非常受用。

宋平東真心實意地為兄弟高興，一拳不輕不重地捶在宋平文肩頭，開心地摟住宋平文的肩膀，嘴巴都快咧到耳後根了。「可以啊臭小子！府試我看好你！」

宋平文略微掙扎但沒掙扎開，只能作罷，面上謙虛，心中卻是得意的。「大哥，現在說這些還為時過早呢！」

宋平東沒感受到宋平文的抗拒，還是樂呵呵的。「對了，浩然他考得咋樣？」

宋平文微滯的表情轉瞬即逝，隨即笑容如常。「浩然是四十一名。」

這下子周圍的議論聲更大了，兒子及女婿都取得好成績，能夠參加下一場府試，看來考取童生是板上釘釘的事，甚至秀才都不是沒有可能啊！

想到這兒，眾人都羨慕極了，他宋家難不成是祖墳冒青煙了？

不管村民心裡到底怎麼想，但是一個個的好話就沒吝嗇過。

「老宋啊！你真是生了一個好兒子啊！」

「就是啊，平文這孩子我們看著長大的，從小腦袋瓜子就特別聰明，怪不得這麼會讀書！」

「茂山兄弟，你以後有福咯！」

「咱們就等著幾個月後宋大哥家擺宴咯！呵呵呵……」

宋茂山一改平日不苟言笑的表情，笑得臉上的褶子一層疊一層，假惺惺地跟眾人客套——

「哪裡哪裡，我家平文沒大家說得那麼聰明，也就比別人刻苦些罷了，大家別這麼誇他，不然年輕人豈不是尾巴都要翹到天上去了？」

「現在說府試還早了點，是騾子是馬，得拿出來遛遛才知道！」

「那就託大家的福了！平文，一定要好好考，知不知道？」

宋家大門口，最後成為宋茂山父子與村民寒暄的地方，說笑聲一直持續許久。

不消多久，宋平東便親自去姚三春家，興高采烈地將宋平文縣試取得好名次的事告知姚三春夫妻倆。

夫妻倆嘖嘖稱奇，宋平文這小子竟當真有些水平啊！

不過宋平東是真情實意為兄弟高興，就不知宋平文以後真發達了，還會不會記著宋平東的好？

宋平文考得好成績的消息就如同插上翅膀一般傳了出去，許多有女兒的人家想著結親要趁早，這下子前來宋家說合的媒婆突然多了起來，但無一例外，都被宋茂山給推拒了。

他藉口說得好聽，說是宋平文府試在即，沒心思考慮成親的事情，實際上不過是瞧不上，覺得庸脂俗粉配不上宋平文。

縣試後，天氣越來越暖和，許多人家開始春耕，閒散了一個冬日之後，老槐樹村的村民終於開始忙碌起來，田地裡都是農家人忙碌的影子。

春天已到，天氣沒那麼冷，姚三春心裡記著姚小蓮與許成的事情，便想趁著還沒那麼忙碌，帶上姚小蓮去牛頭鎮待上幾天，與許成認識認識。

再順便去鄰省府城逛一逛，買些他們鎮上沒有的種子、推銷一批農藥，剛好一舉兩得。

於是宋平生將家中鑰匙交給宋平東，拜託他們兩口子幫忙照顧家中雞鴨，以及發財這條狗子。

姚三春三人離開村子的那天，發財一路跟著他們跑出村子，若不是宋平生冷下心腸將發財趕回去，牠恐怕恨不得追隨他們去跨省。

馬車上，姚三春望著發財可憐巴巴地坐在原地，喉嚨裡發出「嗚嗚」的聲音，看得心都軟了。

自己養大的狗子，就是黏人！

一路風塵僕僕不必多說，再次來到牛頭鎮，這個小鎮並沒有多少變化，依舊是古樸中夾雜活力，一派生機勃勃的景象。

第二日的早晨，牛頭鎮的街道上佈滿小吃食攤，食物的香味四處飄散，路過的行人無一不被勾起食慾。

這日老許燒餅攤由許成、許高地、許小玉三人出攤，三人分工合作，攤子上忙忙碌碌，生意依舊不錯。

姚三春夫妻排隊等了一會兒，前頭四個人買完終於輪到他們。

許小玉開口要問他們想買什麼燒餅，結果抬首看到來人，頓時愣在當場。

容顏俊美的宋平生站在攤前，周圍一干普通人霎時被襯得有些灰頭土臉。

姚三春長得如何許小玉無暇顧及，但是宋平生這張臉她始終難以忘懷，不正是去年冬天她多收對方四文錢，最後被自己三弟拉過去給人賠禮道歉，在人家面前丟盡臉面的男人嗎？只是自從經過那件事之後，這個容貌出色的男人便再也沒出現過，她本以為對方不過是途徑此地的行人，誰知時隔幾個月，對方竟然再次出現了！

許小玉以迅雷不及掩耳之勢整理好表情，笑得溫溫柔柔。「這位哥……」

姚三春重重咳嗽一聲，不陰不陽地瞥去一眼，加深自己的存在感。

「……客人，你們好久沒光顧咱們家的老許燒餅了！今天想要吃啥？」許小玉的話音一轉，親切地問道，不過眼睛始終盯在宋平生臉上。

姚三春的目光落在許小玉身後的許成身上，表情有些玩味。「大姊，我們今兒個是來找許成的，不買燒餅。」

許小玉往背後看一眼，表情驚訝。「你們找我三弟幹啥？」

宋平生沒有回答她的問題，直接朝後頭喊了一聲。「許成！」

正專心致志揉麵的許成聽聞有人叫他，停下動作回望過去，一見到姚三春夫妻倆，愣怔一瞬，隨即露出又驚又喜的表情。

「姚大姊、宋大哥！你們怎麼來了？」許成忙擦拭雙手，笑容滿面地迎上前，目光似有若無地掃過二人身後，旋即收回，裝作自然的模樣。

姚三春將許成的小動作盡收眼底，看來許成對這門親事還是挺上心的，這點她很滿意。

宋平生回道：「我們夫妻要去你們省的府城，路過這邊，順便過來看看。」

許成心裡門兒清，從瓦溝鎮到他們省的府城，牛頭鎮可不是必經之路，不過他當然不會說出來，只笑意盎然地邀請道：「這次姚大姊和宋大哥來咱們牛頭鎮忙不忙？如果有時間，不如去我家吃頓飯？」

意外地，這回宋平生沒有客套，直接點頭同意。「那便叨擾了。」

許成的神情略有些激動。「宋大哥，你這樣說就見外了，我開心還來不及！」未來姊姊和姊夫，他自然要好好招待。

許小玉看看許成，又看看宋平生，實在沒忍住，問道：「老三，你認識這兩位客人？」

許高地聽到動靜也湊了過來。

許成想也沒想，回道：「姚大姊和宋大哥是從瓦溝鎮來的，正是小蓮的姊姊和姊夫。」

許小玉醒悟過來小蓮是誰，眼睛旋即瞪得老大。「什麼?!」那他們去年過來，卻沒自報家門，是幾個意思？而且還出了那件事，這讓她如何自處？

許成猜到許小玉在想什麼，主動解圍道：「姚大姊和宋大哥上回來牛頭鎮時我們就認識了，不過他們有事要忙，沒空去咱們家拜訪。」許成不欲許小玉多糾結這個問題，轉而朝姚三春夫妻倆說道：「姚大姊、宋大哥，你們住哪個客棧？我們收攤後就去找你們，或者你們在鎮上逛一會兒等我也行。你們怎麼看？」

姚三春回道：「那就你去客棧找我們吧，小蓮生病了在客棧休息，我們還要買點東西回去給小蓮填肚子。」

「小蓮生病了？」許成還沒來得及為姚小蓮也一道過來一事高興，便聽到這個消息。

姚小蓮在旅途中染上風寒，為此姚三春也有些自責。

原本姚小蓮的體質就如同姚三春剛穿越過來那會兒一樣，並不太好，但姚三春估摸著姚小蓮養了這麼久，身上也終於長肉，體質應該好了不少，誰知道初春氣候反覆，這一路奔波，姚小蓮不幸地倒在牛頭鎮上。

不過染上風寒倒也不完全算是壞事，姚三春兩口子跟姚小蓮商量好，最終定下一個決定。

姚三春與宋平生買回一碗粥和幾個包子帶回客棧。

時間接近午時，許成終於來到約定的客棧，他手中還拎著一個被棉布包裹嚴實的橢圓形物體，一眼看不出是什麼東西。

許成在客棧夥計的引領下來到宋平生所在的客房，宋平生引他進入，他第一眼便見到姚三春放下手中的書迎了上來。

「許成，你來啦？」

許成有些呆愣地點頭，腦子裡想的卻是：姚大姊竟然識字，還不是只識得三、五個字，而是看書都毫無壓力，實在是太厲害了！

沒辦法，誰讓這個時代萬般皆下品，唯有讀書高呢？會讀書識字的人，別人自覺會高看一眼。

姚三春在現代時，識字是基本的，根本不值得一提，所以她見許成神情異樣，並沒往這方面想，只笑著寒暄道：「你們每天上午都要忙到現在啊？挺忙的呢！」

許成抓抓後腦勺，神色微赧。「姚大姊，我是煮薑湯耽擱了一會兒。」

「薑湯？」

許成將包裹嚴實的東西放在桌面，垂下目光，輕咳兩聲，道：「我聽姚大姊妳說小蓮染上風寒，所以就煮了一些薑湯送過來，現在還熱乎著呢，最好讓小蓮趁熱喝了才好。」

姚三春的目光落在罐子上，包裹很嚴密，薑湯肯定還很熱乎。她伸手接過，笑著道：「費心了許成，我這就拿給小蓮喝去。」

姚三春往門口走兩步，突然扭過頭，笑吟吟地道：「許成，你不來跟小蓮打個招呼？她身子不舒服，中午肯定是去不了你家吃飯了。」

許成露出幾分踟躕，偏黑的臉龐隱隱有些紅。「這……這不太妥當吧？」畢竟是姑娘家住的房間，再說姚小蓮生病臥床，他進去多有不便，雖然他內心非常想見到姚小蓮。

姚三春眼中劃過一抹光，面上似是有些遺憾。「唉……我們這趟出來時間不太夠，恐怕明天就得動身去你們省的府城，不能再在這邊逗留咯！」

許成這下有些坐不住了，向前大跨兩步。「這麼快就要離開了嗎？可是小蓮還生著病，就這麼動身對她身體不好啊！」

姚三春笑著看他。「所以才讓你去跟小蓮見個面啊！說不定跟你見個面，再喝了你煮的薑湯後，她明天就好了呢？」

許成面露窘色。「姚大姊！小蓮畢竟是個姑娘家，我一個男人進去……不方便。」

姚三春「噗哧」一聲，眼中夾雜著揶揄。「許成啊許成，你在想什麼呢？我跟你宋大哥都會進去，怎麼就你一個男人了？」仰頭望著宋平生。「他好像說你不算男人呢！」

宋平生無奈地望向姚三春，笑道：「好了姚姚，別逗他了。」

姚三春好不容易止住笑意。「好吧。對了，小蓮生病了怕冷，將帶來的所有衣裳都套在身上了，所以沒有不方便一說，只不過你待會兒千萬忍住別笑，知道了嗎？」

許成點頭如搗蒜，不就多穿幾件衣裳嗎，有什麼好笑的？然而，當許成跟隨姚三春踏進隔壁屋子，見到坐靠在床上的姚小蓮時，他差點就沒憋住。

只見姚小蓮身上至少穿了六、七件衣裳，一層疊一層，因為太臃腫，最外頭套的棉襖連袖子都穿不進去，被勒在手腕處，看起來非常滑稽。

不過最好笑的是姚小蓮穿得太多，導致上半身臃腫非常，兩隻胳膊跟身子都合不攏，遠遠看去，像極了一隻笨拙的胖狗熊。

這也就罷了，姚小蓮身殘志堅，不忍寂寞，還坐在床上繡花，只是配上她笨拙的動作、稍微有些凌亂的頭髮，像極了被生活搓磨過的可憐小女工，實在反差太大。

姚小蓮聽到腳步聲，以為是姚三春，放下針線望向門口。「姊——」姚小蓮未說完，話音倏地頓住，一雙黑溜溜的眼睛直直望向姚三春身後的男子。「這位是？」

姚三春朝她眨眨眼，微微一笑。「小蓮，許成聽說妳染上風寒，看妳來了，還特地給妳煮了薑湯來呢！」說話的同時，她打開罐子，白絲絲的霧氣氤氳在空氣中，薑湯特有的味道立即緩緩散開。

姚小蓮後知後覺地反應過來，可她腦中突然閃過自己現在的模樣，羞得猛地捂住臉往裡鑽，就是沒想起整理一下頭髮。

許成強忍住笑，裝作「我是瞎子」的樣子，道：「小蓮，我是許成，薑湯趁熱喝了吧？如果妳怕辣，我這兒還有兩塊芝麻糖。」

許成鎮定的情緒感染到姚小蓮，她磨磨蹭蹭地放下手，清亮的眼睛滴溜溜地在許成身上轉，滿眼的好奇，倒是不見不好意思。「你是許成？謝謝你的薑湯。」姚小蓮這人有時候有些呆，但是她卻不是膽小的人，除去剛開始的侷促，後面便自在起來了。

面對姚小蓮清亮的目光，許成反而被看得有些不好意思，不自然地挪開了目光。「咳，這沒什麼。」

姚三春的目光在兩人之間梭巡，總覺得存在一種特別的氣場，不由得偷偷露出姨母笑。

有姚三春夫妻在，許成跟姚小蓮說話總有些拘束，四人又說了一會兒話，安頓好姚小蓮後，姚三春夫妻便跟著許成一同去往許家，去之前還去買了些禮物。

許家父母對於姚三春夫妻的到來十分重視，姚三春與宋平生一踏入許家，許高地和楊氏一家子便滿面笑容地迎了上來。

許家子女多，十幾口人整整齊齊站在門口，那場面堪比等待老闆檢查的小夥計們，相當壯觀。

時隔幾個月，也不知楊氏是養好身體，還是心情好，總之臉色比去年好得多。

姚三春三步併作兩步走上前，笑道：「許大叔、楊嬸子，我們是小輩，你們怎麼還特地出門迎接？可太不好意思了！」

許高地話少，便由楊氏出面應對。「呵呵……這有什麼？你們夫妻倆大老遠從瓦溝鎮過來，我跟老頭子高興還來不及呢！」

姚三春和楊氏寒暄的同時，還朝許家其他子女媳婦點頭示意，除了許小玉表情糾結外，其他人都很熱情。

一干人說說笑笑地從院門口進入許家堂屋，這一路上能看清許家房屋的全貌——院落很寬敞，屋子也很多，但是因為已經分家，每家門口都堆了很多東西，甚至還有簡易的露天灶臺，也就幾根木頭、一堆稻草製作的，看起來很簡陋。

寬敞的院落，因為東西太多所以顯得逼仄，到處都是生活的氣息，由此看來，許家的家中條件確實有些艱難。

即便如此，整個院落還是被收拾得乾乾淨淨。

一干人進入堂屋中，宋平生便將帶來的見面禮放在大方桌上——兩盒點心、一塊肉、一瓶酒、一包白糖。

這麼厚的禮，許家人見到都驚了！

許高地忙道：「你們人來就行了，還帶啥禮物啊？而且還是這麼重的禮，太破費了！我們不能收！」

楊氏也道：「就是！花這麼多錢幹啥？你們來嬸子家吃飯，就當在自己家一樣，這麼重的禮，那就是見外了！」接著斜眼瞪許成。「老三！你看到了也不攔著點！」

許成面露無奈。「娘，我攔了，沒攔住。」

姚三春坐下來，笑道：「楊嬸子，妳別怪許成，他確實攔了好幾次，是我們非要買的。」

楊氏嘆口氣，重重道：「可是這也太破費了！」

姚三春笑了笑。「楊嬸子，其實是我們夫妻有一件事想麻煩你們，所以這些東西你們千萬得收下。」

許成訝然，來時他並沒有聽姚三春他們提過幫忙的事情。

雖說姚三春是第一次來許家，但是楊氏並不介意，她溫和地道：「什麼幫不幫的？妳儘管說。」

面對性格如此溫和的楊氏，姚三春由衷露出一抹笑來，她與宋平生對視一眼，然後道：「是這樣的，我妹妹小蓮在路上染上了風寒，大夫說她需要靜養幾天，可是我們夫妻還要去府城辦事，所以小蓮這陣子要在牛頭鎮待上幾天，等我們回來再接她回去。但小蓮畢竟是一個姑娘家，留下她一個人在客棧我哪能放心？因此我想拜託楊嬸子妳能多關照一下小蓮，否則我真不敢出去辦事。就是不知楊嬸子妳方不方便？」

許成聽到姚小蓮要在牛頭鎮待上幾天，眼睛瞬間亮了幾分。

楊氏想都沒想便道：「這算什麼事？你們放心，我們家絕對會照顧好小蓮的。不如這樣吧，如果你們不嫌棄，我便接小蓮過來跟我小女兒小環擠兩天，客棧到底比不得在家中方便，也能就近照顧，你們說呢？」

姚三春遲疑道：「楊嬸子，妳的好意我心領了，只是小蓮到底是個姑娘家，直接住到你們家恐怕不太方便，而且客棧的房錢我都給了，小蓮不住就浪費了。」都說防人之心不可無，許家人雖說看起來不錯，但是她對許家人還是瞭解得不夠多，貿然將小蓮留在許家，她可放心不下。

楊氏見姚三春神色堅定，便道：「是我考慮不周了，不過小蓮一個人住客棧還是不太安全，這樣吧，我讓我小女兒小環每晚過去陪小蓮，可行？」

姚三春欣然應允。「那便給楊嬸子添麻煩了！」

楊氏笑呵呵地直擺手，道：「不麻煩、不麻煩！」姚小蓮能在牛頭鎮多待幾天，老三就有時間和姚小蓮相處，也就能多瞭解幾分，她相信以自己兒子的為人，對方肯定會滿意！眼見過了年老三都十九了，再娶不著媳婦，她跟老頭子會愧疚死。

許家小女兒許小環也跟著笑，可見是很樂意陪伴姚小蓮的。

見許家人如此好客又熱心，姚三春十分滿意，笑容更盛。「楊嬸子，你們真是我見過最好相處也最和善的人家，怪不得能將許成教得這般好，他早上聽說小蓮染上風寒，還特地煮了薑湯送過去，而且還是熱乎的，真是有心了！他這般會照顧人，那絕對是跟楊嬸子和許大叔學來的呀！」

姚三春誇得情真意切、有理有據，楊氏聽在耳裡，笑得嘴巴都快合不攏了。

「哎喲，我家老三哪有三春妳說得這般好？我家老三吧，也就脾氣好、性格沈穩、手腳勤快、會照顧人，其他也沒啥優點。」

「楊嬸子，這些優點還不夠啊？要我說啊，這樣的後生，打著燈籠都難找呢！我妹妹就說過，男人長得好看或者有錢都沒用，最重要的是會過日子、知道疼人，這兩個人呀才能和和美美過一輩子。」

「妳家小蓮年紀不大，卻懂事得很啊！不過也不奇怪，有妳這樣的大姊做榜樣，小蓮肯定也很好……」

姚三春跟楊氏開啟了互拍馬屁之旅。

其他人坐在一旁聽著、笑著，只有許成神遊天外。

原來姚大姊之前在客棧說要帶小蓮上路是逗他的？府城一來一回怎麼說也得六、七天左右吧？這也就意味著，這六、七天他都能見著小蓮！許成心裡暗自高興許久。

中午，許家燒了許多菜，熱情地招待姚三春和宋平生，十幾口人擠在一張桌子上吃飯，氣氛熱鬧自不必多說。

下午姚三春回到客棧，便跟姚小蓮進行姊妹間的談話。

姚三春坐在姚小蓮腿邊的床沿，用閒聊的口吻隨意說道：「小蓮，今兒個見到許成了，感覺咋樣？」

姚小蓮的精神仍有些萎靡，但是一雙眼睛卻亮晶晶的。她垂著眸子玩弄被角，慢吞吞地道：「啊，他呀，挺好的呀，第一次見面就煮薑湯，挺有心的。」

姚三春眼中劃過笑意，故意拉長語調，漫不經心地道：「語氣這麼敷衍啊？看來心裡也沒那麼滿意嘛！剛好，我也不太滿意，那我就回頭再物色物色吧！」

姚小蓮迅速抬首，急忙解釋道：「姊，我不是這個意思！他、他真的挺好的，我說的都是真情實意的，沒有敷衍。」姚小蓮見姚三春沒有辯解，而是笑吟吟地看著她，才後知後覺地被臊紅了臉，氣呼呼地拍了姚三春一把。「姊，妳是越來越愛作弄人了！」

見姚三春不是真的瞧不上許成，只是開個玩笑，姚小蓮還是在心中偷偷鬆了口氣。

雖然她還沒能足夠地瞭解許成，但是這個男人給她留下的第一印象很不錯。許成沒有姊夫出色的皮相，長得偏黑，家中也不算富裕，但是看起來相當可靠。

她所求的不多，只要能離開父母的禍害，再找一個可靠的男人嫁了，能吃口飽飯就行。

許成窮一點也沒關係，最起碼他人不錯。而且姊夫之前說可以教他們做炸串、燒烤這些，哪怕他們前頭窮一點，她相信他們後面總能過起來的。

炸串跟燒烤她都吃過好幾回了，大冬天裡閒來無事，她姊夫搗騰了許多新鮮吃食給她姊嚐鮮，她跟在後頭蹭吃蹭喝地吃過不少，這些吃食的味道確實好。

姚小蓮越想越遠，臉上的笑容隨之擴大，彷彿幸福的生活就在眼前向她招手。但是她知道，給予她這分美好希望與未來的不是父母、不是許成，而是她的姊姊姚三春。

「……姊，謝謝妳！妳對我的好，我會記一輩子的！」姚小蓮有感而發，握住姚三春的手，一雙不算大的眼睛淚汪汪的。

姚三春一把抽回手，忍不住往後挪兩下，臉上表情一言難盡。「好好的，妳突然這麼肉麻幹啥？嚇著妳姊了知道嗎？晚上作噩夢我就找妳算帳啊！」

裝了一腔感天動地姊妹情，正準備大肆抒發的姚小蓮：「……」心好累，我要喝一缸雪水靜一靜！

第二日早晨，姚三春和宋平生收拾好準備動身，許成趕在大清早便送來楊氏給他們熬的紫蘇粥、煮雞蛋，以及老許燒餅攤出產的燒餅。

姚三春接過小花籃一看，裡頭的燒餅恐怕都有三十來個了，各種口味的都有。

宋平生笑著搖頭，道：「許大叔跟楊嬸子也太客氣了，這一出手就是三十多個燒餅，我們兩口子也吃不掉啊！我看你還是拿一些回去吧，留下十個就行。」

許成想都不想便搖頭。「宋大哥，這些燒餅是我娘親手烤的，特別經得住放。你跟姚大姊去府城路途遙遠，三十六個餅可算不得什麼，幾天就吃完了。」

宋平生無奈，老許燒餅雖然好吃，也經不住天天吃、頓頓吃啊！但是許家人實在客氣，他們再推辭反而見外，最後還是收下了。

就這樣，姚三春與宋平生再次踏上府城之旅，只不過這一趟，卻是生出幾許波瀾。

熬過漫長冬日，初春天氣暖，鄰省府城中出來活動的人大大增加，姚三春夫妻到達這邊恰逢趕集的日子，街道上擠滿人，十分熱鬧。

都說擇日不如撞日，姚三春和宋平生顧不得一身倦意，乾脆將馬車放在就近的客棧寄放，然後在街道上找了一個攤位，擺上各類農藥。

唯一可惜的是今日攤位格外搶手，夫妻倆沒能找到好攤位，最後只能窩在不太起眼的角落，好在他們也沒想著賺錢。

去年下半年姚三春夫妻磨製出許多種農藥，完善種類，滅殺害蟲和預防病害的種類大大增加，如今能涵蓋水稻、小麥、棉花、茶葉、果樹等各種農作物，所以現在就有幾種農藥能用得上。

他們的農藥種類說不上全，但絕對算得上難得，最重要的是他們家農藥的藥效好，這也是他們的信心所在。

開拓新市場總是艱難的，姚三春夫妻倆臨時擺攤，連小凳子都沒有，夫妻倆豎起「姚宋農藥」的布幡，然後分門別類，將各種裝農藥的罐子分列排開，罐子上貼有該農藥的功效，以及滅殺害蟲的種類、滅殺率等等。

雖說街上不識字的多，但是不管了，貼個紙條更顯厲害不是？

攤子擺好，隨後兩人只能傻愣愣地站在那兒，一邊吆喝著「免費農藥，每人可以免費領取三兩」、「可以滅殺ＸＸ害蟲」之類的，無限迴圈。

這人麼，都覺得有便宜不占是傻子，而且這年頭的人還是挺淳樸的，覺著人家賣的農藥應該有點效果，所以沒一會兒攤前便聚集了不少人。

一來靠免費的噱頭；二來宋平生和姚三春皮相能打，一路風塵僕僕都不能阻擋夫妻倆的美貌，站一起更是美麗加倍；三來夫妻倆吆喝起來一點都不扭捏，大大方方的。

所以聚集過來的人是越來越多，後來還是宋平生親自維護秩序才行，前頭姚三春則動作俐落地裝農藥。

許多人都表示沒東西裝農藥，沒關係，姚三春夫妻倆一回生、二回熟，早就做好準備了——掀開背簍的蓋兒，裡頭全是用竹子粗製的小罐，也就能裝三兩的量，裝好再用木頭塞子塞上。

竹罐和木塞外觀並不好看，但是勝在實用，而且還是姚三春姊妹與宋平生一個冬天製作的，自己做的怎麼能嫌醜？醜他們也不會承認啊！

農藥攤的服務如此到位，前來排隊的人皆十分滿意，對待姚三春夫妻的態度更是和善得不行。

姚三春和宋平生都不是怕生的人，跟誰都能聊兩句，場面那叫一個熱火朝天。

那些大爺、大娘一聽他們口音不是本地人，是鄰省來的，那就更熱情了。

外地人還要大老遠跑到他們府城來推銷農藥，生活不易呀！

於是，一個多時辰後，姚三春夫妻帶來的百來斤農藥便分完了。

說起推銷方式，免費試用這一招並沒有多出色，但是勝在效果好，只要用了他家農藥，便有轉化成客戶的可能性。

其實無論任何時候，賣東西找人來合演推銷都是一種很普遍的方式，但是姚三春夫妻沒這麼做，雖然這麼做農藥生意今天就能開張了，但是做人還是多點真誠，少點套路吧。

說起來，去年他們夫妻倆便來過府城一回，但那一回只是探路，夫妻倆並未做好完全的準備，這一趟過來準備便充足多了，此時他們馬車上還有百來斤農藥。

府城下的老虎鎮和棲鳳鎮有不少種植水果的果農和種棉花的大戶，這些才是他們此行最重要的攻掠對象。

說是攻掠，其實難度並不大，銷售商品這東西一看商品質量，二看市場。如今還是農業社會，農藥市場巨大，還沒什麼競爭對手，而且他們家農藥的質量不必多說，所以他們夫妻唯一要花些功夫的，便是開拓市場、尋找客戶，繼而提高他們家農藥的知名度，讓更多的人知道他們家的農藥。

對於農藥未來的潛力，夫妻倆信心十足。

夫妻倆在客棧好好休整了一夜，第二日精神抖擻地出門，坐上馬車前往老虎鎮與棲鳳鎮推銷去。

這日的推銷之旅自然比昨天艱難不少，水果和棉花大戶對於親自上門的人不免帶有一絲反感和猜忌，懷疑他們夫妻是來騙錢的，所以態度不算客氣。

宋平生在現代時是自己創業的，受到的白眼可比現在還多，態度更惡劣的不知凡幾，所以他還能面不改色地跟對方交涉，彷彿不甚在意的樣子。

但是姚三春卻未經過這些刁難與白眼，一時間心中酸澀不已、百感交集，忍不住多次抬眼望向宋平生，一隻手更是緊緊握住宋平生的。

縱然是夫妻，當眾牽手還是有些不妥，但是他們夫妻可不管這麼多，他們愛怎麼牽手就怎麼牽手。

或許是宋平生的淡定從容感染到姚三春，她努力壓下心中不快，調整好情緒，在一旁幫腔說話，夫妻倆一唱一和，說得很有說服力。

藥效有沒有，還得用過才知道，但是大豐縣劉青山他們買農藥的事卻是談資，而且他們夫妻過來不是讓他們今天掏錢買農藥，而是免費送給他們試用的，不需要花費一文錢。

話說到這個分兒上，水果大戶意識到自己誤會他們夫妻了，後面態度便好了不少。

最後宋平生與對方交涉成功，水果大戶說如果農藥效果好，以後也有需要，必定會讓人捎信去瓦溝鎮購買農藥。

第一個顧客談妥，後面的幾個便輕鬆許多。

從老虎鎮出來，姚三春一直緊緊握住宋平生的手不鬆開，宋平生便沒有驅趕馬車，而是用空下的手牽著馬。

走了一段距離後，宋平生突然頓住，繼而微低下頭，抬起交握的手包住，拉進兩人間的距離，笑聲清朗，問道：「在想什麼呢？一句話都不說。」

姚三春抿著唇看他，好看的眉蹙著。「平生，之前你去大豐縣推銷農藥，肯定很不容易吧？」

宋平生臉上劃過一絲訝色，略一沈思，繼而好笑道：「是不太順利，不過做生意本就這樣，算不得什麼。」

姚三春心裡卻很不好受，一對酒窩都淡了，板著臉道：「那時候你怎麼什麼都不跟我說？我們是夫妻，難道不該是有福同享、有難同當嗎？當然，我也有錯，我知道推銷不容易，但是我缺乏想像力和生活常識，把一切都想得太過簡單了！但是最可惡的還是你，宋平生！」

姚三春現在還記得，宋平生從大豐縣回來時，只說自己這一次幹了什麼，關於推銷過程卻輕描淡寫。她當時高興於自己男人終於回來了，並沒有想那麼多，現在想來，是宋平生不想告訴她過程的艱難。

別人責難或是給白眼，他們卻仍要笑臉相迎，怎麼都不會是一件愉快的事情！

宋平生沒有立刻回答，臉上是清朗如月的笑。「怎麼，心疼我啊？」

姚三春瞪過去，抽回手作勢要捶他，卻不期然被宋平生按住肩膀摟在懷中，一個吻不輕不重地落在她額頭。

「嗯，補償收到，我現在滿血復活，可以再戰三百回合！」

生意歸生意，宋平生對於這些事基本上不放在心裡，但是心上人心疼他，他感到很幸福，由衷的愉悅感油然而生。

兩天內完成這趟的目的，剩下的時間夫妻倆閒了下來，便想在府城逛一逛，買一些瓦溝鎮沒有的種子或者樹苗，特產也不能少，上回沒太多時間逛街，錯過不少好東西。

首先此地出售的服飾衣料種類非常繁多，絕對不是一個小鎮可以比的，羅有刀羅，紗有銀條紗、金縷紗，絹有雲絹、花絹，緞子有光素、花紋，錦有縷金、五彩，綢有綿綢、絲綢等等。對於愛美的女人來說，這裡恐怕就是天堂，不過如果口袋的錢不夠，那也只能是夢中的天堂罷了。

除卻衣料，第二出名的便是酒了。荷花蕊、寒潭春、桂花醞、芙蓉液、蘭花飲等等，這些可都是進貢給宮裡的好東西。當然，價格貴不必多說。

最後便是吃的，花頭鴛鴦飯、棒子骨、風雞、風鴨、大油餅、煠魚、雲子麻葉小麵果糕、肉湯、包兒飯等等。

接下來的一天時間，街上到處都是姚三春夫妻倆的身影，他們拿著記下當地人介紹美食的單子，一種一種地吃，哪怕吃不下，也要嚐個味道。

出來玩卻沒吃到當地美食，你的靈魂相當於沒來過啊！

翌日上午，姚三春與宋平生按照客棧掌櫃的推薦，來到一家烤鴨店排隊買烤鴨。

這家烤鴨店應該是家庭式經營，年長的男人體型高瘦，最醒目的便是他眉頭間的皺紋，整張臉黑肅著，沒有一絲笑，讓人看一眼便覺得他不好惹。

年長男人從頭到尾不說話，只專心烤鴨，將醃漬好的鴨掛在烤爐內的鐵鉤上，下方梨木靜靜燃燒，燻烤著鴨子。

他兒子卻與之相反，體型非常健壯，恐怕比他老子要壯上兩倍，切烤鴨的時候甫一用力，臂膀上的肉便擠壓成驚人的形狀，肌肉虯結，可見力量多大。可這壯漢卻是個愛笑的，幾乎見著每個前來買烤鴨的顧客都要笑一遍，露出一排明晃晃的大白牙。

除了二人外，另外一個年長婦人負責收錢，婦人體型偏胖，動作卻十分靈活，收錢時跟顧客有說有笑，看起來應該是這家中最正常的人。

不過烤鴨店的一家為人如何和他們夫妻也沒甚關係，只要烤鴨好吃就行。

所以姚三春與宋平生索性移開目光，將所有注意力都放在烤爐裡的烤鴨上頭。

真別說，那烤鴨是真香啊！鴨皮的油脂被烤得油滋滋，油脂香味與鴨子調料的香味，以及梨木燃燒揮發的香味完美融合，從烤爐飄散開來，烤鴨店數十米之內都是烤鴨誘人的香味，簡直能將人肚子裡的饞蟲都勾出來！

聞到味兒的顧客行人，無一不偷偷嚥口水，聞著就想吃。

隨著排隊隊伍的不斷前進，姚三春夫妻距離烤爐也就越近。

姚三春所有心神都放在烤鴨上，宋平生卻心不在焉。

不知是不是錯覺，就在方才，好像有一道晦澀不明的目光偷偷打量他們夫妻，待他反應過來，這道目光卻又了無痕跡地消失了。

出門在外，尤其是府城這種比較繁榮的城市，形形色色的人都可能遇上，宋平生立刻打起十二萬分的精神，時刻留心周圍狀況。

對此姚三春一無所知，隊伍終於輪到她的時候，她不由得漾起酒窩，同時毫不猶豫地指向一隻她早就物色好的肥鴨。「大叔，我要這隻烤鴨！」

年長男人將烤鴨翻個身，面無表情地道：「這隻鴨沒烤好，還要再等會兒。」

姚三春又瞅了兩眼。「是嗎？我看它同一批的烤鴨都被人帶走了，它怎麼還沒好？」

年長男人仍然面無表情，眉毛都沒動一下。「因為它是最胖的。」

姚三春握拳暗暗吶喊。「好的！」它是最胖的，那肯定也是最棒的！

體型壯碩的男人切好烤鴨，下一個終於輪到姚三春了，這男人一面手法嫻熟地切烤鴨，一面還朝她露出一排大白牙，聲音放輕放柔，像是努力讓自己顯得更和善親切些。

「大妹子，剛才聽妳口音不是本地人哪？我猜妳是飛州的、榮城的，不然就是風海的，就這三個地兒，絕對是，我聽過你們的口音。」壯碩男人十分篤定。

呃……還真是一點都搭不上界呢！但人家這麼熱情，姚三春自然不好冷面以對，便道：「都錯了，我是隔壁雲城寧安的。」寧安大著呢，說出去並沒有關係，具體哪個鎮卻不能說，畢竟出門在外，防備之心不可無。

兩句話的功夫，壯碩男人便將烤鴨切好了。將烤鴨遞給她的同時，笑呵呵地一拍胸脯，中氣十足地道：「大老遠來咱們府城，能吃上咱們家的烤鴨，這一趟值了！」

姚三春付錢時冷不防聽到這句，嘴角抽了抽，哪有這麼給自己臉上貼金的？

從烤鴨店出來時，天色不早了，並且天空有些陰沈，再晚一些恐怕有雨。

宋平生牽著姚三春的手，夫妻倆加快腳步往客棧的方向趕去，這一路全是行人匆匆的身影。

行到半路，夫妻倆經過一條非常窄的小巷，再轉個彎時宋平生突然拉住姚三春往牆邊靠，並朝她做了一個噤聲的動作，而後慢吞吞地蹲下，從地上抓起一把土灰。

姚三春見宋平生眉頭緊皺、薄唇緊抿，一顆心不由得跟著提起來。

呼吸間的功夫，一道輕緩的腳步聲不疾不徐趕來，若是處在十米之外是聽不到這腳步聲的。

對方走了幾步，快到轉彎處卻緩了下來。確認對方距離他們不過一米左右的距離時，宋平生突然跳出去，二話不說迎面就是一把土灰砸過去。

來人第一反應自然是閉上眼睛，就是這個空檔，宋平生動作俐落地抓住對方的兩隻手，而後反剪於對方背後。

因為抓捕的動作太順理成章、行雲流水、輕而易舉，就連姚三春都愣了一下。

待夫妻倆看清來人，終於知道為什麼這麼輕鬆了，因為對方不過是一個十四、五歲的半大男孩子，正處於長身體的階段，個子高，可是體型卻很瘦，看起來就像是一根麻稈似的，也怪不得沒有反抗之力。不僅如此，對方恐怕也沒想到要反抗。

宋平生冷著臉問了一句。「為什麼跟蹤我們？」

少年的表情由一臉茫然變成憤怒中夾著無辜，氣得臉皮漲紅，一邊掙扎、一邊怒道：「誰跟蹤你們？這是我回家的路，我家就在前面巷子裡！你們是不是有毛病啊？我跟你們都沒見過面，我為啥要跟蹤你們？吃飽了撐著嗎？」

姚三春的目光在少年臉上梭巡，這人她確實沒見過，不然個子這麼高，長得還算可以，她不可能一點印象都沒有。

宋平生仍不相信。「那你為何在轉彎處突然慢下來，且動作鬼鬼祟祟？」

少年的眼神開始閃爍，臉色紅得能滴血。「我、我……」

「沒話說了？」宋平生手上力氣加大，臉上是不加掩飾的嘲諷。

少年索性梗著脖子閉上眼，破罐子破摔地道：「我、我是看地上有一文錢，所以才、才慢下來！不信你們自己看！」

宋平生兩口子尋著少年所指的方向看去，還真在地上發現一文錢。宋平生與姚三春對視一眼，難道他們真的弄錯了？

經過最初的慌亂後，少年逐漸冷靜下來，底氣也越來越足，咬牙切齒地道：「你們還不信？那我直接帶你們去我家得了！但是，證明我的清白後，你，必須向我道歉！」說話的同時，少年目光不善地盯著宋平生，臉上是和方才宋平生同款的嘲諷臉。

宋平生不鹹不淡地笑了一聲。「有何不可？」

宋平生放開少年的一瞬間，少年瞪了他一眼，整了整衣裳才繼續往前走。

姚三春這才發現他身上斜挎著與衣裳同色的布包，走路時兩本書的輪廓顯現出來。

原來這個少年還是個讀書人，這下姚三春心中疑慮消了不少，可能這位少年恰好從學堂放學歸來呢？

三個人沈默著拐過三個巷子，最終來到一家小院跟前，少年從書包裡掏出鑰匙，熟門熟路地擰開鎖，不過他並未推開門，而是扭頭高抬下巴，朝宋平生嘲諷又挑釁地笑著。

他那笑容彷彿在笑話宋平生拉不下臉面道歉，可是偏偏又無能為力的樣子。

宋平生扯了扯唇，突然上前兩步，少年立即像一隻受驚的貓般跳了出去，宋平生假裝沒看到，拱手彎腰，笑容和煦如春，言辭懇切真誠。「對不住了小兄弟，方才是我多心誤會你，是我的不對，我向你道歉。」直起腰再道：「如果你還是覺得被冒犯，我們夫妻也可以補償你。對了，方才土灰有沒有進眼？如果傷到哪兒了跟我說，我送你去醫館看看？」宋平生態度之誠懇親切，就如同大哥照顧小弟似的，任誰看了都會覺得他是真心實意、毫不敷衍。

到底是年紀小、見識少，何曾見過這般能屈能伸、變臉堪比翻書的男人？少年瞬間目瞪口呆。

宋平生也不催促，而是繼續含笑望著他，眸中盛著歉意。

這下反而是少年有些不自在了，他挺了挺清瘦的胸脯，一手握拳放在嘴邊，清咳兩聲，努力裝作沈穩的模樣。「既然你真心道歉了，那我也就大人大量不跟你計較了。不過我可告誡你們一句，不是所有人都像我這般好說話的，下次擦亮眼睛，可別再胡亂冤枉人了！」

姚三春憋笑，這小子還挺會上綱上限的啊，明明自己還是個半大孩子呢，倒是跟他們說起大道理來了。

宋平生的想法與她差不多，但是面上卻嚴肅得很。「謝謝小兄弟的一片好心。」

少年「哼哼」兩聲後，轉身進了自家院子，砰地關上院門。

宋平生跟姚三春均露出一絲無奈的笑，看來這次真是疑心太重了。

經過這個誤會，夫妻倆也有些啼笑皆非，不過兩人想得開，加上晚上吃了香噴噴的烤鴨，夫妻倆的心情就如同雨過天晴，很快明媚起來。

# 第二十二章

宋平生他們夫妻的心情是雨過天晴了，但是府城卻是晴天轉雨天。

第二日早晨，姚三春打開窗戶，只見天空下起淅淅瀝瀝的小雨，濕潤的春雨氣息撲面而來，激得姚三春的身子隨之顫了一下，餘下的那點睡意瞬間煙消雲散，整個人變得精神抖擻。

夫妻二人原本計劃著今天上午回程，奈何計劃趕不上變化，而且這淅淅瀝瀝的小雨，一下便停不下來，直到下午申時過半才停下，這個時間顯然不適合動身了。

姚三春夫妻倆本也不急，索性隨遇而安，趁外頭無雨，兩人再次光顧昨日的烤鴨店，帶了一隻烤鴨打算回客棧大快朵頤。

然而，距離客棧還有一小段路的時候，意外再次發生了。這回不僅是宋平生，就連姚三春都覺得後方有人在跟蹤他們！

夫妻倆用眼神交流著，快到客棧時突然一個拐彎，轉而朝東面而去。

這一轉便是半個時辰，眼見天都快黑了，他們夫妻倆卻沒有停下來的打算。終於，在到達一小片樹林時，姚三春夫妻突然失去蹤影，周圍除了怪峭的樹影以及幽冷的晚風，沒有一絲人氣。

跟蹤之人下意識吞了吞口水，胸腔中的心跳逐漸攀升，由於實在受不了如此死寂的氣氛，身子一頓，轉身就想往回走。

然而，跟蹤者才抬腳走了兩步，宋平生冷冽的聲音就在黑暗中響起——

「來都來了，不留下一起吃頓飯？」

黑寂鬼魅的森林裡，驟然響起這道淡含譏誚的聲音，跟蹤之人本就緊繃著神經，這下子更是被嚇得大叫一聲，拔腿就要往相反的方向跑去。

被宋平生護在身後的姚三春忍不住想吐槽，好好說話不行嗎？非要嚇人家幹啥？問題是，跟蹤過來的這人居然還是個女的？

吐槽歸吐槽，姚三春對於一路偷偷摸摸跟蹤他們的人可不抱什麼同情心，夫妻倆不用說話，極有默契地循聲追了上去。

姚三春已經做好奔襲兩百米便追上陌生女人的打算，畢竟她的廣場舞可不是白跳的。然而，她不過跑了六、七十步遠而已，竟然輕輕鬆鬆地將陌生女人給追上了，並抓住其胳膊將其制伏住。對方幾乎沒怎麼掙扎，過程容易得讓人不敢置信。

最近這些心懷不軌之人一個兩個的是怎麼了？業務水準不過關啊！

天色徹底暗了下來，天上無星也無月，黑夜濃稠得讓人無端生出幾絲惶恐。

姚三春還未說話呢，看不清臉面的陌生女人就突然淒淒慘慘、柔柔弱弱地哭泣起來了。

「你們幹啥抓我？嗚嗚嗚……我身上還有五十文錢，我全給你們，求你們放過我吧！」

姚三春快笑了，這人倒打一耙的功夫倒是厲害！她手上力道更重一分，冷笑道：「少跟我裝蒜！妳從街上一路跟著我們到這荒郊野嶺，還有臉問我們為什麼抓妳？妳是把我們當傻子，還是妳自己腦子有病？」

陌生女人的身子僵硬一瞬，卻被黑暗掩蓋了去，她不停地哭泣，語氣萬般無奈委屈。「天大的冤枉啊！我是迷路了才不知咋的來到這兒，咋可能是跟蹤你們？你們肯定是認錯人了！我根本不認識你們，跟蹤你們幹啥？」

宋平生冷嗤一聲。「誰知道呢？昨天跟蹤我們的那小子也說不認識我們，卻跟了我們一路，今天又來了個惹人厭煩的，同樣說不認識我們。我倒是要問一句，你們應該是一夥的吧？」一直覺告訴他，這兩人絕對是一夥的！

陌生女人語氣茫然。「你們在說什麼？如果你們要錢……好吧，其實我身上有一百文，全部給你們，你們放過我吧！我保證裝作什麼都不知道，也絕不會告官，好不好？嗚嗚……」

姚三春磨了磨牙，嘲弄道：「果然是多吃幾年米飯的人啊，作戲本事一流！不過妳不承認也沒關係，我直接將妳送進官府打板子，一了百了，我看妳怕是不怕！」

陌生女人陷入沈默，就在姚三春覺得對方束手無策，恐怕就要承認之時，手上突然一重，陌生女人竟然一屁股坐在地上！隨之而來的是陌生女人倒抽涼氣的聲音，她似是咬緊牙根，旋即驚慌失措地抽泣起來。

「嘶……我肚子好疼啊！我的孩子……我的孩子不能有事！啊，肚子好痛……」反抓住姚三春的那隻手都脫力一般地鬆開。

這一變故發生得太突然，陌生女人叫聲淒厲，於是姚三春提著膽子摸向對方的肚子，下一刻，她驚得臉都僵了。「平生，她真的懷孕了！」

宋平生也一驚。見鬼的，誰知道會發生這種事？

陌生女人還在那兒慘叫，疼得都癱在地上了，夫妻倆哪裡還有心思思索其他事情？當機立斷由宋平生揹上陌生女人，馬不停蹄地往街上醫館的方向趕去。

路上烏漆抹黑，一路的艱辛不必多說，到達醫館的時候，姚三春和宋平生夫妻倆都出了一身的汗。姚三春是走夜路緊張的，還不小心摔了兩個跟頭，有些狼狽；宋平生則是揹人太費力氣，累的！

一進到醫館，不知是有意還是無意，陌生女人一直扭頭背對他們，一隻手放在額頭遮著，有些欲蓋彌彰的意味。

姚三春和宋平生也顧不得那麼多，一身的汗實在難受，夫妻倆跟醫館夥計打了聲招呼，去往醫館後的小院打水洗臉、洗手。

夫妻倆整頓一番，一刻鐘後回到前頭，就見老大夫跟他們夫妻倆大眼瞪小眼。

老大夫的臉色十足認真。「你們誰有病？」

「……」姚三春和宋平生面面相覷。

宋平生兩步繞過老大夫，一把掀開老大夫身後的布簾，果然，用於病人等候的屋內已空無一人，哪裡還有陌生女人的身影？

姚三春跟著探頭望去，一時間夫妻倆誰也沒說話。

這陌生女人簡直快成精了？那絲絲入扣的演技、那情真意切的臺詞、那摧人心腸的哭泣……真是絕了！

姚三春都氣笑了。「這位大姊還真是個人才，我們根本被人家騙得團團轉啊！」

宋平生握住她的手腕，眼底藏著一片陰翳，不過他很快調整過來，只神情寡淡地道：「算了，進來時我沒留下看著她，便料想過她乘機溜走的可能性，倒也不算特別意外。」對方是孕婦，真留下來，他們也不好處理。

姚三春捏住拳頭，磨著後槽牙道：「左右她跟那小子的家就在那兒，跑得了和尚跑不了廟，我看她能躲我們到幾時？」

宋平生扭頭看姚三春，目光驀地就溫柔下來。「不過當務之急還是得弄清楚這兩人為何偷偷跟蹤我們？此次才是我們第二次來府城，我們也沒得罪過人，這種情況太古怪了。」

姚三春點頭，神色嚴肅起來。「而且這兩人的態度很奇怪，說不上滿懷惡意，看起來也不像十惡不赦的壞人，實在弄不懂他們的動機，真費腦筋。」

宋平生揚唇一笑，目光沈沈。「圖窮匕見，如果他們真的有所圖，後面肯定還會有動作。」

聽到這話，姚三春驀地眸光一震，臉色變得不太好看，她抓緊宋平生的小臂，有些緊張地道：「平生，咱們明天就回去吧！」

宋平生先是目露不解，卻又很快領悟過來。說起來，還是當初那場車禍的影響，姚三春對於危險有本能的抗拒，所以並不想繼續留在這兒以身涉險。

離開並非最穩妥的辦法，除非他們以後再也不來這裡，但宋平生想也不想的答應了。

「好，明早我們就動身。妳不用太擔心，嗯？」

姚三春心不在焉地點頭，心思已不知跑哪裡去了。

夫妻倆終於交流完畢，一回頭，老大夫竟還站在原地，沒挪動一步。

「喂，年輕人，你們到底誰有病？」

「……」

最終，姚三春伸出胳膊，露出摔跤時摔出的兩塊破皮，才勉勉強強堵上老大夫的嘴。

結果一轉頭卻被宋平生數落了一頓，說她受傷了也不說，逞強不是好習慣！

俗話說，計劃永遠趕不上變化，姚三春夫妻準備第二天動身回去，誰知第二天一大早，客棧掌櫃就找上他們，說他們的馬丟了。

一匹馬可不是小東西，姚三春夫妻跟客棧掌櫃商量好，決定告官，上午客棧掌櫃便帶兩位衙差回客棧探察現場，詢問情況。

輪到姚三春夫妻倆時，宋平生便將這兩日被人跟蹤之事悉數說了，這兩件事先後發生，他有理由懷疑那兩個宵小之輩和馬匹被盜有關係，或許他們跟蹤自己就是為了踩點。

至於麻稈似的少年為何把自己家的住處都洩漏？說不定那根本不是他的家，是臨時據點也說不準。

三日以來意外頻發，他們夫妻倆不能再當「傻白甜」，只能以最壞的想法揣測這一切。

夫妻倆與衙差說明情況後，兩位衙差也覺得這事蹊蹺，而且姚三春夫妻還是外地人，正準備回鄉，他們當下就決定跟姚三春夫妻走這一趟。

一行四人很快到達麻稈少年的住處，然而麻稈少年家大門緊鎖，身高腿長的宋平生站在石頭上往院裡頭看，裡頭一絲動靜都沒有，顯然沒人。

這下不僅是姚三春夫妻，就連衙差的疑心都更重了。

四個人鬧出的動靜引出隔壁一個老婆子，老婆子是個駝背，上半身與地面簡直要平行了，不過頭還是仰得高高的，一雙半渾濁的眼睛閃爍著探聽的光芒。

「衙差老爺，你們找張家人哪？」

胖衙差向前兩步，客氣道：「嬸子，妳認識這家人？很熟嗎？」

老婆子嘿嘿一笑，露出少了兩顆牙的牙床。「老婆子我就住他家隔壁，當然認識！不過熟就不敢當了，這家人去年才搬到這兒的，平日家中有人也是大門緊閉，不太愛跟左右鄰居打交道就算了，看到人也都沒個笑臉，所以我跟他家人可不太熟。咋了衙差大人？他家是不是犯啥事了?跟我說說唄!」

面對老婆子亮晶晶的八卦眼神，甚至隱隱有些壓抑不住的興奮，姚三春他們不禁一頭黑線。

「衙差大人，你咋不說話了?」老婆子打探之心沒得到滿足，不滿地癟癟嘴。

胖衙差擺正臉色，眼神暗藏嚴厲。「嬸子，這些是咱們官府的事情，妳最好少問!妳只需要告訴我們，知不知道他家人現在在哪兒?」

衙差擺起譜來還真能唬人，老婆子一下子就不敢問了，只能不情不願地回答道:「他家是賣烤鴨的，大白天的還能在哪兒?當然是在鋪子裡頭嘍!喔，他家小兒子也不在，他還在學堂上課呢!」

姚三春夫妻倆當即臉色一變!

宋平生闊步上前，客氣地問道:「嬸子，妳說的烤鴨店，是不是那家生意很好的張記果木烤鴨?」

老婆子艱難地仰著頭，最後不禁後退好幾步才勉強看清宋平生的臉。雖然她老眼昏花，可爬滿皺紋的臉頓時露出幾分驚嘆。「喔豁，這位姑娘長得可俊啊!就是個子太高，恐怕不好找婆家喔!姑娘，妳今年多大了?」

兩位衙差目光同時向宋平生看去，都很擔憂宋平生會發怒。

這時候姚三春牽住宋平生的手，朝老婆子道:「嬸子，妳看錯了，這是我男人，不是什麼漂亮姑娘。嬸子，我們還是回歸正題吧，我們很急。」

老婆子不滿地咂吧下嘴，有些不喜歡姚三春說話的風格，覺得她不尊重老年人，所以乾脆裝作沒聽見的樣子。

姚三春也是無奈。

最後還是胖衙差出面，語氣略重地喚：「嬸子！」

老婆子這才裝作回過神來的樣子。「喔喔喔，對對對，這張家的烤鴨店就是張記果木烤鴨！瞧我這腦子，老嘍，真是不中用咯，呵呵！」

宋平生想了想，又問一句。「嬸子，他家是否還有一位孕婦？」

老婆子對宋平生的態度挺好的，不住地點頭。「嗯嗯嗯！他家媳婦劉香是懷了娃兒！」

宋平生跟老婆子道了聲謝，然後一群人便大步流星地趕往張記果木烤鴨店。

只是宋平生兩口子心頭疑惑更重了，張記果木烤鴨店的生意他們看在眼裡，絕對是賺錢的營生，他家用得著為了偷一匹馬而如此大費周章嗎？這不合理啊！

可若不是為了偷馬，張家人跟蹤他們的目的又是為了什麼？

又或者，其實偷竊之事與張家人無關，因為他們真正的意圖還未暴露，這一切不過是他們夫妻想多了？

宋平生思來想去，還是將自己的想法告知衙差。

兩位衙差當場就無語了。

「宋兄弟，你說你們兩口子才第二次來咱們府城，也從未與人結怨對吧？」

「是。」

「既然你們沒有仇人，只有張家人莫名其妙跟蹤過你們，我們不懷疑他們懷疑誰？再說了，他們家跟蹤你們還不知道打什麼主意呢，既然我們知道這事了，就不能不管。現在不管從哪一方面考慮，我們都必須跑這一趟。」胖衙差挺了挺胸膛。「如果他們真的與盜竊案無關，我們官府絕不會冤枉了他們去，同時又能幫你們解決一個隱患，所以說，這一趟去得值！」

宋平生沒再說話，畢竟衙差如此負責，受益的是他們夫妻倆。方才他告訴衙差這種可能性，不過是為了分析案情罷了，對於張家人，他可沒必要手下留情。

另一個矮些的中年衙差則是看著宋平生默默搖頭，呵，果然是年輕人哪！

這日的張記果木烤鴨生意依舊很不錯，買烤鴨的人一邊在鋪子門口排隊張望，一邊偷偷嗅香氣嚥口水，內心美滋滋。

烤鴨、切鴨、收錢，張家人有條不紊地忙活著。可就在體型壯碩的張韋跟客人說笑時，兩名帶刀的衙差往門口那麼一站，場面霎時安靜下來，堪稱針落可聞。

不論是在場的十幾位客人還是張家人，所有目光都聚集過來。

兩位衙差是來辦事的，事情沒弄清楚之前他們也不想鬧得太難看，所以態度還算客氣，道：「你們張家當家人、孕婦劉香，還有讀書的少年在不在？出來一下，我們有一個案子要問他們。」

幾個買烤鴨的顧客立即低頭私語。

乾瘦的中年人張興旺瞅一眼衙差身邊的宋平生後，很快地收回目光，擦手時用眼神示意胖婦人陶氏，而後面不改色地從工作檯繞出來，從頭到尾沒有一絲慌亂。

他兒子張韋切好烤鴨，一邊擦手一邊笑呵呵地朝衙差道：「衙差大哥，我弟弟在學堂上課呢，我代他也是一樣的。還有，劉香是我媳婦，早上肚子有些不舒服，我得扶著她才放心。」

胖衙差面無表情地點頭。

見張韋還有心情笑，張興旺看起來也很鎮定，其他顧客心頭驀地一鬆，說不定衙差找來只是有事要問他們呢！他們可不想某天聽到消息，發現自己天天光顧的烤鴨店一家子竟然是什麼作奸犯科的壞人。

另一頭，宋平生和姚三春對視一眼，心頭疑惑滿滿，這張家人除了最初的驚訝，後面還當真鎮定得很呢！

除了劉香，她面對姚三春夫妻時臉色尷尬了一瞬，不過極快掩蓋過去，接下來便一副神遊天外的自在表情，幾乎不與姚三春夫妻有眼神交流。

果然，演技的天賦不是蓋的呢！

一群人在距離烤鴨店稍遠的小巷子裡停下腳步。

胖衙差一手放在刀柄上，冷著臉在劉家三人身上來回打量，最後落在張興旺身上。「你是張家當家的？你們家幾口人，昨晚天黑後都在幹啥？」

張興旺那張黑肅的臉沒有一絲變化，一雙歷經風霜的眼閃爍著別人看不懂的光芒，沈啞著聲音言簡意賅地道：「我家六口人，昨晚天黑後打烊睡大覺。」

胖衙差瞅他一眼，語氣又重兩分。「你小兒子跟大兒媳婦前兩天鬼鬼祟祟地跟蹤宋平生兩口子，就是為了偷人家的馬，是不是？」

除了張興旺面無表情，張韋和劉香均是一臉茫然。

胖衙差再接再厲，凶狠地道：「坦白從寬，快點老實交代！」

張興旺冷冷地瞥了姚三春夫妻一眼，吐出四個字。「沒有的事。」

胖衙差「嘿」了一聲。「你們還狡辯！先是你們讀書的小兒子跟蹤人家，後來又是懷著娃的兒媳婦跟蹤人家，這都跟到荒郊野外了！咋的，你家姓跟的啊？還是你兒媳婦肚子裡揣的是棉花啊？膽子可真夠大的！」

劉香臉色微紅，還瞪著眼，道：「衙差大哥，誰跟蹤他們了？我見都沒見過他們，你們可不能冤枉好人啊！」

胖衙差不屑地冷嗤一聲，一邊漫不經心地摸了摸刀柄。「事到如今，妳還在狡辯，當我們傻啊？別以為自己懷著娃了不起，做爹娘的都不當回事，我們更用不著客氣！」

胖衙差唬起人來真像那麼一回事，普通百姓面對衙差到底有幾分忌憚，她臉色當即白了兩分，笑容差點維持不住。

張韋忙扶住劉香，擋在她身前，好聲好氣道：「二位衙差大哥，我們張家開了這麼久的烤鴨店，顧客都知道我們家人是什麼樣的性子，不說完美無缺，但也是熱心樸實的人家，可不是那種壞心眼的人！其中肯定有誤會。」

胖衙差斜睨張興旺一眼，言外之意不言而喻——就你老爹這張棺材臉，哪裡看得出一絲熱心了？

張韋也不惱，繼續道：「衙差大哥，你若是不信，可以去咱們鋪子左右街坊或者客人那兒問問，咱們家可曾多收別人一文錢？可曾做過出格的事情？咱們張記果木烤鴨在外的名聲可不由我亂說。」

胖衙差假笑兩聲。「是嗎？可是你們家的鄰居可不是這樣說的，她說你家平日有人沒人都大門緊閉，跟左鄰右舍關係可不咋地啊！」

張韋神色一僵。

宋平生眼見他們快鬥起嘴皮子，不耐地皺了皺眉，突然開口道：「衙差大哥，別被他三言兩語繞過去，咱們直接去學堂把他弟弟叫出來看一眼不就得了？我倒是不相信了，一家兩個人跟蹤我們夫妻，倒還有臉狡辯！再不承認……」宋平生冷笑一聲。「大不了我將這事徹底宣揚開，我倒要看看他家烤鴨店還開不開？他弟弟以後還要不要考科舉？」

短短幾句話，現場氣氛陡變。

張興旺怒目而視，一雙瞳孔黝黑得深不見底，無端讓人心生幾絲懼意。

宋平生毫不退縮，淡定地與張興旺對視，兩人的眼神在空中交會，誰也不讓誰。

張韋的臉色很不好看，冷下臉，語氣比方才冷硬許多。「衙差兄弟，我可以指天發誓，我們張家對宋平生兩口子絕無壞心！」

宋平生敏銳地抓住其中的漏洞，似笑非笑地道：「言下之意，你承認你家人跟蹤過我們夫妻咯？只不過沒造成什麼不可挽回的後果罷了！」

張韋嘴唇緊抿，垂下眸子沒有辯解。事到如今，他們再死不承認也沒有意義，左不過他們張家又沒有幹壞事，難不成就因為跟蹤人家夫妻一路，官府就要將他們關進大牢？

劉香也是這樣想的，一手捧著肚子，一邊道：「衙差大哥，反正我們張家絕對沒幹傷天害理的事情，咱們問心無愧，還望你們明察。」

姚三春目光飛快地掃過張家三個人，不吐不快。「既然如此，你們還不將跟蹤我們的目的如實說來？否則我們拿什麼相信你們？」

張韋與劉香夫妻同時看向張興旺，很明顯，張興旺才是這件事的主導者。

張興旺的嘴巴動了動，眼神變幻莫測，下顎驀地冷硬緊繃下來，冷冷吐出一句話。「我沒啥好說，但馬絕對不是咱家偷的！」

在場之人無一不有些感到震驚，這張興旺到底在隱藏什麼？竟到了如此地步都不願吐露實情！

姚三春與宋平生更是氣笑了，這個糟老頭子，還當真是固執得很呢！

胖衙差有種自己被耍了的感覺，徹底失去耐心，沈下臉道：「既然你們冥頑不靈，就別怪我們不客氣！婦人劉香，還有你們家小兒子，全都給我進大牢待著去！」

張韋急著想說話，被胖衙差一把揮開。「少說廢話！宋平生的馬一日沒找到，他們就得在大牢多待一日，沒得商量！」

劉香的嘴巴一癟，可憐巴巴地道：「衙差大哥，我這肚子裡還有一個呢，你就行行好吧？」

張韋同樣帶著討好的笑。

胖衙差卻冷冷一笑。「現在終於記得自己懷著娃兒呢？妳在烏漆抹黑的晚上跟蹤人家時咋不怕呢？」

張韋和劉香的臉色就如同品了一碗蒼蠅似的，簡直不能看。

沈默許久的張興旺這時候啞聲開口，聲調毫無起伏。「我去大牢吧，大韋媳婦有身孕，不方便。」

這下子不用胖衙差開口，中年衙差便假笑道：「你當大牢是你們張家開的？峰子，別跟他們扯嘴皮子廢話了，咱們直接把人帶回去，後面還有得忙！」

胖衙差十分聽中年衙差的，當即閉嘴，一手搭在刀柄上，朝劉香道：「不想吃苦頭就自己走吧！」

劉香瞅了瞅張興旺，見自己公爹完全無動於衷，心裡那點希望徹底破滅，只能不甘不願地跟上衙差的腳步。她心裡明白，自己懷著娃兒，衙差不會對她做什麼過分的事，但肯定會吃點苦。

「小香，咱們沒偷他家的馬，咱們不怕！過兩天肯定就放妳出來了，妳別怕啊！」張韋跟在後頭走了幾十米路，一邊輕聲安慰著。

他是人高馬大、體型壯碩，但是出格的事他不會做。他心疼自己媳婦要受苦，但他們是無辜的，所以並不會太過擔心，真相遲早會水落石出。

他最後垂頭喪氣地走回巷子，當他再次面對宋平生時，臉上的笑褪得一乾二淨，紅著眼獰笑道：「也不知是多噁心的爹，才會教出你這麼噁心的男人，竟然連一個孕婦都不放過！」

宋平生內心毫無波動，甚至還隱隱想笑。不管是上一世拋棄他的父親，還是現在這個身體的親爹宋茂山，確實都挺噁心的。所以宋平生面上沒有一丁點的憤怒，只神色寡淡地道：「罵我老子可以，罵我不行！」

張韋。「……」啥玩意兒？

「我這人的原則是，人不犯我，我不犯人。你們連續跟蹤我，又不願意說出目的，在我眼裡就是小人行徑，對於小人，我不需要仁慈。」宋平生說完，牽住姚三春，準備離開。

「你就是這樣對你爹的？是不是太不孝？如果我是你爹，寧願沒你這個兒子。」張興旺突然開口，目光陰沈沈的，幽黑得沒有一絲光亮。

宋平生沒想到張興旺這人看起來很陰沈，竟然還會說這種廢話，眼中不禁帶著嘲弄。

姚三春聽到後相當不悅，不客氣地反駁道：「我看您的兒子品格好像也沒高尚到哪裡去吧？一介讀書人，幹起跟蹤的活兒也是一點都不含糊。」

「妳！」人高馬大、體型壯碩的張韋怒瞪雙眼，氣得臉色漲紅。

宋平生不欲多說，給張家父子投去一記輕飄飄的眼神，然後牽住姚三春，閒庭信步地離開，可把張韋氣壞了。

張韋的後槽牙磨得吱吱響，回首面對張興旺時，不甘地問道：「爹，你為啥不願意說實話？小香咋能在大牢裡多待呢！」

張興旺的臉色更冷，沒有解釋，只定定地凝望張韋。

張韋不知道想到什麼，突然肩膀垮下，不再爭辯。

接下來的三天，姚三春和宋平生做不了什麼，只能在客棧等待消息。

終於，在第三天上午，客棧掌櫃一臉喜色地送來消息——姚三春家的馬找到了！

姚三春夫妻倆下樓一看，客棧後院裡的馬不是他家的又能是誰家的？夫妻倆頓時喜出望外。

姚三春動作輕柔地摸摸馬脖子，宋平生則問道：「王掌櫃，不知我家的馬是在哪兒找回的？」

客棧掌櫃的臉色莫名僵了僵，眼神閃躲。「那個……呵呵……」

「王掌櫃？」

王掌櫃擦擦額頭上的虛汗，乾巴巴地道：「那個啥，我不是說我有夥計專門看馬廄的嗎？就……就是他幹的。」

「……」姚三春及宋平生傻眼。

「哎，說起來都是淚啊！枉我平日待耗子就跟待親生兒子沒兩樣，沒想到他竟然監守自盜，真把我們客棧的臉都丟盡了！」王掌櫃知道今天必須給宋平生兩口子一個交代，否則人家絕對不會善罷甘休。

「耗子還有臉跟我哭，說他父母都不在，就跟妹妹相依為命，前陣子他妹妹突然生重病，治病需要許多錢，他一時衝動才會幹出這種蠢事！我呸，三天前馬丟了，我看他可憐就沒辭退他，誰知道知人知面不知心，我真他娘的瞎了眼……」王掌櫃這一罵就沒有停下的跡象，一連罵到口乾舌燥宋平生才問道：「你口中的耗子，現在可被送進大牢了？」

王掌櫃點頭如搗蒜。「這事就是上次那二位衙差大爺發現的，耗子昨晚被抓的時候，正準備偷偷把馬給賣了呢！喔，衙差還要我跟你們說一句，張家那個劉香和小兒子張林都放了，偷馬的事跟他們沒關係，官府不能多留他們。」

宋平生點頭表示理解，即使你曉得某些人對你不懷好意，但是事件畢竟尚未發生，你拿對方根本沒辦法，別人也不好多管。

對於馬匹被偷一事，如今水落石出，與張家人無關，但是宋平生不準備去道歉，因為張家人還欠他們夫妻倆一個解釋。

只是，這次在府城耽誤太久了，他們夫妻倆此刻只想盡快回鄉，其他事一律不想再理會。

於是，姚三春夫妻倆半個時辰內收拾好所有東西，結掉住宿費後便直接上馬車，頭也不回地往城門外趕。

馬車出城必經一條貫穿南北的主城道，其中有一段道路有個十字路口，宋平生趕車經過十字路口時，就見一位十三、四歲、一身嫩綠色衣裳的小姑娘走在路中央。

宋平生在城內趕車並不快，原本並不會碰到這個小姑娘，誰知道這小姑娘突然歪頭看到趕車的宋平生，然後眼中閃過驚豔之色。

可能是美麗的皮囊衝擊力太大，小姑娘竟然雙腳生根一般，突然站在路中央不動了，可是這時候馬車卻快逼近小姑娘！

宋平生一邊使勁拉韁繩，一邊大聲喝道：「快躲開！」

事實上，如果小姑娘反應過來，跳到一旁完全是來得及的，偏偏那時候她腦子也不知道在想什麼，動作太大，竟然左腳絆住右腳，身子直直就往前撲過去，重重摔到了地上，然後便發出一聲痛呼。
「我的腳！嘶——」
宋平生使出吃奶的勁，一雙手被繩子摩擦得都破了皮，這才勉強在小姑娘面前拉住馬，沒讓馬踩到人家小姑娘。
宋平生跟姚三春都驚出一身冷汗，不過還是救人要緊。
姚三春忙下車過去查看小姑娘的腳腕，放柔動作捏了兩下後道：「好像是崴了腳。」這時候，周圍許多人都注意到這邊。
小姑娘想碰又不敢碰受傷的腳腕，同時滿臉愧色，羞愧得都不敢抬頭看人，連連道歉。「對不起、對不起，是我犯傻導致的，跟你們沒有任何關係！怪不得我大哥、二哥總說我笨，嗚……」說著差點哭出來。
姚三春嘆口氣，安慰她。「好了，妳一點都不笨。我看妳這腿走不了路了，剛好我們有馬車，就送妳去醫館看看吧，這種事不能開玩笑。」
遇都遇到了，他們總不能坐視不管，還是送小姑娘去醫館再離開吧。
小姑娘眼中淚汪汪，感激地道：「謝謝這位漂亮大姊姊，你們人真好！」
姚三春被誇得美滋滋的，扶起小姑娘的動作更輕柔許多。
不過從頭到尾宋平生都沒有出手，畢竟只是個無關的女人。
夫妻倆送小姑娘去醫館包紮，小姑娘身上銀錢不夠，最後自然還是姚三春掏的。

小姑娘見姚三春夫妻為人如此熱心，感動得唏哩嘩啦，一個勁兒地讓他們夫妻去自己家做客，順便還錢。

然而當小姑娘說出地址後，姚三春夫妻同時無語了，竟然又是張家！

小姑娘傷得不嚴重，也就花了二十文錢的診治費，姚三春夫妻本還在考慮要不要跑這一趟，畢竟他們回鄉心切還趕時間，可他們一聽小姑娘竟然是張家小女兒張春花，夫妻倆當下就決定了——去！這趟必須去！

他們哪怕是施捨給叫花子，也絕不能讓張家人從他們身上占到一文錢便宜！

於是宋平生掉轉馬頭，「駕」的一聲直奔張記果木烤鴨。

張記果木烤鴨店鋪還是老樣子，等待的隊伍排得老長，香味飄得老遠。因為前幾日劉香和張林被抓進大牢的事並沒有傳揚開，所以烤鴨店的生意未受影響。

張興旺一張棺材臉，張韋與陶氏則對客人笑臉相迎。

可是張韋的笑臉在見到姚三春夫妻的那一刻凝滯了，親自表演什麼叫笑容逐漸消失。對於宋平生兩口子的到來，張家人個個冷著臉。

宋平生兩口子的表情半斤八兩，誰都沒個好臉色。

張春花沒注意到自己父親和大哥的臉色，因為她正低頭看地面，借姚三春的力氣一蹦一跳地跳到陶氏跟前，站穩後伸出一隻手，咋咋呼呼地道：「娘，我剛才不小心把腳給崴了，多虧姚姊姊跟宋大哥送我去醫館，還替我墊了二十文錢診治費。娘，妳快拿二十文給我，姚姊姊他們急著回鄉，我可不能耽誤他們。」

因為張春花年紀小，所以家中許多事她都不是很清楚，更不知姚三春夫妻竟然就是害她大嫂及二哥坐大牢的罪魁禍首。

陶氏緊緊盯著張春花身側的姚三春，目光微動，一時間並沒有動作。

張春花見她娘一臉不在狀況內的樣子，小臉帶著無奈，只能用唯一一隻完好的腳踮起，上半身努力往裡探，試圖搆到那個裝銅錢的罐子，嘴裡還小聲念叨著。「姚姊姊跟宋大哥人這麼好，都不認識我還願意伸手幫我，真是善良又熱心！好可惜姚姊姊他們今天就要回鄉，不然去我家吃頓飯多好呀！」

張春花那隻小短手千辛萬苦終於搆到小罐子，從裡頭數出二十文後攥在手心，黑溜溜的眼睛眨巴巴眨巴著。「姚姊姊，妳跟宋大哥愛吃烤鴨嗎？我家的烤鴨可好吃了！你們沒時間留下吃飯，不如帶一隻烤鴨回去呀！對吧，娘？」

陶氏機械似地接過顧客給的銅錢，注意力始終放在姚三春身上，只是小女兒這問題還真不好回答，見旁邊顧客在看這邊了，她只能乾巴巴地道：「當然要謝謝人家。」同時朝張興旺投去詢問的眼神。

姚三春和宋平生不愧是夫妻，兩人均露出幾絲興味的表情，好像非常期待張家人能有什麼反應。

張興旺結束手中的事，目光落在宋平生兩口子身上，見鬼似地扯了扯唇角。「我女兒的恩人，怎麼能只送一隻烤鴨？如蒙不棄，去我家吃頓飯吧？就看你們敢不敢了？」

張興旺這話暗含挑釁，但姚三春夫妻倆聽到這話沒多大反應。

宋平生一臉真誠地道：「你別說，我們還真不敢，主要是被嚇怕了。」

「……」張興旺眸色幽黑，突然道：「你們若是有空，中午去我家吃飯吧，咱們可以敞開心扉聊聊。」

宋平生聽懂他的言外之意，不由得挑眉，張興旺這是準備告訴他們跟蹤的真相了？可是這突來的轉變又是因為什麼？實在叫人摸不著頭腦。

宋平生低聲與姚三春交談，兩人很快商量好，決定去這一遭，大不了吃完午飯再動身，差不了太多時間。

於是事情突然朝著莫名其妙的方向發展，只有張春花一個人高興得不行。

而這日中午來張記買烤鴨的老顧客都有點茫然，張興旺他家的烤鴨店不是只有過年休息嗎？咋今天大中午的就關門了？

來到張家做客，姚三春夫妻老神在在地坐下喝著茶，沒露出絲毫侷促或者緊張的情緒，不知道的還當這裡是他們夫妻的家呢！

陶氏和女兒、兒媳在廚房忙活，張家堂屋裡只有姚三春夫妻和張興旺與張韋父子，氣氛十分微妙，甚至是尷尬。

宋平生放下粗瓷茶杯，開門見山道：「現在能告訴我們實情了？」

張興旺的目光落在宋平生臉上，定定望著，可是觀他的神色，更像是透過宋平生在看另外一個人。

「你們先聽我說一個故事吧。」張興旺扯著粗啞的聲音道。

宋平生與姚三春一臉無語。

沒等宋平生兩口子回答，張興旺的目光虛落在院外那棵樹上，露出回憶的神色。

「我的家鄉是北方一個深山小村落，二十多年前，我和我的父母、大姊還有妹妹，一家五口在村中生活，雖然日子不算富裕，但是我們一家人卻過得很開心，直到咱們那個鎮上突然出現一群土匪。這群土匪燒殺擄掠，無惡不作，連官府人員都敢殺，一度成為咱們鎮上的最大噩夢。那時候我們一家的日子還算安寧，因為咱們村距離鎮上很遠，我們以為自己家會平安無事。誰知有一天，有一個土匪突然出現在我們村的山上，他看我大姊長得貌美，竟然直接搶人！當時只有我爹一個人在場，為了保護女兒，他跟那土匪殊死搏鬥。原本我爹是多年莊稼漢，並不怕跟土匪打鬥，可是那個土匪太無恥！」說到這裡，張興旺幽黑的眼睛驀地發紅。「他被我爹按在地上後，突然掏出一把匕首直接戳瞎我爹的一雙眼，又廢了我爹一條腿，最後大搖大擺地把我大姊搶走！」張興旺幾乎是咬牙切齒地說完這段話。

聽到這兒，不論是姚三春、宋平生，還是第一次聽自己父親訴說往事的張韋，均陷入久久的沈默。

就在姚三春夫妻以為這個故事已經完結時，陷入回憶中的張興旺的眼神卻愈加空洞，如同一個溺水之人。

「……爹眼睛瞎了，大姊被土匪搶走，娘知道後直接吐血暈倒，後來生病臥床，妹妹每晚都在哭。那時候我們錢家只有我一個人頂用，可是我卻什麼也做不了，我就是一個孬種！當時連衙差都不敢管這事，沒人能替我們主持公道。但是我跟爹娘他們誰都沒想到，一個多月後大姊竟然逃回來了！然而我們跟爹娘還沒開心多久，幾天後的晚上，大姊再次不見了，而晚上陪著大姊睡的妹妹竟然還被人切掉一根大拇指！妹妹說，土匪那時手中拿著火把，他用我們全家人的命威脅大姊，如果不跟他走，就要當場殺了妹妹，然後放火燒死我們全家，不留一個活口！

「爹娘承受不住再次失去大姊的絕望，老倆口跟瘋了一樣跑去土匪山，可是我們去的時候，土匪窩卻沒了人影，聽說是上頭派遣官兵圍剿，許多土匪自己跑了，原來我大姊就是那時候乘機跑出來的。我們四處打聽大姊的消息，誰也沒想到，過沒兩天，那個土匪竟然趁我們白日出去找人時，偷偷來我家對我爹這個廢人動手，一刀砍斷我爹的一隻手！若不是隔壁二大爺聽到動靜叫喚一聲，爹他恐怕連命都沒了！臨走之前，那土匪留下一句話，不要讓他發現我們錢家人在找大姊，否則他要殺光我們全家！從那次之後，我們再也沒見過那個活該被千刀萬剮的畜生！」

說到這兒，這個故事已經朝著不可挽回的悲劇方向發展，姚三春可以想像這家子只能在這樣多舛坎坷的命運下苟延殘喘。

姚三春甚至不忍心讓張興旺……不，錢興旺繼續說下去。「張……錢叔，」姚三春面露不忍。「你難受的話，後面的事就別說了。」

錢興旺呆愣愣地轉動眼珠子，眼神無比的空洞。「我每晚只要一閉眼，腦子裡全都是爹、娘、大姊和妹妹痛苦的臉，二十多年了，我已經感覺不到疼了。」他木著臉繼續道：「兩年後爹過世了，他死之前都在難過自責，他告訴我，我是錢家唯一的兒子，大姊是我的親手足，大姊是為了我們才不得不跟那個畜生走，所以無論如何，我這輩子必須找到我大姊！活要見人，哪怕死也要見屍！爹死後不過半年，娘她也走了，其實我知道，或許死對娘而言才是解脫，因為活著的每一日她都在哭，哭我們死去的爹，哭大姊可憐的命運，哭我殘疾的妹妹……」說到此處，錢興旺驀地頓住。

姚三春看他的表情，他好像在無聲的哽咽。

當一個三十多歲、在這裡都能當爺爺的男人，此時露出這般悲傷到幾近難以自持的表情時，在場無人不動容。

這番推心置腹般的訴說、這般悲劇的命運，讓姚三春一下子改變了對錢興旺的印象。他面色冷凝，他看起來冷血無情，他從來沒有笑過，可誰知道他受過多少折磨與痛苦？他不笑，不是不願，而是不能，因為他內心太苦了！

姚三春如此，宋平生也不免心有觸動。

至於張韋……現在該叫錢韋，人高馬大、體型壯碩的猛漢，竟然偷偷抹起淚來。「爹，你放心，哪怕你找不著大姑，兒子替你找！兒子不行還有孫子，還有曾孫，咱們總有一天能找到大姑！」錢韋握拳，目光無比堅定。

錢興旺話說到這個分兒上，宋平生兩口子再領悟不過來，那就是傻子了。

宋平生心頭千迴百轉，冷靜地開口。「錢叔，你說這些，是覺得我們或許跟你大姊有關？」

剛才往事被一一扒開，錢興旺的情緒波動太大，這回緩了許久，才稍微壓下翻湧的情緒，目光一瞬也不瞬地盯著宋平生的臉。「你……長得和我大姊很像。」錢興旺繼續說道：「你們來我家買烤鴨的那天，我第一眼就注意到你，這天底下長得如此相像的人能有幾個？而且我背井離鄉多年，為的不就是尋找大姊的下落嗎？哪怕只是一絲可能，我都不願放過。所以我便讓放學回來的小兒子大林跟著你們，想打探一些你們的消息，最重要的是想打探你們身邊是否還有其他家人？」錢興旺微微瞇眼。「從頭到尾我對你們夫妻並沒有什麼惡意，但是我不得不小心行事，因為萬一你真的是我大姊的兒子，萬一那個畜生也在這兒，萬一你不是個東西，將我的事情告訴了那個畜生……」

宋平生眼中劃過了然，篤定道：「如果今天沒有救你女兒這一齣，你心裡大概仍覺得我是那個畜生的兒子，很可能不是個東西，所以死都不願意開口說實話吧？因為你不相信我，覺得我可能就像我那土匪爹？」

錢興旺頓住，旋即點頭，毫不委婉地道：「是，畢竟是無惡不作的土匪的親生兒子，誰知道會是什麼貨色？」

宋平生不得不點頭，錢興旺的思慮不無道理，如果今日站在這兒的是宋平文，鬼知道他會把錢興旺賣得多徹底！

至於錢興旺說他像女人的事，只在宋平生腦海裡短暫地停了一下，他旋即便將其拋在腦後了。皮相這東西，只要姚姚滿意就行，其他人看得爽不爽和他有什麼關係？

宋平生與姚三春不由得陷入思索，腦海裡均是田氏的影子。可這事越往深處想，夫妻倆便忍不住背脊發涼，如果田氏真的是錢興旺的大姊，那這一切的一切就太可怕了！

錢興旺等待了一會兒，實在忍耐不住，語氣有些急切地問道：「所以你能不能告訴我關於你母親的事情？比如她的長相、年紀、生辰、家人……什麼都行！」錢興旺說話時，眼睛一直死死盯住宋平生，連宋平生的一個眼神都沒錯過。

宋平生知道，錢興旺並沒有全心全意地相信自己，只是他不願意失去這次機會罷了。

宋平生與姚三春眼神對上，幾個呼吸間的功夫，宋平生便面無表情地開口。「我娘叫田小菊，今年三十七，生辰之日剛好是端午節那天。至於我娘的家鄉和親人，我娘從未提過，我只聽我二嬸說，我娘的娘家人早就沒了。」

錢興旺神色微黯，不過很快調整過來。「姓名、生辰都可以胡謅，最重要的是長相。」

宋平生頓了頓，道：「我娘受了許多苦，所以看起來比實際年齡蒼老許多，現在只能依稀看出是瓜子臉、雙眼皮。不過我二嬸說，我娘才嫁過去的時候，是附近幾個村，甚至是鎮上最漂亮的媳婦。」

錢興旺記憶中的大姊是極漂亮的，漂亮得臉上一點瑕疵都沒有，所以並沒有什麼一眼能辨認出的痣之類的東西。

宋平生所描述的這些並不能確認就是錢興旺的大姊，可是不知怎的，當他聽到宋平生的母親這些年過得很辛苦時，他突然鼻子一酸，竟有種想流淚的衝動。

中年男人不自然地眨了眨眼，清清嗓子，隱約有幾分自豪地道：「我大姊也是咱們鎮上最好看的姑娘！」

記性向來好的姚三春突然來了一句。「二嬸還說過，從前娘懷著身子的時候，有一次說好想吃家鄉的梨，結果惹得宋老頭大發雷霆。」

錢興旺的眼睛亮得驚人。「是！我們村裡家家戶戶都種梨，特別甜，挑到鎮上去，半上午就能賣個精光！」

宋平生揉揉眉頭。「錢叔，你知不知道那個土匪的長相？」

這個時代沒有相機這東西，時隔二十多年了，外貌多少有變化，他們一群人七嘴八舌的，說到明天也說不出個所以然來，可是如果宋茂山與那土匪也有相似之處，那麼田氏是錢興旺他大姊的可能性便不小了，因為天底下哪有那麼多巧合的事？

從前他們夫妻同宋茂山發生爭吵時，他便覺得那個老頭子的眼神十分怪異，很有攻擊性，彷彿見過血一般，如果他真是錢興旺口中的土匪，便說得通了。

可惜錢興旺搖搖頭。「那畜生藏頭藏尾，性格陰險狡詐，從沒讓我們見過他的臉，甚至那時候大姊被掠去一個多月，都沒見過他長啥樣。不僅如此，我爹說他還故意粗嘎著嗓子說話，連口音都沒有，所以我根本猜不到他老家在哪兒，二十多年來只能一個地方一個地方地找，這一路我還不能用真姓，就怕提前驚動那個畜生。」

這一尋親之旅該如何艱辛，可想而知。

姚三春不禁咋舌，錢興旺說得一點都沒錯，這土匪還真是藏頭藏尾、陰險狡詐，竟然把錢興旺一家都逼到這個分兒上！

姚三春突然想到一個問題，道：「對了錢叔，如果我娘真是你大姊，二十多年過去了，她難道從未偷偷回去，或者偷偷給你們帶口信？」

說到這兒，錢興旺目露愴然。「我娘去後的第二年，家鄉大旱，接著又發生地動，我的家鄉如今已經是一片湖泊。」

姚三春聽完，實在唏噓，這錢家人到底是什麼命？也忒慘、忒苦了！

錢興旺該解釋的都解釋了，接下來的時間他都盯著宋平生。

宋平生思索許久，腦海裡田氏那雙滄桑愁苦的眼睛揮之不去。曾經他和大哥那樣勸解田氏，讓她離開宋茂山，他們兩兄弟給她養老，可她就是不願意離開。但在原主十幾年的記憶中，田氏從未對宋茂山有過特殊的情分，她有的只有畏懼和服從，她對宋茂山不像妻子對待丈夫，而像奴僕對待主人。

當時他心中便覺得有異，田氏不像不願離開宋茂山，更像是不能、不敢，只是田氏嘴巴太緊，他什麼都沒問出來。

堂屋安靜許久，最後宋平生開口道：「按照目前僅有的線索分析，我娘是你大姊的可能性有兩成，其中一成只是我的個人推測。我娘口風非常緊，或者說，宋老頭的威懾力太大，總之我們兄弟姊妹幾個對她的事情知之甚少。但是此前我娘答應了我跟大哥，待宋家小女兒嫁出去，小兒子考完科舉，她就要離開宋老頭，跟我們一起生活，由此看得出她對宋老頭沒有感情。最重要的一點，宋老頭這人性格人品非常有問題，差到我這個做兒子的都憎惡他，如果你告訴我他做過土匪，我一點也不意外。」

錢興旺父子就聽宋平生左一句宋老頭、右一句宋老頭，言辭、神情無一不是對他爹的憎惡，由此錢興旺更放心了些。宋平生越怨恨他老子，就越沒理由說謊。

宋平生將錢興旺的神情盡收眼底，方才打探那麼多，主要不是為了討論田氏的身分，而是為了多觀察錢興旺的反應罷了。

事實證明，錢興旺對他大姊的感情是真情實意，毫不摻假。

到此，宋平生眉頭一鬆，神情比方才好上一些。「當然，這些只是我的胡亂猜測，至於真相到底如何，我回家問我娘便是。無論是與否，我都讓人捎封信過來。」

姚三春只想撇撇嘴，這男人終於捨得開這個口了？

出乎意料的是，錢興旺一口拒絕了，神情有些激動地道：「我等不了這麼長時間！平生，如果你娘是我大姊，我就是你親舅舅！下午我要同你一起回鄉！」

不只姚三春，就連錢韋的嘴角都抽了抽。他爹這副沒得商量的口吻，真的好嗎？

好在宋平生沒多阻攔，得到姚三春首肯後，便道：「可以。」

錢興旺的呼吸驀地緩下來，垂下眸子，遮去眼底一抹暗芒，頓了頓後突然嘆口氣道：「不過這一路山高水長的，我一個人恐怕不太安全，如果你們不介意，可否再帶上我大兒子錢韋？」

這下姚三春的臉色僵了僵，她瞅著錢韋壯碩的體型，尷尬無比地道：「錢叔，恐怕不行。我妹妹還在牛頭鎮等我們，加上馬車上的東西太多，若再加上錢韋，一車就坐不下了。」其實主要是怕加上錢韋，可憐的馬會連蹄子都甩不動了。

錢興旺尋姊有望，心頭鬆快許多，大手一揮，果斷地道：「那就讓大韋先跟我們一道，到牛頭鎮再讓他自己想辦法去，咱們走咱們的！」

錢韋簡直欲哭無淚。爹，我真的是親生的嗎？

錢興旺不給宋平生反駁的機會，三言兩語地將事情安排好，隨後便迫不及待地回屋收拾東西去了。

屋裡只剩下三人，錢韋訕笑。「宋兄弟，從我記事以來，我們一家子每隔一年半載就要換地方，找大姑已經成了我爹的執念，如今哪怕只有一絲機會，我爹都不會放過。所以如果我爹有得罪的地方，還請你們多擔待些。」

宋平生瞥他一眼。「如果你爹真是我娘兄弟，那也就是我親舅，難不成我還能打他？」

這一路上並不安靜，少言寡語的錢興旺一反常態，一路都在打聽田氏的點點滴滴，越是深入瞭解，錢興旺越肯定田氏就是他苦尋多年的大姊！

因為途中遭遇兩日大雨，姚三春一行人到達牛頭鎮的時間比預計的更晚一些，加上來回耽擱，這趟竟然花了十來天的時間。

過去這麼久，姚三春惦記著姚小蓮一個人在牛頭鎮，心中不免有些擔心，不過離開牛頭鎮時她給姚小蓮留了一些錢，倒是不怕姚小蓮付不起房費，吃不上飯。

# 第二十三章

這日，接近傍晚時間，姚小蓮從中飯後便打開屋中窗戶，望著出鎮主幹道的方向出神。待在牛頭鎮的前六天，她過得都很開心，風寒徹底好了，交到許小環這個好朋友，許成也經常陪她，他和小環還陪她在牛頭鎮逛了許多地方，吃了很多好吃的。

不僅如此，她還被邀去許家做客，許家人基本上都很和善、很客氣，她和許家人都處得不錯。

可是第七天、第八天，姊姊跟姊夫還沒回牛頭鎮，她便有些坐不住了，甚至忍不住胡思亂想起來，一會兒怕府城那邊發生什麼事，一會兒又擔心路上遇到強盜，心裡沒有一刻放心的，就連晚上都睡不著。

許成見姚小蓮這樣，便想著法子安慰她，並且承諾，如果過了半個月姚三春夫妻還沒回來，他就陪姚小蓮去府城找人，姚小蓮的情緒這才終於穩定下來。

縱是如此，姚小蓮這幾日也沒了心情玩耍，吃完飯便坐在窗前等人，做一個合格的望姊石。

今日姚小蓮又等了一下午，眼見天邊晚霞漫天，天色漸漸暗淡下來，姚小蓮的心情也隨之暗淡下去。

姚三春他們回到客棧時天差不多要黑了，雖說路途勞累，可姚三春看到姚小蓮房間還亮著燈，便信步上去敲門。「小蓮，我回來了！」

緊接著，一陣輕快的腳步聲由遠及近，咿呀一聲，門從裡頭打開，姚小蓮幾乎是跳到姚三春身旁，一把摟住姚三春的胳膊，親暱得不行。

「姊，妳可終於回來了！我都擔心死了！」姚小蓮多日不見親姊，思念之情溢於言表。跟許成相處的日子是挺開心的，可是跟自己的親姊姊相比，當然是姊姊更重要。

姚三春略有些疲倦，還是笑道：「路上有事耽擱了。」

這時候許成、許小環兄妹也從屋裡出來跟姚三春打招呼。

姚三春往屋裡看一眼，只見桌上擺了幾道菜、三副碗筷，看樣子晚飯剛吃到一半。

許成察覺到她的目光，忙解釋道：「姚大姊，小蓮最近特別擔心妳跟宋大哥，連吃飯都沒什麼胃口，我娘知道這事後，就特意炒了幾個家常菜讓我送過來。」

姚小蓮接著道：「姊，前幾天我去許大哥家做客，許大叔和楊嬸子他們對我可好了，今天還特地炒了兩道我喜歡吃的菜。喔，我看許大哥也沒吃，所以就讓他留下來一起吃飯。」

姚三春望一眼許成，笑道：「許成，回頭代我感謝一下許大叔跟楊嬸子，這十多天來，多謝你們家對小蓮的照顧，給你們添麻煩了。」

許成忙不迭地擺手。「姚大姊，不用這麼客氣……」不知怎的，結尾竟鬼使神差地添了一句。「這都是應該的！」

話音一落，姚小蓮頓時鬧了個大紅臉，一邊偷偷瞪許成。

許成若不是膚色偏黑，恐怕也比小蓮好不了多少。

現場只有許小環最自在，她看看姚小蓮，再看看自己三哥，捂嘴偷笑個不停，同時又有些擔心姚大姊會生氣。

可他們三個年輕人哪裡知道，她姚三春可是身經百戰，她男人撩人的時候簡直撩斷腿，許成這點水平根本不夠看。

於是姚三春在三個人緊張的目光下，露出一抹意味深長的笑。在許成他們還一臉懵的時候，姚三春就收斂笑容，話鋒一轉，朝許成道：「對了許成，我跟你宋大哥有急事，明天一早就得動身回去，恐怕沒時間專門去你家道謝了。你給許大叔跟楊嬸子捎個信，下回再去你家拜訪。」

姚三春一說完，四周陡然陷入沈寂。

姚小蓮抬眼瞅著姚三春，嘴巴張了張，最後還是垂下眼睛。雖然她一直期盼著姊姊和姊夫快些回牛頭鎮來，可是她原本以為姊姊跟姊夫回來後，最起碼還會留在牛頭鎮休整一日的，誰知道離別來得這麼突然……

許成默了默，道：「姚大姊，我爹娘還想留你們再吃頓飯，兩家好好聯絡一下感情，妳看？」

姚三春歉意地擺手。「沒辦法，我們真有急事。再說兩家若有緣，以後還愁沒機會吃飯嗎？」姚三春話點到這兒，眉頭一抬。「好了，再耽擱飯菜就該冷了，你們去吃飯吧。我還有事要忙，先走一步。」說完轉身離去。

姚小蓮三人回屋吃晚飯，可不知是飯菜冷了，還是味道不對，三人都吃得沒精打采的。

一夜時間再睜眼便過去了，早晨天矇矇亮，姚三春與宋平生便起來收拾東西，姚小蓮起來後見錢興旺父子在和她姊姊、姊夫說話，忍不住好奇地打量他們。

姚三春只簡單介紹彼此，其他的沒有多說。

姚三春昨晚說是沒時間去許家拜訪，但還是起了個大早，擠出時間去往老許燒餅攤，順便把從府城帶回來的禮物送過去。

姚三春他們到了老許燒餅攤一看，見今日許高地跟楊氏都在，而許成正拿著扁擔準備挑兩個稻籮，稻籮裡頭裝了一堆東西，有土雞蛋、燒餅之類的，甚至還有活雞、活鴨的，看樣子是準備給姚三春他們送過去。

果然，許成見到他們便放下擔子，笑道：「姚大姊、宋大哥，我正準備去客棧找你們呢，你們倒是先來了。」

這些東西都是許成自己養活的，所以送再多，別人也不能說什麼。

姚三春忙擺擺手，態度堅決地道：「許成，我們回去要多帶一個人，馬車上也還有一堆東西，這些真帶不了，你就別送了。如今咱們兩家關係熟，我就這樣直說了哈，你別多想。」

許成的目光落在姚小蓮身上。

姚小蓮點點頭道：「許大哥，馬車上確實塞不下了，而且這一路顛簸，雞蛋容易碎，雞鴨也養不好，還是你家自己留著吧！」

許成還想說話，這時許高地突然擦乾淨手，拍拍許成的肩膀，而後臉色溫和地朝姚三春夫妻道：「三春、平生，你們有沒有時間？我有要緊事跟你們商量。」

姚三春已意識到是什麼事，輕點下顎，與宋平生跟著許高地去往不遠處的巷子。

身後的姚小蓮懵懵懂懂，眨著眼看向許成，但許成一手握拳放在嘴邊，輕咳著別開臉，姚小蓮只能撓頭。

約莫一刻多鐘的時間後，姚三春三人回來了，此時老許燒餅攤的客人挺多的，許高地再次忙活起來。

姚三春摟住稍矮的姚小蓮來到人少的地方，湊到她耳邊小聲道：「許大叔剛才替許成向妳提親呢，但是我一向認為自己的事自己作主，所以妳是答應，還是不答應呢？」

姚小蓮的耳朵瞬間充了血，頭垂得更低了，吞吞吐吐地道：「我……那個……」

姚三春「嗄」了一聲，輕笑著戲謔道：「回答得不乾不脆，看來其實心底是不願意的，既然如此——」

「姊！」姚小蓮暗惱地跺了跺腳。「我是姑娘家，要矜持點，姊妳怎麼一回來就逗我呢？」

姚三春尷尬地笑道：「哎，那個……我這不是見著妳太高興了，情不自禁就想起從前逗妳玩的日子嘛……」

姚小蓮冷著一張臉。

姚三春雙手拍她肩頭。「好了不逗妳了，既然妳對許成滿意，那我便答應這門親事了。至於婚期，就定在今年下半年吧，妳覺得如何？」

姚小蓮雙手緊握，十分乖巧地道：「我都聽姊的。」

姚三春眼中是姚小蓮紅撲撲的臉，笑著笑著卻莫名想嘆氣，那感覺大概就是自家養得水靈靈的白菜，突然一朝就被別人給摘了，真是氣啊！

這頭姚三春與姚小蓮協商好後，準備將這消息告知許家人，可姚三春這心裡總覺得不得勁。

宋平生永遠是第一個察覺姚三春情緒的人，他信步走過去，緩聲道：「姚姚，別皺眉！出什麼事了，妳告訴我？」

姚三春的酒窩淡下去。「平生，小蓮答應這門親事了。」

宋平生的神情並不意外。「嗯？所以……」

姚三春一臉糾結。「這是她自己選擇的路，可是她今年十六都沒到，我就把她嫁出去，經歷嫁人生子的人生，我就覺得很怪，心裡很悶，你知道嗎？可要是我再留她幾年，等她十八歲，跟小蓮差不多年紀的同齡男性早就有了媳婦，剩下的很難找到好的，所以我不能耽誤她……哎呀，我這個口吻怎麼就像上一世喜歡催婚的大媽一樣？」姚三春煩躁地想撓頭。

宋平生眼神冷靜清亮，他抓住姚三春要撓頭的手，聲音似有安定人心的力量，道：「妳矛盾、糾結，是因為在妳心裡，已經把姚小蓮看作親妹妹。但是姚姚，從前我們就說過，每個人都要為自己的人生負責，我們有我們的人生，姚小蓮有姚小蓮的人生，我們決定不了她的未來。生在這個時代，如果沒有對抗一切的勇氣和力量，那隨波逐流或許是最好的選擇。對普通人來說……不，其實我們都是普通人，隨遇而安，未必不是最安穩的幸福。」

就比如他，曾經燃情奮鬥，曾經志存高遠，可如今，他的期望不過是茅屋村舍、一日三餐，有摯愛相伴。當然，他內心比所有人都滿足，因為他愛的人就在身邊。

三言兩語緩解不了姚三春矛盾的心，宋平生見狀嘆口氣，抬手飛快在姚三春皺成一團的臉上輕掐一把，帶上一分恨鐵不成鋼的意味。「妳呀，就是心太軟，太重感情！這樣吧，臨行前我找許成提兩句，就說小蓮身子骨不太好，還要養上兩、三年才能好，如何？」

姚三春眼睛一亮，繼而摟著宋平生的胳膊，仰著頭看他，一雙酒窩深深陷下。「這樣你會不會覺得麻煩了？」

宋平生輕抬眉梢，面色稍淡。「是挺麻煩的，不過對我表示謝意的該是姚小蓮。」

姚三春眨眨眼，嘻嘻哈哈地道：「小蓮跟我們生活這麼久了，還說什麼謝不謝的？多見外啊！」

宋平生神色寡淡，察覺到姚三春的目光，他便笑道：「那可不是我妹妹，我對一個陌生女人太過關心，妳難道不該介意？好了，我現在就去找許成談話，免得夜長夢多。」說完抬腳就走。

走了幾步，宋平生的神色再次冷下來。方才他沒有爭辯的原因，不過是不想將自己算得上是涼薄的心展露給姚姚看罷了。

於他來說，姚小蓮不過是比陌生人熟悉幾分的人，可到底還是個陌生人，他能容忍一個陌生人在家裡住這麼久，全是因為姚姚的關係。

其實他的內心只有自己最清楚，因為從小被父母拋棄，在冷冰冰的孤兒院討生活，他從不知愛是什麼東西，甚至小時候有人給予他一丁點的善意，哪怕是虛假的，他都會感動得不能自已，這種性格大概就是俗稱的缺愛吧。

在那樣不正常又冰冷的環境下長大，他的人格又怎麼可能健全？

事實上，他的內心是冷情的。別人的痛苦與歡喜他不大能感同身受，同情心更是少得可憐，他能表現得一如常人，也不過是他掩飾得足夠好而已。

他在這世上唯一的溫暖、唯一的光，就是姚姚。姚姚好像就是他的養料，只要姚姚在身邊，他就會感覺到幸福，他有了喜怒哀樂，他所有情緒都被姚姚一人所牽引，他感受到活著的意義。

當然，這些算得上沈重的情緒他不會告訴姚姚。

他這輩子最大的願望，就是希望姚姚活得開心快樂。第二個願望，則是餘生的每分每秒他都要和姚姚一起度過。

宋平生的這些情緒姚三春一概不知，她將姚小蓮同意親事的事告知許高地，許高地轉身又告訴楊氏，老夫妻倆高興得簡直合不攏嘴，燒餅攤前一派喜氣洋洋的氣氛。

片刻後，宋平生打頭，身後跟著臉色黑紅黑紅的許成，姚三春便知道宋平生都說了。她見許成臉色略尷尬，卻沒有氣惱或者不滿的情緒，便放下心來。

越是接觸，她越是覺得許成這人不錯，踏實可靠，腦子也不迂腐，最重要的是姚小蓮也喜歡，所以說有時候緣分這東西真是奇妙得很。

從這一刻開始，姚小蓮與許成的親事便正式定下了，臨行前兩家人拜別，氣氛空前熱烈，親骨肉分別也不過如此了。

但這分熱鬧只屬於兩家家長，分立兩側的姚小蓮與許成靜靜對視，一個是眼睛略有澀意，緊抿著唇、捏食指；一個是慣常的笑不見了，神情似有不捨。

大概情竇初開這種事，不論什麼年紀，總是讓人心頭酸酸澀澀、朦朦朧朧，又難以言說吧？

牛頭鎮所有的事情都了結後，姚三春他們一人啃上兩個許家燒餅，回頭與錢興旺碰頭，便準備動身回鄉了。

至於可憐的錢韋，只能跟隨鏢局的車走一段再進行三趟中轉，粗略估計要比他們晚上

四、五天時間才能到。

回瓦溝鎮的這一路無比順暢，幾乎沒有陰雨天，氣溫也暖和，甚至休息時還遇到喜鵲停歇，嘰嘰喳喳地叫，錢興旺自顧自地覺得這是好兆頭，心情更好了些。

一路風塵僕僕，這日下午馬車終於趕到瓦溝鎮，踏入鎮上的那一刻，姚三春感覺四周空氣都新鮮好聞了些，她和姚小蓮都忍不住探出頭看鎮上的一磚一瓦、一草一木。

錢興旺也在打量鎮上建築與人群，不同的是，他的目光是帶著審視的。

雖說錢興旺來時一副很急著與田氏見面的樣子，可真到了瓦溝鎮，他反而冷靜下來，姚三春暗自將之歸咎於類似「近鄉情更怯」的感情。

將錢興旺送到鎮上一家客棧後，宋平生與錢興旺單獨談話，將後續會安排田氏來鎮上與錢興旺見面的計劃說了。

錢興旺沒有多說，很快點頭。一來畢竟這裡是瓦溝鎮，錢興旺人生地不熟；二來他不能突兀地出現在田氏跟前，否則萬一宋平生口中的宋老頭真的是那個畜生，他前去豈不是打草驚蛇？所以他只有聽宋平生的安排。除此之外，他還有自己的考量和計劃。

宋平生與錢興旺神神秘秘地談話，姚小蓮好奇得不行，但是姚三春告誡她不要過問，也不要對任何人說這事，姚小蓮全都乖巧地答應了。

解決錢興旺這事後，三人在鎮上吃了一頓飽飯，然後打道回府。

老槐樹村和離開時沒有多大區別，只是花草樹木在春天一天一個樣，如今村裡綠意盎然，來往都是村民扛著鋤頭或者挑擔的身影，一派生機勃勃的景象。

姚三春三人回到家後，美美地睡上一覺。

第二日日上三竿時，精力旺盛的發財又在院子裡活蹦亂跳，嚇得雞圈裡的雞鴨好一陣叫喚。

新的一天在溫暖陽光、和煦微風、雞飛狗跳中開始了。

吃過一場不早的早飯後，姚三春夫妻便開始著手處理從鄰省府城帶回的各家禮物。

給孫吉祥家買的是小孩子用的虎頭帽、虎頭鞋、百家衣，以及小孩子玩具陶響球、泥塑摩羅、撥浪鼓，這些都不是啥稀罕東西，但是府城賣的東西勝在樣式更好看，比鎮上的時髦些。且姚三春夫妻買的屬於不貴也不便宜的，所以黃玉鳳能坦然收下，對這份用心挑選的禮物很是喜歡。

至於給宋平東夫妻準備的，由於他們出發前羅氏便說鄰省的女葛布很出名，所以這趟姚三春專門給她扯了十多尺的荔枝紅女葛。

後來姚三春在府城賣胭脂水粉的鋪子還買了一款聽說很好用的番香——薔薇露。薔薇露調粉用來敷面，姚三春用過覺得效果不錯，便給姚小蓮以及羅氏各買了一盒。

至於這東西的價格，姚三春決定還是不告訴她們倆了，反正自古以來女人化妝護膚的錢都好賺。

送完這兩家之後，姚三春夫妻最後才來到宋家，宋平生手裡拎著鄰省特產幾斤乾菌菇，以及姚三春給田氏挑選的佛頭青女葛布。至於鄰省府城最為出名的荷花蕊、寒潭春等酒，姚三春夫妻大概要失了智再加上腦子被門夾爆漿了才會給宋茂山買吧！

宋家院子裡，宋平生夫妻、田氏、宋平東夫妻，五人坐在高低不同的凳子上嘮家常。

田氏沒怎麼說話，眼睛瞅兩眼東西後還是忍不住轉向宋平生。雖然昨晚已經去老二家看了，可是那時候天色漸晚，她如今眼睛不太行，總覺得沒能將老二看個仔細。

現在大白天的，日頭正好，田氏轉動眼睛將宋平生看個仔仔細細，再捏捏宋平生的胳膊跟肩，最後幽幽嘆口氣，斬釘截鐵地道：「平生，你又瘦了。」

宋平生與姚三春面面相覷，因為有一種冷叫「娘覺得你冷」，有一種瘦叫「娘覺得你瘦」，加之夫妻倆天天待一起，所以他們一時間還真不知田氏說的是真還是假。

「以前娘唯一的希望就是你能穩重些，以後好好過日子，你現在穩重了，日子也越過越好，可是你每次出去，娘這心就懸在半空，得看到你回家才能安心，看來娘是真的老咯！」田氏說著，抿唇自嘲一笑。

姚三春了然，這便叫兒行千里母擔憂吧！

宋平生再仔細看田氏，自己瘦沒瘦他不知道，田氏卻是實實在在清減了幾分，只有那一雙眼睛，滄桑卻慈愛，望向他時比月光更溫柔。

宋平生想了想，說道：「娘，我都這麼大的人了，知道照顧自己。倒是妳，好好的怎麼又瘦了？」

田氏見兒子關心，不由得露出笑，語氣輕快。「你娘我每年這時候就這樣，現在要忙地裡活，還得侍弄菜園子，又想多種些蔬菜，到時候給郭家送些去，這不就瘦了點？不過也沒瘦多少。」

宋平生與宋平東對視一眼，這便明白了。因為宋平東分了出去，宋茂山又是那個德行，現在宋家田地裡的活兒當然是田氏幹得多。

原本宋平東兩口子想兩邊兼顧的，但是田氏非讓他們先把自己家的活兒忙得差不多了，再來幫她，再加上田氏擔心宋平生，一來二去，田氏這陣子就瘦了。

田氏原本就瘦，年紀不算老卻有先衰之兆，頭髮裡夾著許多銀絲，姚三春想到田氏可能就是錢興旺的大姊後，一時間真是心頭酸澀。雖然她與田氏算不得親近，可是同為女人，試問自己若是田氏，心中的苦恐怕一輩子都倒不盡。

不過姚三春想到自己不能表現異常，便眨眨眼緩解一下情緒，繼續和羅氏他們說著話。

院子裡一家人聊得正開心，宋茂山背著手從外頭回來，聽到動靜，不陰不陽地瞥向他們，哪怕他沒多少表情，其他人還是能感受到他眼中的冷意。

尤其是有人渣濾鏡加成的姚三春和宋平生。

在姚三春夫妻回來的前幾天，宋平文已經出發去縣裡，準備參加四月的府試，如今宋家只剩下宋茂山與田氏，田氏又從不理他，所以宋茂山最近火氣大得很。

但是呢，小兒子正是關鍵期，他絕不能出什麼幺蛾子，所以對田氏只能乾瞪眼，幹不了其他事情，再說，地裡的活兒還得靠田氏呢！

宋茂山幹不了啥事，但是他可以噁心人，所以他乾脆就坐在堂屋廊簷下，抱著胳膊哼著小曲，一副大爺樣，帶著噁心的眼神盯著院中五個人。

宋平生他們如芒在背，頓時沒了說話的興致。

但宋平生兩口子來時是帶著任務來的，所以宋平生對宋茂山視若無睹般，滿面笑容地大聲道：「娘啊，趁這幾天還沒到最忙的時候，妳明天陪我去一趟鎮上唄，我有事要拜託娘妳！」

自從分家後，田氏已很少有被二兒子需要的感覺，聞言可以說是精神為之一振，伸直脖子就問道：「平生，啥事啊？」

宋平生朗聲笑道：「這不是才從外頭回來嗎？老屋那邊後頭的菜園子空蕩蕩的，我跟姚姚要去鎮上買菜種，還有稻種也得買。去年我跟姚姚自己挑的菜種不行，菜不好吃，對稻種更是兩眼一抹黑，所以……嘿嘿，這時候就得娘妳這個老夥計出手了。」

田氏瞪他一眼。「菜種買啥買，不要錢啊？娘跟你大哥兩個菜園子撒了不知道多少菜種，到時候你直接去菜園子裡拔菜秧子不就成了？」

宋平生挑挑眉，反應過來。「那也行，但是稻種我家真沒有，忘記準備這東西了。」

說起來理論知識再豐富，宋平生與姚三春還是不算地道的農民，再加上兩人原身也不是啥會過日子的人，所以哪怕家裡稻子還有不少，但品質良莠不齊，不適合做稻種。

不說田氏，就連宋平東都連連搖頭。田氏笑罵：「今年的稻種去年就該準備好了！你啊，說你笨你聰明得很，說你聰明吧又還沒你大哥會動腦子。」

宋平生笑咪咪地全盤接受。「所以娘妳是去還是不去啊？」

田氏張嘴要回答，廊簷下一道重咳聲響起，宋茂山坐直身子要說話，可就在這時候，宋平生卻又搶先一步開口。

「娘，妳猶豫啥呀？地裡是有活兒，但又不是離不開人。再說，家裡還有其他人呢，難道這個家就妳一個人幹活？其他人就是吃乾飯的啊？傳出去還不笑死人！」

宋茂山一骨碌從廊簷下站起，指著宋平生大罵。「小畜生，反了天了你！回家頭一天就罵你老子吃乾飯？你還有臉說，要不是老子養你這麼大，你有今天嗎？不孝的畜生東西！」

宋平生無所謂地掏著耳朵，吊兒郎當地道：「嗯，啊，是，你是老畜生，我是小畜生，這不是應該的嗎？不過爹啊，你罵人的時機是不是不對啊？宋平文好像還沒考上秀才吧？不對，連童生都不是，你這個做老子的居然也敢來罵我、刺激我？你不怕我腦子一熱，幹點壞事啊？」

宋茂山彷彿被人一把掐住脖子的公雞，伸著的手指僵在半空，保持姿勢不是，收回也不是，真是尷尬得不行。

一旁的田氏忙出來調停。「好了平生，平文那是你親弟弟，別亂說！」

宋平東應和道：「就是，這話說多了影響咱們兄弟感情。」

在田氏和宋平東母子眼裡，宋平生說這些只是為了拿捏宋茂山，肯定不是真心的，自己兒子（二弟）不是這種人。

可只有宋茂山知道，宋平生說得一點都不摻假，因為這小畜生最像他，瘋的時候啥都幹得出來！

田氏跟宋平東送來了臺階，宋平生輕哼兩聲，便不再看宋茂山。

宋茂山剛才就是腦子一熱，脾氣就上來了，現在冷靜下來，他便決定繼續忍辱負重、忍氣吞聲。等平文當上官老爺，看他怎麼對付這些小崽子！

這方宋茂山臉色忽晴忽陰，那邊宋平生又說起話來，語調是慣常的不太著調。

「大哥，明天你也跟我去鎮上，我跟姚姚想在鎮上租一家鋪子賣農藥，同時收購農藥材料，咱們人多力量大，幫我一起找找唄！」

宋平東二話不說，一伸手。「行！」

宋茂山瞅著五個人有說有笑的樣子，臉色陰沈得快滴水了。

姚三春夫妻從宋家回家後，便也開始忙活起來了。不只幾畝地要耕，老屋也要收拾，他們夫妻準備直接將老屋填平，然後整出一塊大的菜園子來，不然放著也是浪費。

翌日上午，宋平生趕著馬車，載著田氏他們一同去往鎮上。

與此同時，姚三春還交給待在家的姚小蓮一個任務，就是盯著宋茂山，以防宋茂山心血來潮突然去鎮上。

馬車上，宋平生兩口子的表情似乎格外嚴肅，一路上都沒怎麼說話，有些心不在焉的樣子，弄得田氏以為他們夫妻吵架了。

到達鎮上後，宋平生直接將馬車停在一家茶館外頭，田氏跟宋平東從馬車上下來，望著四周景象，均露出不明所以的表情。

宋平生朝田氏安撫一笑，做了一個「請」的姿勢，道：「娘、大哥，咱們去裡面再說。」

田氏和宋平東全心全意地相信宋平生，所以沒有多問便踏入茶館。

一路走向宋平生與錢興旺約定好的二樓，最裡側的包間。

這一路上誰也沒說話，田氏母子被宋平生兩口子影響，也是神色變得嚴肅。

來到包間前，宋平生不緊不慢地叩門。

也不知道為何，聽著不疾不徐的叩門聲，田氏的心卻跳得越來越快，總覺得有什麼事要發生一樣。

房門從裡頭打開，露出一張黑肅的、面無表情的臉，正是錢興旺。

田氏下意識抬眼看向比她高半個頭的中年乾瘦男人，眼神逐漸聚焦，當她對上錢興旺同樣飽經滄桑的眼睛時，突然有一種被悶雷劈了一道的感覺，腦子鈍鈍的，唯一的反應是僵立在當場，張嘴「啊」一聲，眼神茫然無措。

錢興旺好不了多少，從打開門的那一刻起，他的一雙眼睛一直盯在田氏身上，跟個傻子似的，從頭到尾眼中沒有別人，因為他要絞盡腦汁回想二十多年前大姊的身影，試圖從田氏身上找出昔年大姊的影子。

門裡門外，兩個已經是爺爺和奶奶的男女面對面而視，中間隔著沈默，兩人眼中是打量、是回想、是小心翼翼，唯獨沒有熟稔。

兩人沈默打量了太久，宋平生和姚三春各自推著錢興旺與田氏往包廂裡頭走，同時不忘叮囑宋平東關上門。

宋平東的腦子有些轉不過彎，肢體僵硬地關上門後，一頭霧水地擰著眉頭。

房門關閉的聲音一下子驚醒錢興旺與田氏，接著屋裡再度陷入短暫的沈默，最後錢興旺找回神智，兩大步跨到田氏跟前，可踏出最後一步時卻猛地頓住，最後只踏出了半步。

在姚三春他們看不到的背後，錢興旺死死掐住粗糙的手心，使出全身力氣才能控制住自己不顫抖。

「大、大姊？」錢興旺的身子站得筆直，脖子卻微伸過去，用沈啞的聲音小心翼翼卻又飽含希冀地喊了一聲。

田氏如遭重擊似的，身子猛地一抽，差點沒站住，她那雙蒼老的眼睛越瞪越大，直至瞪到嚇人的程度，才顫動著兩片嘴唇無聲說了什麼，可話音未出，兩行清淚卻倏忽落下。

別人不知田氏動嘴皮子說了什麼，錢興旺卻是一眼看出，田氏是在喊他兒時的小名：旺旺！

既熟悉又陌生的感覺瞬間襲上心頭，錢興旺的心彷彿掉進滾水中，滾燙、辛酸、疼痛得讓人喘不過氣來。

田氏和錢興旺誰也沒說話，可是兩人卻幾乎是同時有了動作，大步跨上前，跟抓住救命稻草似地緊緊抓住對方的胳膊。

田氏本就瘦，兩隻手的手背基本上就是一層皮，這下太用力，手背青筋都繃出來了，可見力量有多大。

姊弟倆四目相對，囁嚅著、下巴顫動著、淚流滿面著，可嗓子眼卻像被石子梗住一般，半個字都說不出來。

一個屋子裡安靜得針落可聞，姚三春他們的呼吸不由得輕下來。

時間好像過得很快，又像過得很慢，不知過了多久，包間裡響起兩聲滄桑的聲音。

「旺旺！」

「大姊！」

兩位被迫分開二十多載，時間久到腦子裡彼此的身影都變模糊了，久到從臉龐稚嫩時被迫分離，再見面已是早生華髮，甚至面對面都認不出彼此的姊弟，終於在這一天，重逢了。

久別重逢，人生喜事，可姊弟二人除卻剛開始的喜，後頭卻只有無盡的心酸。

闊別二十多年，田氏……如今該叫錢玉蘭，她與錢興旺有太多太多的話想說，宋平生三人很識趣地關上門，在茶館尋了另一個包間。

三人中，宋平東的精神最恍惚，待他回過神，接過宋平生倒的茶水後順手往桌上一放，問題就跟放炮似地往外蹦。

「平生，這到底是怎麼回事？娘從沒告訴我們她還有親人，怎麼還有一個弟弟？還有，你們是怎麼跟那個……舅舅碰上的？」

宋平生抿著茶水，沒立刻回答。

一旁的姚三春卻忍不住投去一記同情的眼神，因為不用猜，她已經能想像得到當孝順善良的宋平東得知真相時，內心該是如何的崩潰。

事實上，宋平東的反應比姚三春猜測的還要嚴重上百倍。

當宋平生用平緩的語氣將錢玉蘭以及錢家人的遭遇、宋茂山的所作所為一五一十地告知宋平東後，宋平東不啻經歷天崩地裂般的打擊，直接僵愣在當場，臉上的血色瞬間盡褪。

他那張算不得白的臉，露出的神色卻比白紙更蒼白，彷彿就是白日裡一抹搖搖欲消的鬼魂。

他娘的真名是錢玉蘭，是他爹搶回來的媳婦?!

他爹是十惡不赦的土匪，戳眼剁手、放火滅口、燒殺擄掠、強迫良家婦女，無惡不作？他娘被他親爹壓迫了大半輩子，被逼背井離鄉、被逼嫁給他、被逼給他傳宗接代、被逼幫他操持家務，當牛做馬，活得毫無尊嚴！

當宋平生說完前因後果，宋平東腦中的第一個念頭是——他爹宋茂山還是人嗎？分明就是一個連畜生都不如的東西！

第二個念頭是，他娘的命竟然如此悲慘！本以為攤上他爹這種貨色的丈夫已經夠慘了，誰知道這卻只是不幸的開始，掩藏在不幸表面下的是更大、更可怕的不幸。他心頭始終有一個思緒盤旋，難道老天爺讓他娘出生，就是為了讓她受盡苦楚的嗎？

他最後的念頭則是，那他是什麼？他們兄弟姊妹五個又是什麼？又算什麼？是他那個畜生爹罪惡的延續，還是她娘屈辱的見證？

一時之間，宋平東心中各種激烈的情緒紛紛湧上來，有悲痛的、有心疼的、有怨恨的、有噁心的、有迷惘的、有自我厭惡的……情緒太多太激烈，宋平東的心臟簡直要被撐破，脹疼得如同被生生撕裂一般，連臉部表情都失去控制，難受得有幾瞬間的猙獰，配上一雙通紅的眼，宋平東整個人的氣質與平時溫和的形象大相徑庭，簡直像是變了個人。

宋平東顫抖不已的手宋平生兩口子看在眼裡，他們可以想像，此時此刻，宋平東肯定難受得痛不欲生。

宋平生和姚三春在一旁安慰著宋平東，可是宋平東剛剛經過一番狂風驟雨般的打擊，精神迅速萎靡下去，一雙眼暗淡無光，宋平生兩口子的話他一句都聽不進去。

現如今，姚三春才第一次見到受致命打擊的人是怎樣的反應，真正的彷彿靈魂都被抽乾了。

宋平東這麼一個男人，平日裡有擔當、有胸懷，如今卻被打擊成這樣，實在叫人唏噓。

這個包間裡，三人的氣氛沈悶無言，另一個包間中，姊弟倆之間只會更加壓抑低沈。

宋平生三人一直等了許久，茶水都喝了兩壺，錢玉蘭姊弟所在的房間還是沒有開門。

屋中氣氛實在壓抑，宋平東又一副隨時能哭出來的樣子，姚三春夫妻乾脆將包間讓給宋平東，兩人想著出去一趟，順便去附近幾個鋪子看看菜種、稻種。

姚三春和宋平生還未到鋪子門口，卻意外地在隔壁的成衣鋪子見著婦人打扮的宋婉兒，她正和一位身著湖藍色長裙、腰肢纖細的少女說笑著，兩人關係很不錯的樣子。

宋平生看一眼，並沒有上前打招呼的打算，這時候宋婉兒卻發現他們，眼睛先是一亮，一句「二哥」跟著喊出口。

宋婉兒提著長裙小跑出來，在姚三春夫妻跟前站住，兩隻手規矩地放在身前，腰背挺直，態度得體，就連笑容都很收斂。「二哥、二嫂，你們從鄰省回來啦？」

宋平生輕一頷首。

這是姚三春夫妻從未見過的宋婉兒，第一眼看到，他們夫妻便莫名覺得有幾分怪異，眼前這位規規矩矩中還有幾分違和感的宋婉兒，還是他們印象中的宋婉兒嗎？

宋婉兒嫁到郭家才個把月，怎麼就變了這麼多？姚三春夫妻心中疑惑，但是在外頭不適合問這些。

就在這時候，一個身穿湖藍色長裙的姑娘款款而來，繼而朝姚三春夫妻微微一笑。

姚三春面露疑惑。「這位姑娘是？」

宋婉兒的笑容微頓，旋即遮掩過去，笑盈盈地道：「這位是鄧家的玉瑩表妹。」

「宋二哥、宋二嫂好。」鄧玉瑩彎唇笑著，眼睛瞇成月牙形，可愛又可親。

姚三春笑著應聲，同時不由得暗暗思忖，這個鄧玉瑩長相是清秀佳人那一掛，五官並比不得宋婉兒精緻，但鄧玉瑩勝在氣質佳，身上似乎還有一股書卷氣，站在宋婉兒身旁一點都沒有被比下去。

出色的人到哪裡都會惹人注目，不過好在姚三春也是長相出色的人，所以她只驚嘆了一把，然後便移開目光，不再看人家。

至於宋平生，他從頭到尾就輕飄飄地瞥過一眼，那眼神就如同看一顆大蒜，毫無波瀾。

姚三春夫妻跟宋婉兒也沒什麼好說的，打過招呼後便跟宋婉兒告別，轉頭忙活自己的事去了。

鄧玉瑩收回目光，笑容淺淺地與宋婉兒道：「二表嫂，二表哥現在去縣裡參加府試，妳既然這般想家，為何不回娘家小住幾天？想來宋叔及宋嬸他們肯定很開心。」

宋婉兒先是眼睛亮了一瞬，又飛快暗淡下去，抿了抿唇道：「算了，娘想讓我盡快學好刺繡，我不能讓她失望。」更何況，家中除了娘以外，大哥、二哥他們不見得有多想見到自己，尤其是大嫂，估計見她一次心裡就會罵一次吧？

再說，她也不想回家，回家娘肯定要關心她在郭家過得好不好，到時候她該怎麼回答？是說浩然對她尊敬有之，卻沒有多親近？還是說婆婆鄧氏對她處處不滿意，整天讓她學這學那，令她苦不堪言？

罷了，這些困難她目前還能忍受，只要她能跟浩然在一起，什麼都是值得的！

姚三春夫妻倆按照來時向宋茂水取的經來挑選稻種和菜種，付了訂金後便往茶館走，準備回去時再裝上馬車。

再次踏入茶館二樓宋平東所在的包間，此時宋平東已經收拾好心情，或者說假裝的平靜，只是那一雙眼，只有無盡的晦澀與沈重。

宋平生三人沈默著坐了片刻，錢玉蘭姊弟所在包間終於傳來開門聲。

宋平東率先大步踏出屋去，待姚三春夫妻也走出屋子，卻見宋平東站在錢玉蘭所在包間門外兩米處，踟躕不前。

宋平生沒來得及驚訝，因為錢興旺扶著錢玉蘭蹣跚走出，老姊弟倆此刻的神情和精神狀態一下子攫住了他的目光。

錢玉蘭已經渾身脫力，兩腿成棉花一般，站都站不直，只能虛軟地靠著錢興旺來維持站姿。觀她神色，是經歷巨大悲慟和絕望後的心如死灰，也不知她到底哭了多久，哭得多絕望，那雙滄桑的眼睛被淚水浸泡多久，只見她眼皮紅腫，只能虛弱頹唐地輕眨著，包裹著裡頭無盡的絕望與悲痛。

不過是小半天時間，錢玉蘭在得知家人的命運後，彷彿瞬間蒼老了十歲，周身縈繞著垂垂的暮氣，沒有一絲生氣，令人見之哀嘆。

而錢興旺作為一個男人，長年習慣用面無表情掩蓋內心的悲苦，現今卻好不了多少，眼睛同樣腫得不成樣，神情似苦似悲、似哀似痛，整個人憔悴得不成樣子。

現如今姊弟倆站在一塊兒，外貌並沒有太過相似，只有眼中的悲苦是相同的，濃稠得化不開、揮不散。

宋平東原本覺得沒臉面對錢玉蘭，可當他見到錢玉蘭這副失了魂的樣子，當即衝過去，伸手想扶卻又猛地縮回手，只能站在錢玉蘭跟前，垂下脖頸，如同一個做錯事的小孩子。

宋平生和姚三春走近，目光從錢玉蘭、錢興旺、宋平東三人身上依次滑過。嚴格來說，他們只是半個局外人，但不知是不是難過的情緒會傳染，他們夫妻倆彷彿被什麼梗住心口，連呼吸都不太順暢了。

周圍的氣氛實在壓抑，宋平東的喉嚨艱難地滾動著，最後用粗啞沈悶的聲音低低喊了一聲。「娘……」

錢玉蘭好似一個年老體衰的耄耋老人，半天過去才終於有了反應，眼珠子木愣愣、慢吞吞地轉動一圈，眸子裡倒映著宋平東、宋平生兄弟倆的身影。

錢玉蘭嘴皮子顫了顫，半天才用哭啞了的嗓子說著話。「……我對不起爹娘，對不起小弟、小妹，還對不起五個孩子！平東……平生……娘對不起你們啊！」

一切都是她的錯，如果當初她沒長一副招人的樣貌，宋茂山就不會看上她，她父母弟妹就不會因此受牽連，受盡苦楚，她的孩子們也就不會攤上宋茂山這個令他們抬不起頭做人的土匪爹！想著，她的眼淚又不爭氣地流下來。

錢興旺先是滿臉愴然，驀地臉色冰冷，神情似哭非哭。

「大姊，這一切跟妳沒關係啊，妳已經夠苦了！這一切的罪魁禍首都是那個活該千刀萬剮的畜生啊！是那個畜生毀了爹娘，毀了咱們家，都是他的錯！如果老天有眼，就該下一千一萬道雷劈了他，讓他不得好死！」錢興旺語氣中的恨意如有實質，甚至蘊含幾分冷冰冰的殺意。

宋平東不住地搖頭，一手握住錢玉蘭的手，另一隻手笨拙地擦拭錢玉蘭臉上的淚水，硬擠出一抹比哭還難看的笑，安慰他娘。「娘，您瞎說啥呢？是您辛辛苦苦地生下我們，一把屎、一把尿地把我們養大，如果沒有您，就沒有我們兄弟姊妹五個。其他人會對不起我們，只有娘您不可能對不起我們。反而是我們這些做子女的，長這麼大都沒讓娘享一天福，沒能讓娘過一天安生日子，還不知道娘過得有多苦，是咱們對不起娘您啊！」宋平東說著說著，面對自己滄桑悲苦的母親，忍了半天，眼眶還是濕潤了。

為什麼到了這個時候、這個地步，他娘還在怪自己？他娘還全心全意地為孩子考慮，而不是訴說自己曾經受過的苦、經歷的難？這樣的母親、這樣的曾經，讓宋平東太難受了，難受得他只想抱住親娘嚎啕大哭，才能將一腔悲憤悽苦盡數發洩出去。

二樓包間門口，錢玉蘭低聲飲泣，錢興旺恨意騰騰，宋平東心痛得想哭，若是此時二樓有其他人，恐怕都能腦補出一場幾十年的曠世糾葛大戲。

其他三人感情波動太甚，只有宋平生和姚三春勉強維持理智。

姚三春扶住錢玉蘭，輕聲安慰道：「娘，妳千萬不要把錯攬在自己身上，書上說，身體髮膚，受之父母，這世上好看的人多了去，難道長得好看就是天生的錯？難道有錯的不該是那些見色起意的噁心之人嗎？」姚三春扶住錢玉蘭的手稍微一用力，擲地有聲地道：「妳沒有任何錯，錯的是宋茂山！一切都是他作的惡！」

宋平東也用力點頭。「娘，您沒有錯！」

錢興旺眸色陰冷。「該死的是他宋茂山！」

詭異的氣氛中，宋平生見時間不早，無聲地嘆口氣，對錢玉蘭和宋平東道：「好了，娘、大哥，你們需要盡快收拾好情緒，否則回去若被宋茂山發現異常，還不知道他發起瘋來會做出什麼喪心病狂的事呢！」

看錢玉蘭現在的樣子，父母早早去世的消息打擊得她腦子都懵了，現在沒有任何思考能力，宋平東亦然，所以宋平生只能盡力安撫錢玉蘭他們的情緒。

至於其他的事情，只能等錢玉蘭情緒稍微穩定些，他們再打算了。

宋平生將自己的想法告知錢興旺，錢興旺沒有異議，神情格外的冰冷。

這是一個平凡的上午，可對於錢玉蘭姊弟以及宋平東來說，誰都不好過。

# 第二十四章

下午錢玉蘭的眼皮沒那麼腫，宋平東也冷靜下來了，宋平生這才趕馬車回村。馬車上還裝了不少稻種，菜種也買了少量，都是姚三春喜歡吃的蔬菜，最多的就是辣椒。

從上午之後，錢玉蘭的神情就一直處於游離而淡漠的模樣，始終一言不發，令宋平東他們根本猜不到錢玉蘭心裡在想什麼。

回到宋家後，宋平東時刻惦記著錢玉蘭那邊，但又擔心宋茂山發現異常，只能表現得一如平常，可內心心緒卻十分煩躁不安。

錢玉蘭一個人在宋家院中坐了一會兒後，轉身拿起鋤頭下地去了。

中午沒有人給宋茂山做飯，他只能罵罵咧咧地隨便炒一碟花生，又喝了幾杯過年剩下的小酒，飯後往床上那麼一躺，呼呼大睡，日子好不快活。

他睡了大半個下午，中間聽到田氏開門回來，又拿了農具出門，他翻個身繼續睡大覺，嘴裡咕噥地罵了兩句，並未多想。

雖說他做過幾年的土匪，那也是二十多年前的事情了，如今土匪已老，光有土匪的狠毒心腸，土匪的警覺性卻在二十多年的日子中被消磨掉。

山腳下的一片旱地裡，錢玉蘭杵著釘耙，目光放空，眼裡黑得沒有一絲光亮，因為她在回想自己的父母弟妹、自己二十多年的遭遇、自己多舛的一生……

好像，除了那五個孩子，她這一生像極了溝渠裡的一團爛泥，污濁不堪、醜陋黑暗，泛著揮之不去的惡臭味，跟糞坑裡的糞也不遑多讓。

二十多年前的她漂亮水靈，父母寵愛，小弟和小妹都愛跟在她這個大姊後頭，還有許多年輕小夥子愛慕她，有人送野花、有人送鳥蛋……那時候她活得可真是快樂自由啊！

如果那時她沒遇上宋茂山，一切都會不一樣，爹不會被人戳瞎眼又砍掉一隻手，爹娘不會那麼早過世，小妹玉秋也不會因為被砍掉手指頭，最後只能嫁給病秧子，早早成了寡婦。

而她自己，不會委曲求全地跟一個土匪生活二十多年，而是應該會嫁給親娘娘家的三表哥，生上五、六個胖娃娃，一家人過著平凡樸素卻幸福的生活，直至生老病死。

可現實與想像兩廂一對比，現實就如同一桶冷水狠狠澆下，刺激得她透心涼。

三十多年的記憶走馬觀花似地在錢玉蘭腦中走過，從幸福的童年，到一切不幸的開始，父母及小妹遭難，她被宋茂山搶回瓦溝鎮，被逼著給仇人傳宗接代、操持家務，現如今活得人不人、鬼不鬼的！

面對這樣的命運，她何曾沒有反抗過？還記得她剛被宋茂山抓走時，宋茂山沒有帶她去土匪窩，而是將她藏在另一個山頭的山洞裡，那時她假裝服從，跟宋茂山虛與委蛇很久，最終好不容易趁宋茂山放鬆警惕時逃了出來。

她拚了命地逃回家中，然而不過幾天而已，宋茂山竟然就大半夜地提著刀，大大方方溜進她家門，也不知是下了蒙汗藥還是迷煙，她和家裡人全都暈死過去。

可宋茂山這畜生為了給她一個教訓，竟然一刀劃在她後背，見她疼得醒來後，又一刀剁下她小妹玉秋的大拇指，並且將剁下來的大拇指踢到她眼前，帶出的血剛好灑在她眼皮子上，黏膩又溫熱的血彷彿透過眼皮，差點灼爛她的眼！

這一幕，她永遠不會忘記，甚至是她這二十多年來揮之不去的夢魘。

後來玉秋被疼得醒過來，宋茂山手持火把，冷冷地威脅她們姊妹，如果她們敢亂喊亂叫，他就一把火燒了錢家，讓她們全家死個精光。

就這樣，她第一次逃跑慘敗而歸，並且還害得玉秋成了殘廢。

但只要是正常人，被人拘禁當然會拚了命地想逃離，她也不例外。

第二次逃跑，發生在宋茂山離開土匪山回瓦溝鎮的路上，眼看即將就要離省，她急得嘴巴周圍長了一圈水疱，中途她瘋了般想逃跑，又哭又鬧，數次下跪苦苦哀求，也想過趁宋茂山睡著偷他的刀砍了他，然而宋茂山是個土匪，身體強壯，手上還有刀，她一個弱女子根本不是對手，後來反而被揍得遍體鱗傷。

那時候但凡能想到的辦法她都嘗試過了，然而最後所有結局都是失敗，一想到以後還不知要被人如何虐待，萬念俱灰之下，最終她選擇了自我了結——就在兩省交界處的那條河，她趁宋茂山與船夫交談時，縱身一躍跳入河水中。

河水冰涼刺骨，刺激得她四肢百骸逐漸失去知覺，然而就在覺得自己即將得到解脫時，宋茂山跳進河裡將她撈了上來。

她竟連死都選擇不了！

那一刻的絕望，真的將一個年僅十四、五歲的小姑娘徹底摧垮！

那時候宋茂山被她自殺的舉動徹底激怒，花了些錢將她交給人牙子看管，自己則不知去向。

十來天之後，宋茂山帶回一截白森森的手，這手失了太多的血，看著跟假的一樣，錢玉蘭卻靠著兩個碎開的指甲蓋，一眼認出這正是她爹的手！

那時候錢玉蘭嚇得淚流滿面，發瘋一般地捶打宋茂山，問他是不是把她爹殺了？

宋茂山怎麼回答的？他好像桀桀怪笑著道：不用哭，妳爹還沒死，但是妳敢再尋死覓活，我就不敢保證了。甚至妳親娘跟小弟、小妹都可能丟掉小命！所以啊，為了他們，妳也得好好活著，哪怕活成一條狗，那也是我宋茂山的狗！是生是死只能由我說了算！

父母親人是她的軟肋，那時候她只是一個未經世事的小姑娘，被凶神惡煞的土匪這般威脅，哪裡還敢再尋死覓活？最後只得乖乖跟宋茂山回鄉，成親、懷孕生子。

那時候宋茂山看得她很緊，她逃不掉，她想到哪怕爹娘去報官，都不知道該去哪裡找她，一時間絕望不已。她活下來的唯一目的，就是不讓宋茂山傷害她爹娘弟妹。

再後來，平東出生了，隔年又生下巧雲，看著襁褓裡天真稚嫩的孩子，她的心思逐漸轉移到孩子身上。

為了孩子，她不能逃走！

但縱是跟宋茂山有了五個孩子，她內心對宋茂山從未有過一絲感情，她有的只是恐懼、仇恨、憎惡。

一晃二十多年，中間她不是沒有打聽過父母的事情，但是最終告知她家中消息的卻是從外地回來的宋茂山，他告訴她，她家鄉地龍翻身，死了很多很多人。

聽到這個消息，她當場暈了過去，醒來時宋茂山一臉嘲弄地看著她，滿臉笑容地說道：妳暈什麼暈？妳爹娘和小弟、小妹又沒死，他們在別的地方活得好好的。

宋茂山說的話她不信，可是當宋茂山親手從口袋裡抽出一幅刺繡時，她一眼看出那幅刺繡是玉秋繡的，而且成色尚新。

這說明什麼？說明宋茂山不僅知曉她家人在哪裡安家，而且還和他們接觸過。

這個念頭一起，她當真不寒而慄。

她希望家人好好活著，但是她不想家人跟宋茂山這個禽獸有任何接觸！

宋茂山告知她這個消息不為別的，就是為了威脅她，只要她還惦記著父母，只要她還想知曉父母親的下落，她就得安安靜靜地待在瓦溝鎮，不得有任何想法。如若不然，她逃了也沒用，因為她不知道父母的下落，反倒還要時時擔憂宋茂山會殺她父母弟妹。更何況，她還有孩子！

在這樣的重壓之下，在日復一日地折磨之下，她徹底被壓垮，慢慢地也就認命了。就這樣吧，為了父母安全，為了奢想還能再見父母一面，為了自己可憐的孩子，她甘願忍辱負重，負重前行。

那時還發生過一件叫她噩夢至今的事，她曾懷過一胎，但孩子生下來卻是不正常的，而作為孩子親生父親的宋茂山竟當場就將孩子給掐死，對外卻說孩子是她不小心流掉的。

宋茂山陰毒狠辣、喪心病狂的程度遠超過她的想像，他真的連親生兒子都下得去手。

這事之後，她徹底絕了反抗他的想法，因為她怕自己哪天惹了宋茂山，宋茂山會對孩子狠下毒手，這簡直比殺了她更恐怖！

自此之後，她對宋茂山只有深深的恐懼，宋茂山讓她做什麼她就做什麼，哪怕她活得不像一個人。

但是她今天才得知，自己爹娘早就過世了，原來宋茂山這些年一直都在騙她！他竟拿她死去父母的死活來威脅她？拿她漂泊在外的弟弟的死活來威脅她？何其可笑！

回想往事，再面對如今的淒涼慘澹，錢玉蘭的心頭一寸一寸地涼下來。

這個下午，錢玉蘭想了很久很久，冷靜後想到如今自己五個孩子都大了，她已經盡到一個母親的責任。但是對爹娘，她卻沒盡到做女兒的責任！如今她最對不起的，是臨死前還在惦念自己的父母，是一連尋了她二十多年的小弟，是被她牽累的小妹！

時間過了許久許久，久到錢玉蘭的心隨著野外的風一寸一寸冷下來，她終於作了一個決定，一個無望卻必須作的決定。

從錢玉蘭與錢興旺相認後，兩天時間就這樣不鹹不淡地過去，日子平淡到令姚三春夫妻都不敢相信，宋平東更是焦躁得夜不能寐。

宋平東和宋平生尋了機會詢問錢玉蘭，錢玉蘭沈默許久，最後只道想等平文從縣裡回來，他們兄弟姊妹五個都回來再決定。

是夜春雷陣陣，瘋狂的閃電彷彿要撕開這濃黑如墨的夜幕，接著便是一陣狂風驟雨，雨珠瘋狂敲打新葉，激起無數道碎玉般的聲響。

第二日清晨，雨歇初霽，遠山攏起薄薄霧氣，宋平東夫妻才醒來，錢玉蘭已揹上背簍，拿上鐮刀去往山裡挖野菜。

晚飯後，天色快要暗下來，錢玉蘭沒洗碗，挎著裝了一籃子野菜的菜籃子出門。

她先去大房給羅氏拿了半籃子野菜，還有藏在野菜底下的六、七個雞蛋，雞蛋是給二狗子吃的，羅氏便收下了。

其實錢玉蘭更想給大房錢的，可惜宋茂山不會讓她私藏一文錢。

錢玉蘭在大房坐了一小會兒，又摟著二狗子說了好一會兒話，然後便離開，去了二房宋平生家。

她將剩下的半籃子野菜拿到宋平生家，說兩句話便回去了。

從前錢玉蘭只要有一點東西都會惦記著兒子、女兒，今天她也沒露出過多的情緒，只是沒精打采，話少得可憐，所以宋平東和宋平生他們沒有想太多。

但沒有想太多不代表他們不關注，兄弟倆暗地裡商量過，這陣子一定要時時刻刻注意錢玉蘭那邊。

錢玉蘭回去後沒一會兒，黑黢黢的天空就開始落起雨，村中草木蔥蘢茂盛，雨滴落在葉子上的聲響不絕於耳。

這個夜，注定不會太安靜。

這方姚三春先洗漱好躺回床上，兩眼亮晶晶地望著宋平生端洗腳盆走出去的挺拔背影。

宋平生回來時，院中的發財突然連續吠了好幾聲。

宋平生和姚三春默聲豎耳，仔細分辨，這才聽到掩映在雨聲中的敲門。

敲門聲一聲接著一聲，宋平生朝院門方向大聲應了一聲，在堂屋摸到一把油紙傘，撐開後摸黑緩步走向院門方向。

到了近處，宋平生並沒有立刻開門，先高聲問了一句。「大晚上的，誰啊？」

「是我！吉祥！」孫吉祥中氣十足地吼了一嗓子。

宋平生這才打開院門，雨幕下的夜濃黑如墨，甚至看不到門外人的影子，只能憑藉雨滴落在斗笠上濺起的聲響確定孫吉祥的位置。

孫吉祥聽到開門聲，立刻鑽進大門廊下躲雨，兩人的交談聲被四周的雨聲徹底隔絕。

「老宋，有件事我琢磨了一下午，要是不告訴你，我晚上恐怕會睡不著。」

「啥事？」

「是這樣的，今兒個一大早我去山上挖野菜，找野菌菇，下山的時候我看到了田嬸子，她……她……」

「我娘怎麼了？」

孫吉祥湊近宋平生，一手擋在嘴巴前方，吞了吞口水。「我好像看到田嬸子採了一把毒蘑菇！」

宋平生心中一跳，嗓音不由得緊繃幾分。「當真？那你為何當時沒有告訴我娘那蘑菇有毒？」

孫吉祥一拍大腿喊冤道：「哎喲，那個毒蘑菇是紅色的，以前黃婆子的男人不就是吃那個毒死的？人家說她男人前一天晚上還好好的，第二天起來時全身都紫了，還吐了一堆白沫，所以全村人都知道那蘑菇有毒，田嬸子絕對清楚這事啊！我那時候沒多想，以為田嬸子就是摘著玩的，可是下午我越想越覺得不對勁，田嬸子摘毒蘑菇的時候……怎麼說呢，說句不好聽的，好像有點鬼祟。」

孫吉祥說完話後，等著宋平生的回應，四周雨聲不斷，偏偏宋平生周身氣勢沈寂冷肅，無端有幾分懾人。

片刻後，宋平生沈聲道：「吉祥，這事你跟誰都不要提。」

孫吉祥鄭重地點頭。「放心吧，玉鳳我都沒說。」他跟宋平生做了這麼久的兄弟，對宋家那些糟心事略知一二，他知道宋茂山不是什麼好東西，所以才更擔心田嬸子。

事態緊急，宋平生讓孫吉祥先回去，之後語氣溫和地跟姚三春說要去宋家一趟，然後便一路濺著泥點子，消失在黑夜裡。

來到宋家門口，伴隨雨珠砸在油紙傘的頻率加快，宋平生的心跳也隨之加快，他猛力捶打大門，甚至動腳踹了好幾下，等了許久，最終由披著衣裳的宋平東摸黑給他開門。

此時雨勢絲毫沒有減弱，周圍人家若是不仔細聽，並不能注意到宋家這邊的動靜。

黑夜更加幽寂深沈，宋平東連續幾晚沒睡好，很是疲倦地打了兩個哈欠，倦意濃濃地問道：「平生，咋了這是？」

宋平生急促的呼吸沒有平緩下來的趨勢，他二話不說，用力拽住宋平東就往錢玉蘭屋子的方向跑去，同時用比平日快上幾倍的語速說道：「吉祥今天看到娘偷偷摘了毒蘑菇，我懷疑娘她想跟宋茂山同歸於盡！」

宋平生前腳剛踏入錢玉蘭屋子所在的窗戶邊，被他拽到這兒的宋平東才後知後覺地發出倒抽一口涼氣的聲音，聲音之難聽，彷彿是掉入深海的溺水之人突然漂浮上來，用盡全身力氣吸一大口氣，氣管用力摩擦發出一陣怪異的「咯咯」聲。

宋平生沒空理會其他，迅速在窗戶邊摸到一根棒槌，拿起便使勁敲打窗戶，同時大喊。

「娘！娘，妳睡了沒有？沒睡應我一聲……」

然而，窗戶都要敲爛了，屋裡頭卻半點聲音都沒有。

宋平東回過神，當即跟發瘋似的，扒開窗戶上的幾根木頭，扒開後，頭塞進裡頭大呼小叫，然而除了眼前可怖的黑暗，耳邊只有自己粗重的呼吸聲，哪還有第二種聲音？

黑暗裡，宋平東不禁一個瑟縮，他抖抖瑟瑟地道：「爹他……他每晚都打鼾，你知道嗎？」宋平東不是真的在問宋平生，反而更像在自問自答。這一刻，宋平東真切地感覺到自己渾身發冷，連呼吸都變得困難。

這時候宋平生的聲音反而更加沈著冷靜，自有一股安定人心的力量。「大哥，什麼都不要想，我們先把娘救出來再說！」

宋平東被宋平生敲醒，忙跟宋平生一起動作，一個掰窗戶，一個踹門，因為門是從裡頭閂住的。

不過事實證明，踹門這事的難度太大，稍有不慎反而可能踹廢了自己的腳，所以最後只能把希望寄託於這扇小窗戶上。

事不宜遲，宋平東立刻回屋叫醒並未睡著的羅氏以及二狗子，然後在睡眼惺忪的二狗子腰上綁住麻繩，輕聲細語地鼓勵幾句後，將二狗子塞入小窗戶中，讓小孩子慢慢著地。

這事除了要穩定住二狗子的情緒外，並不算困難。

二狗子在錢玉蘭屋子裡著地，隨後聽他爹娘的話不去叫爺爺、奶奶，而是小心地捧著油燈，先去開爺爺、奶奶屋子的門，然後再進去堂屋，搬小凳子站上去開門。

二狗子年紀小，很多事小腦袋瓜子想不太明白，但這並不妨礙小孩子對危險的感知，打開堂屋大門後，他立刻奔出去抱住羅氏的腰，整張臉埋在羅氏懷裡，像是有些被嚇到了。

宋平東這時候顧及不了這些，堂屋門一開他便立即衝了進去。

緊隨其後的宋平生端起堂屋長凳上的油燈，大步流星地跨入錢玉蘭的屋中。

冷風裹挾濕潤的水氣吹進屋中，周身溫度頓時降下，甚至冷到讓人打寒顫的地步，而油燈的火光也被夜風拖曳出各種奇形怪狀，讓這間不小的屋子陡添幾分寒意蕭瑟。

隨著瘋狂扭曲的燈光照亮屋子，裡頭的錢玉蘭和宋茂山終於露出面貌。

宋平生第一眼看到的是睡在床下放鞋子那個矮腳木板上的錢玉蘭，只見她衣裳穿戴整齊，就連頭髮絲都打理得一絲不苟，除卻她臉色發青，緊皺的眉頭顯示出幾許痛苦外，當真有幾分慷慨赴死的悲涼之感。

宋茂山的狀況比錢玉蘭要糟糕，宋平生他們進來沒多久，宋茂山便開始翻白眼、口吐大片白沫，並且渾身抽搐，狀態很像羊癲瘋發作，不過臉色更紫、更可怕。

宋茂山的狀況以肉眼可見的速度變差，不過幾個呼吸的功夫，他喉嚨裡跟含著異物摩擦似的，「哼哧」個不停，在這冷幽如有鬼魅的雨夜裡，更添幾分可怖猙獰。

前腳踏進堂屋的羅氏一聽這聲音，當即掉轉方向，飛速捂住二狗子的耳朵，大步往回走。

裡屋中，宋茂山的情況明顯比錢玉蘭更危險，但是宋平東兄弟倆誰也沒空理會他，均是全副身心都繫在錢玉蘭的安危上。

兄弟倆第一時間衝向錢玉蘭，叫喊聲此起彼伏，再一陣一陣地消失在冷風嗚咽的黑夜中。

片刻後，冷風一颳，宋平東瀕臨崩潰的腦子終於稍微冷靜下來。此時冷風搖曳的火光照不真切他們兄弟倆的表情，但是二人周身的氣壓非常低，隱隱有幾分瘆人之感。

兄弟倆誰也沒說話，而是有默契地用盡各種辦法給錢玉蘭催吐，或是用手壓舌根摳，或是揹著倒立，拍背、擠肚子，後來羅氏還端來一碗鹽水。

直到三人忙得一頭汗，甚至背脊都滲出一層冷汗後，錢玉蘭終於有了反應，喉嚨艱難一滾，隨即「嘔」的兩聲，一灘嘔吐物便被吐在地上。

宋平東被嘔吐物波及到，衣袖上發出陣陣異味，但他卻恍若未覺，因為他的精神處於極度緊張的狀態，錢玉蘭以外的東西彷彿都自動虛化了。

宋平東三人繼續折騰了好一會兒，使出渾身解數將錢玉蘭肚子裡的東西全都催吐出來，直到最後吐出來的只剩下膽水，宋平東才放輕動作，將錢玉蘭放平。

錢玉蘭吐得太難受，眼皮子動了半天，最終迷濛地半睜著，呼吸輕到幾不可聞，但到底是恢復了一絲活氣。

精神高度緊張的三人彷彿溺水的人一朝得救，終於獲得呼吸權，紛紛癱坐在地上，大口喘氣。

宋平東目光微動，看到床上的隆起，恍然一驚，這才想起還有一個宋茂山！他慌忙起身，急著要幫宋茂山催吐，在他的手即將碰到宋茂山時，身旁突然伸出另一隻手，牢牢將其小臂抓住。宋平東一回頭，恰好屋外一陣冷風席捲薄薄水氣呼嘯而過，他對上宋平生一雙比雨夜更冷、更幽深的眸子。「平生？」

宋平生神色寡淡地道：「大哥，你覺得娘希望你救宋茂山嗎？」

跪坐在田氏身側的羅氏眼睛驀地睜大，不敢置信地仰瞪著宋平生的方向，如果不是她背著光，她眼中的震驚簡直快溢出來。

宋平東卻如同大冬天被人當頭澆下一盆冰水，腦子暫時清醒的同時，還一陣嗡嗡作響。「平生，你……什麼意思？他、他、他……」宋平東連說三個他，卻沒能說出一句完整的話來。

宋平生眉眼未動，清潤的眸子瞥一眼錢玉蘭，錢玉蘭剛才吐了許多出來，臉色稍微好了不少，應該暫時還可以支撐一會兒。宋平生抬起眼，語氣似是輕描淡寫，每個字卻重若千斤。「大哥，你仔細想想，娘為什麼想跟宋茂山同歸於盡？難道是她不想活了嗎？不，娘她比任何人都更想活得自由，活得快活！她之所以想殺宋茂山，全是因為恨！她恨宋茂山毀了她的一生，她恨宋茂山害了她爹娘弟妹，她恨宋茂山毀了她的家！同時，她還恨宋茂山是自己孩子的親爹，只會給孩子帶來不幸和痛苦！

「娘對宋茂山的恨，甚至越過宋茂山是她孩子親爹的身分，她寧願死都要殺了宋茂山，可見娘對宋茂山到底恨到什麼程度，恐怕是恨不得啖其肉、食其骨！娘恨宋茂山到這個地步，你卻要救宋茂山，豈不是讓娘願望落空？更何況，若是宋茂山被治好，醒來就會知道是娘給他下毒，以他的個性，他會善罷甘休嗎？恐怕恨不得一刀殺了娘吧！」

宋平東的身子一晃，神情茫然又驚恐，喉嚨一陣一陣地發緊，許久後用力吞嚥一口唾沫，聲音都變了調。「可是，他……他是咱們親爹啊！」孝敬父母乃是人倫綱常，他宋平東再恨宋茂山，短時間也沒這個膽子。再說，那是一條人命啊！

宋平生站在床邊，身後瘋狂搖曳的燈火透過他的後背，照出一抹扭曲變形、狂擺不定的影子，他隱藏在黑暗中的表情與聲線同樣冷厲。「大哥，娘還是宋茂山，你只能選擇一邊，是時候做選擇了。」

宋平生平靜沒有起伏的話語，落在宋平東耳邊卻不啻道道驚雷，劈得他腦子簡直要炸開般，他只能用兩隻手緊緊抓住頭髮，讓刺痛感轉移他一部分的注意力，才能在這撕裂般的糾結中稍微好受一些。

為什麼？為什麼他爹娘是對立的關係？為什麼他親爹竟然是個無惡不作的土匪？為什麼他是土匪的兒子？為什麼他要受到這種磨難？為什麼他還是狠不下心？為什麼他像個孬種！

各種情緒就如刀尖在他心頭滾過，留下一個又一個血窟窿，血流不止。

羅氏最瞭解她男人了，一骨碌從地上站起，奔過去抓住宋平東的兩隻手，阻止他繼續用力下去，她臉上有焦急，還有心疼。「二弟，求你別說，別再為難你哥了！你哥是什麼人你最清楚，他平常心腸最軟，怎可能下得了這個狠心？」如果宋平東能輕易狠得下這個心，那也就不是她認識的宋平東了。羅氏用母雞護小雞的姿勢擋在宋平東身前，目光中帶著懇求。

宋平生視若無睹，繼續冷冷地道：「我不是為難大哥，我只是將問題挑了出來。救宋茂山很容易，可後續問題該如何解決，大哥和大嫂想過嗎？我跟大哥是娘一手養大的，這時候難道不該先站在娘這邊，為娘考慮？娘的家、娘這一輩子，全都被宋茂山毀了！娘已存死志，臨死前唯一的願望就是希望宋茂山死，用宋茂山的死慰藉咱們外祖父和外祖母的在天之靈，用他的死祭奠娘悲慘無望的一生！難道這樣，大哥你還要救宋茂山，還要阻攔娘寧願用死換來的結果？」宋平生幽幽一嘆。「娘她醒來看到這個結果，也不知是後悔還是可惜？」

屋外雨勢更大，屋中卻寂靜無聲，只有燈芯燃燒偶爾發出一、兩聲細微的聲響，在靜默的屋中格外清晰。

不知過了多久，宋平東驟然抬首，平日裡坦蕩有神的眼睛透出幾許紅，以及一抹痛苦的決然。「……需要我做什麼？無論如何，這事全推到我一人身上，娘和平生你都跟這事無關！」宋平東的聲音極粗極啞，卻字字泣血一般。

羅氏滿目震驚，看向宋平東的目光極其陌生，她死死抓住宋平東。「他爹，你說什麼呢？你……」她彷彿被人掐住喉嚨，說得極其艱難。

宋平東低頭瞥她一眼，眼底湧動著羅氏看不懂的光。

息。

宋平東沒有回答，再抬首，神色比方才更堅定幾分，雖然無人聞到他嘴中淡淡的血腥氣

在宋平東內心，他只是一個普普通通的鄉下泥腿子，他不願意做一個壞人，做不到對別人見死不救，更何況這人還是他的生身父親，但是偏偏讓他親爹去死就是他親娘唯一的「遺志」……宋平東的腦子很亂，但是他只知道一點，他的命是娘給的，他是娘一把屎、一把尿拉扯大的，如果娘真的要他爹死，那麼，他願意以親兒子的身分替母親完成這個願望！因為作為兒子，他不能眼睜睜看著親娘去死！

這事之後，他再一命填一命，這條命也算是還了他宋茂山！

宋平東下定決心的那一刻，甚至有瞬間的、虛假的輕鬆——他再也不用因為自己的土匪爹而抬不起頭做人了。

可是下一刻，他心中只有無盡的悲慟。他死了，小玉怎麼辦？兒子怎麼辦？為人子、為人夫、為人父，難道這輩子他只能做合格的兒子，卻做不成一名好丈夫和好父親？

不過幸好，平生跟平生媳婦都是好的，且平生媳婦跟小玉好，還稀罕二狗子，平生兩口子以後肯定會照顧小玉跟兒子。宋平東千方百計地安慰自己，可是他的心卻仍是在滴血。

震驚之後，羅氏徹底明白了宋平東的意思，他這是要背負起兒子的責任，替母報仇啊！這一瞬間，她心裡某根繃緊的弦一下子斷開了，她腦子一片混亂，只能瘋了似地捶打宋平東。「宋平東，你什麼意思？你什麼意思！你是不是不要咱們娘兒倆了？你說呀！宋平東！

你還有兒子呀……嗚嗚……為啥成了這樣……」

宋平東木樁似地站在那兒，任由羅氏踢打，後來羅氏的情緒太激動，捶得沒了力氣，只能蹲在地上，抱頭痛哭。

宋平東蹲在妻子身旁，這一刻，這個頂天立地的男人，竟然露出近似崩潰的表情。

這幾瞬間的變化實在太多，宋平生看在眼裡，最終化為一聲無奈的嘆息。

好人，才是最難做的。

他不是宋平生，不是宋茂山的兒子，他不能與宋平東感同身受，因此，他不能頂著原身的皮囊，毫無負擔地決定原身親爹的命運。

宋平生的目光落在宋平東極力隱忍，卻仍然洩漏幾絲顫抖的手上。「……算了。大哥，你跟大嫂去我家取馬車，咱們快些送娘和宋茂山去鎮上醫館吧！」

宋平東猶豫地沈默著，目光落在嘴角吐白沫的宋茂山身上。

宋平生不在意地一揮手，示意他快些動身，其他交給自己。

宋平東的唇線緊了緊，最終還是拉著羅氏踏出院子。

宋平東夫妻離開後，宋平生拿走宋茂山身上的被子蓋住錢玉蘭，然後長腿一彎，就在錢玉蘭身旁的空處坐下，雙手撐在膝蓋上，無聲望著小破窗外幽寂的雨夜。

過沒多久，宋平生估摸著宋平東他們快回來了，這才不緊不慢地站起來，抓住宋茂山的頭給他灌鹽水，再用竹筷壓他舌根……一番草草了事的操作後，宋平生見宋茂山吐了一些出來，覺得意思到了，便沒再催吐。

這毒蘑菇看起來藥性挺烈的，應是越拖延，後果會越嚴重，所以方才他才說了一堆廢話拖時間，他本就沒指望宋平東這種個性的好人會變得多狠辣。

主要是宋茂山吃得本來就多，催吐得又晚，這下子毒性更深，眼看大半條命都快去了，這回就算能僥倖撈回一條命，恐怕也是個廢人了。

這個綿長的雨夜，宋家一家人誰都沒休息好，宋平生、宋平東兩兄弟載著錢玉蘭和宋茂山先去鎮上醫館。

羅氏則抱著二狗子去姚三春家睡一夜。現在宋家沒有一絲人氣，又出了那檔子事，羅氏心裡瘮得慌，都不敢帶著孩子在家裡待。

只是這一夜，姚三春跟羅氏都是睜眼到天明。

第二日大清早，外頭雨停了，姚三春和羅氏心不在焉地做著早飯，其實妯娌倆都想去鎮上一趟，但是一來道路泥濘不堪，二來馬車載不下這麼多人，所以她們倆只能歇了心思。

早飯之後，宋平生兄弟依然沒有回來，但是村裡卻陸陸續續有不少人來姚三春家打聽消息。

「平生媳婦，我昨晚起夜，好像看到妳家馬車去往鎮上方向，這大半夜的，啥事這麼急啊？」

「平東媳婦，今早去河邊洗衣裳咋沒見到妳娘啊？早上割豬草也沒見著妳娘呢！平常妳娘是咱們當中最勤快的，可別是生病了吧？」另一位同田氏交好的婦人馬氏問道。

姚小蓮接收到姚三春一記隱秘的眼神，立刻牽住二狗子，用羊奶將他哄走。

羅氏懷裡一空，兩隻手放在膝蓋上搓了搓，面上劃過一絲尷尬。「我娘她……確實病了。」

「啊？」馬氏很驚訝，兩道淡得快看不見的眉毛狠狠一皺。「田大姊這是咋了？昨天看到她好像就有點無精打采的，是不是累著了？」

這時姚三春從堂屋裡搬了長凳出來，好在她家院子鋪的青石板，倒是不用擔心長凳沾上泥巴。

姚三春放下長凳，一面愁眉苦臉地道：「我娘不是累著了，而是昨天誤把有毒的蘑菇當沒毒的，跟我爹一起吃下去，兩人一起中毒了。」

「啊?!」馬氏一干人等皆是一聲驚呼，嘴巴好半天都沒合上。

羅氏在一旁長嘆一聲。「是啊！昨晚雨那麼大，幸虧二狗子他爹半夜起來小解，經過爹娘門口時聽到裡頭有人叫喚，不然這一夜過去，爹娘兩個人還不知道會怎麼樣?昨晚我就瞅了一眼而已，後面我就不敢再瞅了。」

馬氏感同身受般露出擔憂的表情，捂著嘴。「這麼嚴重啊？」

姚三春面露苦悶之色。「大嫂說我娘昨晚炒了一盤菌菇炒雞蛋，我爹最愛吃這個了，所以大部分肯定都被他吃了，而我娘她吃得少，所以中毒稍微輕一些，應該沒啥大事，就是我爹……看起來狀況很不好，也不知道能不能捱過這關？」

這是昨晚宋平生離開前跟她商量好的說辭，目的是先在村中散播消息，讓「田氏的中毒程度比宋茂山輕」這事顯得更加合理。

姚三春這話一出，其他人紛紛倒抽一口涼氣，這宋茂山和田氏兩口子也太倒楣了吧？尤其是宋茂山，吃個蘑菇差點把命都搭上，可真夠慘的！

不過村民們轉念一想，之前黃婆子家的男人不就是這麼死的嗎？春天山上野菜多，蘑菇菌子也多，誰家不上山摘點回家吃個鮮的？真被宋茂山遇上了，那就是他運氣不好，也怪不到別人。

宋家現在這麼慘，馬氏等人不好再問東問西，安慰幾句後便各自離開了。

但是宋茂山夫妻吃蘑菇中毒一事，卻在短時間內傳遍了老槐樹村的每個角落，一時間，村中議論不斷。

姚三春與羅氏苦苦等了半上午，馬車車輪在泥巴地裡滾動的聲音才終於傳來。

因為雨後泥土泥濘軟爛，馬車行駛得十分緩慢，姚三春妯娌倆等不及，跨出院子，卻看到宋平東牽著韁繩往回走，宋平生一步一步跟在馬車後頭，而馬車上只載有宋茂山和錢玉蘭兩人。

這一夜如何艱辛，從二人的外表便可以看出。兩人一臉憔態、眼下發黑不說，衣裳也皺巴巴的，褲腿和腳下的鞋子全是泥巴，因為鞋底黏了太多泥巴，連走路都有些困難。

宋平生兄弟在門外那麼一站，不知道的還當是哪裡來的兩個長相英俊的乞丐來要飯呢！

宋平生看到自己家門就在眼前，和宋平東均是鬆了一口氣。

終於回來了，這一晚可太折騰了！

幾位聞訊趕過來的村民看人家兄弟倆這副慘樣，倒真不好意思再多問什麼了，但是他們沒看到宋茂山夫妻到底是什麼狀況，心裡又捨不得走，所以一個個都站在馬車旁，探頭探腦的。

宋平生兄弟沒時間顧及這個，他們首要的還是先送錢玉蘭回家休息，所以馬車經過新屋門口並沒有停下，而是直接去往宋家的方向。

宋家院中，宋平生和宋平東準備用木板擔著錢玉蘭跟宋茂山送回屋時，周圍好奇心爆棚的村民們終於有了用武之地，一個個上前幫忙，七手八腳的就把宋茂山夫妻搬進屋子。

也是搬人的時候，包括姚三春在內的眾人才看清宋茂山夫妻的狀況。

錢玉蘭還好，只是臉色蒼白，沒什麼血色，與宋茂山相比算是好得多。

宋茂山那才叫慘，不過一晚時間，他竟然嘴巴都歪了，十根手指頭就跟樹杈似的，不自然地胡亂張開，而他的兩條腿彎曲的弧度怪異至極。他明明是閉著眼睛的，身子卻毫無預兆地抽搐兩下，可把幫忙抬木板的村民嚇著了，差點就將手裡的木板給扔了出去！

其他人聽到動靜，一時間所有目光都投向那邊，看了兩眼之後，眾人紛紛目露驚恐。不過一夜之間，宋茂山竟然就變成了這副人不人、鬼不鬼的模樣，他恐怕已經是個殘廢了吧？

這下子，村裡人再也忍不住了。

「平東、平生，你們爹成這樣了，大夫是咋說的？還能不能醫治好？他這樣，咱們鄉里鄉親的看著都難受啊！」

宋平東和宋平生對視一眼後，宋平生面露猶豫之色，還是道：「大夫說，幸好咱們發現得快，我爹他才能留著一命，但是我爹毒蘑菇吃得太多了，恐怕……下半輩子只能在床上度過。不僅如此，因為中毒太深，大夫說我爹以後恐怕連話都不會說了，唉……」宋平生說完抹了一把臉，再深深嘆了一口氣。

場面一度安靜極了，過了一會兒後，鄉親們便七嘴八舌地安慰他們兄弟。

「……人活著就比啥都強，說不定以後會好呢！」

「是啊，你們家運氣算是不錯了，你們爹的命還在，你們娘好好養一陣子就沒啥大礙了，哪像人家黃婆子的男人，一夜過去人就沒咯！可憐見的喔……」

「……」

村民們的安慰，宋平生盡數收下，又說了一會兒話後，宋家大院裡才終於安靜下來。

宋平東坐在宋家堂屋裡，頹唐地捂住額頭。

宋平生奔波了一夜，早就疲憊不堪，安頓好錢玉蘭之後，回家脫掉兩斤重的鞋子，準備洗個澡後，再好好睡上一覺。

然而宋平生還在洗澡的時候，羅氏又跑來一趟，她說郭家來了人要看望宋茂山他們，不僅如此，錢興旺和錢韋父子也來了，對村裡人聲稱他們是來認親的。

羅氏本不認識錢興旺父子，還是宋平東跟她簡略地說了幾句。她不知錢興旺的到來還會帶來怎樣的變數，所以立刻跑過來送消息。

宋平生洗好澡後，姚三春相當無奈地告訴他這個消息，夫妻倆收拾好只得又往宋家去。

兩人去往宋家路上，經過宋茂水家，宋茂水就背著手站在自家院門口，看樣子像是有些特意等他們似的。

「二叔，你今天不忙啊？」姚三春主動跟他打招呼。

宋茂水沈默著搖頭，一雙歷經風霜的眼睛裡頭有些複雜，他頓住後沙啞地開口。「你們爹……真的殘廢了？」

宋平生坦然回答。「是。大夫說能撿回一條命已經是走大運，不過下半輩子只能在床上度過了。」

姚三春一瞬也不瞬地盯著宋茂水，她心中猜測宋茂水是不是心軟了，可是對方嘴巴動了兩下後，最終只擺擺手。

「忙去吧，你們爹一下子成了這樣，醒來後恐怕還得大發脾氣，你們少不了要受氣。」

姚三春和宋平生點點頭便離開，但夫妻倆心裡想的卻是：就他宋茂山現在這個樣子還能發脾氣？誰理他！

到了宋家院子時，裡頭擠了很多人，都是聽聞田氏的弟弟來尋親，所以過來看熱鬧的。

對於正處於春忙時刻，村裡人還抽空跑過來湊熱鬧，姚三春也是服了的。

但是相比於院子裡的熱鬧，宋家堂屋裡的氣壓卻很低。

到底是家中出事，郭聞才和鄧氏他們的臉色都很嚴肅，而宋婉兒應該是在父母屋裡，此時並不在堂屋中。

家中出事，宋平東沒心情招待郭聞才他們，郭聞才夫妻安慰了他們兄弟倆幾句，留下送來的補品便動身回去了。

宋平生從門口挪開目光，這才問宋平東。「大哥，大嫂不是說舅舅和大表弟都過來了？人呢？」

宋平東愁眉苦臉的。「舅舅守在娘那兒呢，說要一直等到娘醒來。」

院子裡看熱鬧的村民終於有了插嘴的時機。

「平東啊，剛才那個高高瘦瘦的男人真的是你親舅啊？不是說你娘沒有親人的嗎？」

「不會是哪裡來的騙子吧？你們可要擦亮眼睛啊！」

村民們七嘴八舌地說了一通。

宋平生的餘光裡是宋平東一臉陰鬱的樣子，於是幫著回答道：「是咱們親舅舅沒錯！很久以前咱娘家鄉遭遇地龍翻身，我外祖父一家都不知所蹤，最後只剩下我娘一人，所以她以為自己家人都沒了。這事對我娘打擊很大，我娘孤苦無依，又不想觸景生情，所以選擇遠嫁到咱們鎮上。不僅這樣，我娘還換了姓，其實她本姓錢，真名叫錢玉蘭。」宋平生三言兩語解釋清楚。

前面那些同情宋茂山的人，現在又要同情錢玉蘭，可把他們忙壞了！慘啊！宋茂山兩口子可真是太慘了啊！不過人家還養了三個兒子，大兒子孝順，二兒子有錢，三兒子讀書厲害，媳婦錢玉蘭也是個厚道的，他宋茂山日後總不會過得太差。

宋平生又和鄉親們聊了兩句，便道：「好了各位，家中還有很多瑣事要處理，就不方便跟大家多說了，等下回有空再聊。」

村民們聽懂了宋平生的言外之意，一個個只能意興闌珊地離開宋家院子。

宋家院門一關，宋平生和宋平東他們準備去找錢興旺父子，這時候就見宋婉兒從錢玉蘭所在的屋子出來，眼尾還有未乾的淚痕。

看到宋平東他們，宋婉兒小步跑過去。「大哥、二哥！娘……還有爹，咋會吃到毒蘑菇啊？看到他們倆這樣……我心裡難受……」說到最後一句，話裡再次帶上哭腔。

宋平生兄弟並未將錢玉蘭和宋茂山的恩恩怨怨告訴宋婉兒，所以宋婉兒雖然心中有些怨宋茂山這個爹，但還沒到仇恨憎惡的程度，尤其宋茂山如今是這麼副慘狀，宋婉兒看著便覺得心口發堵，難受得緊。

宋平東眉頭緊皺。「很多事就這麼發生了，妳問我原因，我又該問誰去？算了，跟妳說這些妳也不懂。最近家裡事多，我們都很忙，沒人能照顧到妳，妳最好還是回郭家去吧！」

宋婉兒是全家人疼愛著長大的，人又單純，這些過往的骯髒事沒必要告訴她，這也是錢玉蘭的意思，否則以宋婉兒的個性，知道自己爹曾經是個無惡不作的土匪，還不知道會有什麼樣的反應。

回想當初，宋平東剛得知這個真相時，就像青天白日遭受一記重錘，疼得厲害，雖已時隔幾天，可每次半夜醒來，他總有種想抱頭痛哭的感覺。

宋婉兒大而圓的杏仁眼慢慢睜大，臉色變得不太好，語氣中有委屈的控訴。「大哥，我已經嫁為人妻了，我不需要別人照顧。再說，爹娘如今這個樣子，我怎麼能放著不管？我當然要留在家裡照顧爹娘！」

羅氏輕飄飄地瞅了宋婉兒一眼，扯了扯唇角。

不說羅氏，就連宋平東都不太相信宋婉兒能照顧好人。他勉強壓下躁鬱的心情，捏了捏眉頭，語氣有些生硬。「家裡有我跟妳大嫂，還有平生兩口子就夠了。妳嫁人才幾個月就在家長待，傳出去不好。再說，再過一陣子，浩然該回來了吧？妳就在郭家待著等他，要是爹娘有啥事，我馬上通知妳，行了吧？」宋平東自問勸得夠有耐心了。家中的事如一團亂麻，舅舅父子倆也還在，他不能讓婉兒留在家中，否則婉兒遲早能發現端倪。這些沈重的事實就讓他們兄弟倆承受，他和娘都只想她們姊妹擁有輕鬆些的人生。

宋婉兒不明白她大哥的一番苦心，只覺得舌尖發苦，眼眶驀地發紅了。「大哥，難道我嫁人了，想在家待幾天都不行了？這個家就不是我的家了？」

宋平東當即反駁道：「沒有的事，妳亂想些什麼？」

「那大哥你幹啥不讓我留下？我跟你保證，我絕不會耽誤事，我能幫得上忙的！大哥，你信我！」

宋平東一時語塞，不知該如何反駁。

這時羅氏站出來冷冷道：「爹現在這樣，以後吃飯、洗澡、拉屎、拉尿可都得其他人來，妳一個女人家，能幫啥忙？再說，妳幹得了？」羅氏如今對這個小姑子，可當真是一點都不客氣，差不多是光明正大的懟她了。

宋婉兒被羅氏的一番話說得語塞，咬了咬唇後道：「大哥你們要春忙，我可以幫忙照顧娘。」

宋平東重重抹一把臉，語氣很疲倦、很無奈。「宋婉兒……妳能聽話一次嗎？家裡最近發生很多事，妳能不能讓我省點心？」

宋婉兒鼻子一酸，眼眶再次熱了起來，反應過來後，她立刻捂住嘴巴，頭也不回地跑了出去。

面對如此情況，宋平東猶豫了一下，並沒追出去。當務之急是先處理家中的事，待他娘和他爹都醒來，再加上一個新認的舅舅，家中恐怕再也不得安寧了。

離開老槐樹村一段距離後，宋婉兒再也忍不住，蹲在泥巴地裡掩面痛哭，哭得像極了一個被全世界拋棄的孩子。

此刻盤旋在宋婉兒腦子裡的問題只有一個：為什麼？為什麼所有人都討厭她？為什麼隨著時間的推移，爹對她越來越不好，娘也比以前更嚴格，大哥和大嫂對她心有埋怨，二哥及二嫂甚至都不願意理她？

而等她嫁到郭家後，雖然她的丈夫態度溫和，卻總讓她感覺到淡淡的疏離。還有她的婆婆，從來不給她什麼好臉色，在婆婆手下生活，真讓她苦不堪言。

自由自在地活了十五年，可到如今她才突然發現，自己竟這般討人嫌？

宋家裡屋。

宋婉兒一離開，錢興旺便讓錢韋把帶來的東西交給他。

錢韋瞅一眼人事不省的宋茂山，再瞅一眼他爹，而後哆哆嗦嗦地從禮品中掏出一把刀，泛著寒光的刀刃倒映著錢韋一張泛青的臉。他望著錢興旺隱隱猩紅的雙眼，猛嚥口水。

「……爹，您讓我花大錢在鎮上買一把刀，難道是為了對……對宋茂山下手？」

錢興旺從容不迫地握住刀柄，頂著面無表情的臉，無比冷漠地道：「宋茂山害了我們一家人，如今好不容易找到他，我怎麼能輕易放過這個畜生？你爺爺、奶奶，以及大姑、小姑的仇，我今天都一併給報了！不宰了這個畜生，我死不瞑目！」

錢興旺從鄰省來時，已經下定決心要了結宋茂山的老命，他之所以叫上大兒子，原本是怕自己人單力薄，一個人對付不了宋茂山，如今宋茂山成了這樣，倒是方便了。

雖然錢韋心中已有猜測，但親耳聽到還是驚駭不已，體型壯碩的他嚇得臉上的肥肉狠狠一抽，聲音都變了調。「爹?!這可是別人家，您就這麼……就這麼光明正大地殺人？到時候官府不會放過咱們的！」

錢興旺的目光直直落在鋒利的刀刃上。「殺了這個畜生後我就去官府自首，到時候你就說啥都不知道，回家之後好好照顧你娘他們，還有你小姑家，也多幫襯著點。如今你能當家作主了，知道照顧大林和春花，烤鴨的技術你也學會了，爹沒啥不放心的。」

錢韋眨巴眨巴著眼，擠出兩泡眼淚，之後膝蓋一彎，人便跪在地上了。「爹，您再好好想想吧！咱娘還在家等著您，大林和春花還沒成家，我媳婦肚子裡的孩子也還未出世啊，難道您不想見到自己的孫子嗎？您放心咱們嗎？爹，這事只要一做，就沒有回頭路啊爹！」錢韋抓住錢興旺的褲腿，壓抑地哭著，鼻尖通紅。

錢興旺咬咬牙，一抬腿甩開錢韋，語氣生硬。「大韋，從你小時候我就告訴過你，你爹我這輩子最大的願望就是找到你大姑，替你祖父和祖母報仇！如今仇人就在眼前，難道你讓我就這麼放過他？那我死後還有何顏面去面對我死去的父母？男子漢大丈夫，就要說到做到！」

見錢韋還欲再說，錢興旺卻不想再聽了。他這人認死理，否則也不會尋找錢玉蘭一堅持就是二十多年，所以他不再管身後的錢韋如何叫嚷，轉身就提刀架在宋茂山的脖子上。

錢興旺毫不猶豫，手上甫一用力，刀刃輕輕鬆鬆就割破宋茂山頸上的皮膚，不過一道小口子，腥紅的血就如水珠似地往下滾。

宋茂山被這一乍然到來的疼痛一刺激，雙眼驟然睜開，接著極其痛苦地張大嘴巴呼吸，從胸腔中擠出一聲粗嘎難聽、就如同垂死之人臨死之前掙扎著發出的喘息聲。

錢興旺眼中紅光更甚，表情都有些猙獰了，他手猛地抬高，就要下狠手一刀砍下去！

旁邊的錢韋乾脆直接閉上了眼，別過頭去。

# 第二十五章

就在千鈞一髮之際，宋平生突然從錢興旺身後竄了出來，二話不說，一腳踢開大刀，然後站在宋茂山前頭。

姚三春和宋平東夫妻跟著進來，第一眼卻見錢興旺一雙通紅的眼睛如鷹隼似地盯著宋平生，下顎線條緊繃到極致，太陽穴突突跳，已然在瀕臨爆發的邊緣。

「宋平生！你維護你爹？」錢興旺持刀指向宋平生，咬牙切齒地道。

宋平生面對近在咫尺的刀子，不躲也不閃，冷靜地反問道：「我維護宋茂山？那我為什麼要帶你回來？」

錢興旺的情緒已經有些上頭，臉紅脖子粗地道：「不然你為啥阻攔我砍了這個畜生?!」

宋平生深深地看了錢興旺一眼。「我只是怕我娘一醒來，面對的就是她想念了二十多年的弟弟已經殺了人的殘酷打擊。她才跟弟弟相認沒多久，還沒來得及喜悅，就要面對親弟弟將被關進大牢，甚至凌遲處死的下場？舅舅，你忍心嗎？你跟我娘分離了二十多年，難道你不想常常跟她說說話，彌補這二十多年的時間嗎？」

宋平生清楚的知道，此刻錢興旺已經是處於瘋狂的邊緣，所以絕對不能刺激他，最好用感情牌軟化他。

宋平東捏緊拳頭上前一步，跟著應和。「舅舅，一切等我娘醒來再說吧？我爹……他做過太多惡事，沒有好下場也是活該，我……不論娘跟舅舅你作什麼樣的決定，我都沒有反駁的立場。」

羅氏摟住宋平東的胳膊，待她碰到宋平東的手心，發現觸碰到的是一片黏濕的冰涼。

錢韋早從地上站起來，不太好意思地抹了把臉，急切道：「是啊爹，等大姑醒來……」

錢韋說話的時候，腦子迷糊半天的宋茂山終於緩過勁來，眼前由開始的黑暗逐漸變得清明，耳旁的聲音也逐漸清晰，然後他便聽到陌生的男人聲音，一口一個……大姑？

待他徹底清醒過來，渾身的痛感瞬間如潮水一般席捲而來，從骨頭裡發出的疼，就好像身子被一塊巨石一寸一寸碾過般，沒有一塊是舒坦的。

宋茂山再也無暇顧及什麼大姑不大姑的，因為當他張嘴要痛呼時，他發現自己發不出聲音了！他急吼吼地要摸嘴巴，胳膊卻抬都抬不起來，甚至他稍一用力，身上的肉就疼得他痙攣！脖頸破皮的痛和身上的痛相比，完全被掩蓋過去了，宋茂山幾乎感覺不到。

宋茂山越感覺身上不對勁，就掙扎得越厲害，幾番過後，他的身子突然不受控制地抽動著，像極了一條在砧板上垂死掙扎的魚。

這一突然的動靜可把正在說話的其他人給嚇了一大跳。

不過宋茂山此時瘋狂掙扎的舉動，落在其他人眼裡卻是十足的可笑。

正當其他人都被宋茂山奪去目光時，錢興旺出其不意地再次提起刀，但是這次他依然沒能成功，因為就是這麼湊巧，錢玉蘭在這時候醒了！

錢玉蘭第一眼先看到錢興旺手裡的刀，第二眼看到身旁的宋茂山，待回過神來登時露出見到鬼的表情，第一反應是掙扎著起來，伸出一隻手擋住錢興旺手中的刀。

「興旺你幹啥？快放下刀子！」錢玉蘭語氣急切地說道，應是許久沒喝水、進食的緣故，她的嗓子十分乾澀粗啞。

別人的話錢興旺不聽，但他大姊的話他不得不聽，猶豫了一下後，終究還是放下刀。其他人同時鬆了口氣，就是，持刀打打殺殺什麼的，實在太嚇人了啊！

然而下一刻——

「刀給我，要殺也是我來殺！」錢玉蘭咬牙道。

「……」

這間不算小的裡屋裡，頓時陷入了短暫的安靜，接下來便是一陣狂風驟雨般的紛亂。姊弟倆就誰動這刀子、誰砍下宋茂山的狗頭發生了爭執，裡屋裡一片混亂。

宋茂山聽在耳裡，怕在心裡。他一個吃好喝好，從不虧待自己的大老爺們兒，怎麼一睜眼就成了口不能言、全身癱瘓的殘廢？到底是誰要害他？

方才他從其他人的反應，心中已有猜測，原來這個拿刀子要砍了他的竟然就是自己搶回來的媳婦錢玉蘭的弟弟？那個親爹被他戳瞎雙眼還砍掉一隻手，親妹妹被他切掉手指頭的男人？而自己兩個兒子看錢興旺想對他這個親爹下手，竟然沒有暴怒、沒有阻攔，看樣子像是早知道前因後果了？

宋茂山不是蠢人，他想到自己曾經做過的惡事，想到自己殘廢肯定跟錢玉蘭脫不了干係，再想想自己這兩個吃裡扒外、忤逆不孝的兒子，心都涼了！

他宋茂山這輩子都順風順水，十幾歲出去闖蕩輕易得了山頭土匪頭領的青眼，第二年靠自己一個人劫了一個行路富商，劫掠大筆錢財。

後來一次意外，他一眼看上貌美如花的錢玉蘭，輕輕鬆鬆就把人搶回家。錢玉蘭的命門都在自己手上，他讓她生孩子她就得生孩子，他讓她往東她不敢往西，他就是她的主子！

後來他有了孩子，除了生性反叛的老二，哪個不對他又畏又怕？可以說，在宋家他就是天，他就是地，他就是說一不二的存在。

可他從未想過，有朝一日自己會落到如今的境地，成了任人魚肉的殘廢，一點反抗能力都沒有。

可不管宋茂山曾經多麼不可一世，一頓現世報般的毒打教他做人，尤其是現在錢興旺看向他的眼神充滿徹骨的仇恨，在錢興旺眼裡，他已然是一個死人！

在這樣冷冰冰的注視下，死亡的恐懼徹底籠罩宋茂山。

死亡之下，人人平等，縱是曾經叱吒小土坡的土匪，如今也只有痛哭流涕的分兒。

所以在錢玉蘭和錢興旺爭執的空隙，大家看到的宋茂山急得臉紅脖子粗，雙眼中盛滿恐懼，甚至嚇出了兩泡淚，臉上的肉突兀地抽動著，「哼哧哼哧」地粗喘著，看起來可笑又可憐。

此時的他哪裡還有曾經不可一世的影子？畏畏縮縮的樣子像極了一條待宰的狗。

看到這樣的宋茂山，錢興旺只感到心中無比暢快，這個畜生也有今天！

在錢興旺這一短暫的分神間隙，宋平生飛快用眼神暗示宋平東和錢韋。

錢韋沒有思考的時間，只能遵循本能地從背後抱住錢興旺；而宋平生則乘機奪走錢興旺的刀；另一頭，宋平東輕輕鬆鬆地控制住錢玉蘭，不讓她再做搶刀殺人之類的危險事。

面對這一陡然的變故，錢興旺再次怒從心頭起，一邊掙扎著一邊怒斥道：「宋平生！你到底要幹什麼？這個畜生把你娘害成這樣，難道你還要維護他？你還是不是人？」

一旁的宋平東煩躁得臉色陰鬱，簡直不知該如何是好。

姚三春很理解錢興旺想一刀把仇人當西瓜切的想法，但是錢興旺一而再、再而三地對她男人大呼小叫，姚三春心裡十分不爽。「舅舅，宋茂山他早死晚死，是被你砍死還是喝水嗆死的，還不就是個死？早晚都是死，你急什麼？我家平生就想說兩句話，這要求過分嗎？」

敢面無懼色地頂撞一臉狠色的錢興旺，弟妹是個狠人！羅氏默默給姚三春豎起大拇指。

宋平生回頭看姚三春，偷偷眨了右眼，不過一個眼神，夫妻倆心領神會。

再回首時，宋平生臉色嚴肅，搶在錢興旺開口前道：「舅舅、娘，我不會攔著你們動手，但是有幾句話我必須得說。」

錢興旺如今刀被搶了，又不能從體型壯碩的兒子手中掙脫，只能沈著臉，一言不發。

至於錢玉蘭，實際上剛才掙扎一番，力氣差不多用完了，如今反而要借力才能坐起來。

宋平生清潤的眼眸微動，繼而開口，清越的聲音不疾不徐地傳入所有人的耳朵裡。

「娘、舅舅，為了宋茂山這種人搭上自己的下半輩子，值得嗎？我對宋茂山沒有一點同情，我是心疼娘你們。你們的前半輩子是被他毀的，下半輩子還要被他禍害嗎？人這一輩子很短暫，我不想看到你們這輩子都這麼苦。」

錢玉蘭姊弟倆的神情俱是一怔。

宋平東跟著道：「是啊娘，我差不多已經沒有爹了，難道我又要失去娘您？娘您從前過得這麼苦，兒子們還想孝敬您，您的好日子還在後頭呢！娘！」

錢玉蘭無聲地拭淚，她心中在怨，怨為什麼宋茂山是她孩子的爹？土匪的身分曝光勢必會影響孩子，所以他們連去告官都不行，否則他們何必走到這一步？

錢興旺卻很快地回過神來，目光冰冷如刀。「搭上自己的性命是不值，但是我爹娘的仇不能不報，否則我枉為人子！」

宋平生定定地直視錢興旺。「舅舅，死才是最容易的事，死了就一了百了，什麼都感覺不到。難道你不覺得一刀下去太便宜宋茂山了？不如讓宋茂山就這樣生不如死地活著，讓他每日都活在煎熬之中，我覺得這樣子更能讓他感覺痛苦。」

宋茂山聽得清清楚楚，所以眼中頓時射出淬著毒般的視線，如果眼神可以殺人，估計宋平生已經被射成馬蜂窩。

見錢興旺沒有立即反駁，宋平生再接再厲。「宋茂山如今已經成了這樣，餘生的每一天都將活得無比煎熬，不如咱們就讓他在痛苦中為從前做過的事情贖罪吧？過著生不如死的日子，這也是不啻死亡的報復，同時你跟娘還不用為了這個人渣搭上自己，下半輩子能和家人在一起，過著安心平靜、含飴弄孫的生活，這樣不好嗎？舅舅，你跟我娘苦了大半輩子，你們值得更好的生活！更何況，如今你們已經不是失去親人的孩子，你們也成了父母，你們有兒有女，娘當奶奶了，舅舅你也快當爺爺了，你們是家庭不可或缺的一部分，你們做什麼決定是不是該詢問一下我們？還是說，你們想要自己失去親人的痛再次在我們身上重演？」

別的話倒也罷了，宋平生的最後一句話卻觸動到錢興旺。他大半輩子嘗夠了失去親人的痛苦，所以他才如此痛恨這一切的罪魁禍首，與此同時，他比任何人都不想自己的孩子嘗到這種痛苦……

錢韋不傻，這時候趕緊添柴加火，聲淚俱下地喊道：「是啊爹，您是家中的頂梁柱，您就是娘的天！大林跟春花還是個孩子，您忍心他們跟您一樣早早失去父親嗎？爹，您看看咱們吧，咱們離不開您啊爹！」

錢興旺垂下頭，粗糙的大手不停地揉搓著額頭，顯然正處於激烈的掙扎當中。

宋平東沒怎麼說話，他用那雙飽含依賴和希冀的眼神望著錢玉蘭。

錢玉蘭的心瞬間軟成一灘水。面對自己的孩子，哪個父母能真正硬下心腸呢？

錢玉蘭姊弟的反應，宋平生都看在眼裡，他聲音放緩地道：「娘、舅舅，這是我個人的想法，宋茂山就在這兒跑不了，所以我只希望你們能認真冷靜地想一想再作決定。這一次無論你們決定怎麼做，我都尊重。」最後一句話說完，宋平生後退兩步，與姚三春站齊，夫妻倆的手自然而然地牽在一起。

宋平生的心頭終於鬆泛了些，其實他穿越之前沒有親人，並不知道這些恩怨情仇怎麼解，但是他知道一件事，就是生命可貴。

在他看來，讓宋茂山活著受罪才是真正的折磨，比一刀切下去更狠得多。更何況，為宋茂山這種垃圾再搭上自己的命，太不值得！

幾瞬息的功夫，最後錢玉蘭對錢興旺道：「興旺，咱姊弟倆二十多年才見著面，該好好聊聊，你覺得呢？」

錢興旺對自己親姊的要求不會拒絕，猶豫了一下還是點頭。

錢玉蘭臉上有一絲欣慰，轉頭對宋平東說：「平東，你跟你媳婦把婉兒的房間收拾出來，我待會兒去那邊躺著。」

宋平東和羅氏想也沒想便點頭同意了。

打從宋婉兒嫁出去後，錢玉蘭還是兩天打掃一次，所以屋裡乾淨得很，宋平東他們進去只要鋪好被子便好。

不到一刻鐘的時間，錢玉蘭便挪到宋婉兒的屋子，然後關上門和錢興旺進行姊弟談話去了。

自始至終，錢玉蘭都沒看宋茂山一眼。

從前她畏懼宋茂山、憎恨宋茂山，是因為宋茂山拿她親人做掣肘，用拳頭威脅她，她被生生壓抑了二十多年，如今宋茂山成了這樣子，她為何還要再忍受他？她又不是腦子有病！

眼看已經是中午，姚三春和羅氏結伴去廚房忙活做飯，這一大家子鬧了一上午，哭哭鬧鬧、打打殺殺那也是體力活，大家還是要吃口飯的。

飯後，錢玉蘭把宋平生兄弟兩家都叫到屋裡說話。

吃飽喝足之後，錢玉蘭的臉色比上午好很多，就連眼神都明亮幾分。

「平東、平生，你們舅舅都跟你們說了吧？」

宋平東兄弟對視一眼，同時搖頭，異口同聲。「沒有！」

「……」錢玉蘭迅速調整好表情，對兩個兒子溫聲道：「你們舅舅跟表弟決定在咱們家待一陣子再走。平生，這陣子你舅舅父子倆就住你家，可以不？」

宋平生不動聲色地點下頭。「可以。」

宋平東愣了一瞬，隨即反應過來，問道：「舅舅他就這樣放過爹了？」

宋平生和姚三春的目光同時投向錢玉蘭。

錢玉蘭默了片刻，才道：「我跟你們舅舅商量好，決定暫時不拿宋茂山怎麼樣，至於以後……我也不知道。」

姚三春挑了下眉頭，聽這意思就是暫時休戰，以後再議咯？不過這時間對宋茂山來說怎麼也算得到一絲苟延殘喘的時間，狗命暫時安全了。

不過這種苟延殘喘的活法，對宋茂山來說只會是折磨的開始！

一想想宋茂山這個無敵人渣加死渣男淪落到如今這番境地，姚三春真想買上兩百斤炮仗放個爽！真真是人間喜事啊！

宋平東聽著他娘對他爹的態度冷漠至此，心裡更知他娘這些年到底隱忍成什麼樣，才會對他爹避之唯恐不及，看之生恨，甚至恨不得他去死！

見兩個兒子沈默不語，錢玉蘭不想再提宋茂山那個老匹夫，虛弱地笑了笑，轉了話題。

「對了，等過幾天我身子好索利了，我想跟你們舅舅一道，先去看看弟媳、姪子、姪女他們，看看你們玉秋小姨過得咋樣，最後再回鄉看一趟，給你們外祖父、外祖母上香，報個平安……」雖然父母的墳墓如今成了一片汪洋，但錢玉蘭還是想回去。

方才她和興旺談話，聊得最多的便是父母、兒女，以及對兒女未來的展望。

她瞭解這個弟弟，就如同瞭解自己一樣，父母、兒女、兄弟姊妹，這些是她和興旺最大的牽絆，這也是他們願意暫時放過宋茂山的原因。他們暫時還割捨不了親情，捨不得看到親人痛苦。

如果有可能，他們希望孩子們能活得開心暢快，不要變成那時候的他們，活得那般痛苦。

從錢玉蘭屋裡出來後，宋平東他們俱是鬆了一口氣，他娘能想開，這可太好了！家中的事情告一段落，不管是宋平東還是宋平生，他們都感到心頭鬆快許多。

下午，宋平生便載著錢興旺父子去鎮上收拾東西，姚三春姊妹則在自家收拾出兩間屋子來。

馬車行駛到半路，宋平生他們卻和宋氏、高大壯兄弟意外碰上。

原來宋氏上午得知她大哥宋茂山跟錢玉蘭出了事，當時就想趕過來，宋巧雲也哭著非要過來，但是宋氏怕宋巧雲的肚子都這麼大了，萬一被刺激得傷到孩子，那就出大事了。

宋氏跟高大壯苦口婆心勸到現在，最後實在沒辦法，只能鎖上門，讓小壯媳婦看著宋巧雲。

宋平生跟宋氏也沒什麼好說的，簡單說了兩句便拍馬離開，倒是錢興旺冷冰冰地瞥了宋氏幾眼。

那眼神讓宋氏非常不舒服，不過宋氏心頭掛著事，沒心思想這些亂七八糟的，轉身便跟高大壯兄弟往老槐樹村趕。

宋氏一群人行色匆匆地趕到宋家。

羅氏從自己家裡探出頭，一見是宋氏便沒有攔著，任由他們風風火火地衝進宋茂山所在的屋子。

宋氏踏進屋子時步子太大，差點踉蹌摔到地上，還好被高大壯及時扶住。

當宋氏看清躺在床上的宋茂山的慘狀時，兩眼一翻差點暈了過去，高大壯兄弟只能一左一右地扶住宋氏。

宋氏緩過勁來，一把撲到宋茂山身旁，開始嚎啕大哭。

「我可憐的大哥啊！你咋成了這個樣子啊？老天爺不開眼啊……」宋氏一把鼻涕、一把眼淚，哭得好不傷心。「大哥，你快跟我說說，是誰害的你？大嫂呢？她咋不在這兒服侍你？還有，我倒要好好問問平東他們，有沒有給大哥你找個好大夫？不然我跟他們沒完！大哥啊……我看到你成了這樣，我心裡真是難受啊！」說著便是老淚縱橫。

這是自從宋茂山出事以來第一個對他表示關心的人，宋茂山激動得臉都紅了。

可宋茂山表情痛苦地支吾半天，急得眼淚、鼻涕都憋了出來，整個人邋遢得不行，偏偏一個字都說不出口，氣得臉上的汗都滲出了一片。

宋氏見他大哥身子不能動，連話都說不了，嚇得直捂嘴，哭得更慘了！

羅氏聽到院子裡傳出一陣又一陣的哭聲，她也沒空管，扛起鋤頭就要下地去。

正準備出門時，宋氏狠狠擦了把淚，氣勢洶洶地衝了出來。

宋氏二話不說，語氣不善地喊道：「平東媳婦，妳等會兒！我有話要問妳！」

背對她的羅氏嘴角抽了抽，她男人啥都好，就是有幾個親戚太煩人，這個大姑就是，有時候就喜歡對她這個姪媳婦擺長輩的譜，而她們做小輩的只有忍受的分兒。

羅氏迅速調整好心態，轉過身去時，臉上的表情已經軟和下去。「大姑，妳有啥事？」

宋氏抿著唇，抬眼瞅著她看了好一會兒，表情不冷不熱，帶著質問的語氣，硬邦邦地道：「妳看起來心情還不錯啊？虧妳爹如今都成了這樣，妳還有心情笑？妳虧不虧心啊？」

羅氏心裡一沈，原本就沒笑容的臉變成面無表情，苦兮兮地道：「大姑，我沒笑。」

宋茂山出事，宋氏打擊挺大的，現在心情極度不好，因此說話的語氣很衝。「我不管妳笑沒笑，我就說一句話，不論得花多少錢，你們一定要請最好的大夫，把我大哥治好！」

對宋氏來說，宋茂山就是她的靠山，她家過不下去時全靠宋茂山接濟，如今靠山要倒了，她當然關心得不行。

對此，羅氏內心只想呵呵兩聲。不是她要說，不論得花多少錢？要請最好的大夫？她大姑嘴皮子一碰，就什麼都有啦？說得倒是比颳大風還容易。

不過這話羅氏不敢明著說，只能萬分無語地道：「大姑，我們都讓回春堂的大夫看過了，是真的治不好，而不是捨不捨得錢的問題。畢竟這世上有錢買不到命，有錢也買不到健康，不是啥事都能靠銀子解決的。」

宋氏眼睛凌厲如刀，嘴唇嚴苛地抿著，幽幽道：「平東媳婦，你們大房該不是想獨吞大哥的財產，所以連大夫都不給請吧？」

羅氏被說得一愣一愣的。「大姑，妳不能嘴皮子一碰，就把這麼大的罪名安在我們頭上啊！這話要是傳出去，我們大房還怎麼做人？天地良心，昨晚大半夜出了這事，二狗子他爹跟平生忙前忙後的，半夜冒著雨跑鎮上找大夫，不信妳去回春堂問哪！回春堂所有大夫都說爹能撿回一條命就不錯了！大姑，妳怎麼能什麼都沒問，就說我們沒給爹找好大夫呢？至於錢財不錢財的，昨晚到現在我們幾個都忙暈了，爹娘又成了這樣，要不是大姑妳提這事，我們根本都沒想到這茬兒！畢竟人命關天，誰還有心情想那些，對吧大姑？」

宋氏皮笑肉不笑。「聽妳說話夾槍帶棒的，妳的意思是我不關心大哥，就想著他的錢財了？」

羅氏眼神無辜。「大姑，我有哪句話這麼說了？妳可別冤枉我呀！」

宋氏的眼神愈冷。「嘴皮子倒是索利，我懶得跟妳說！妳娘呢？我大哥成這樣了，她還不在旁邊伺候著，沒看到我大哥都難受成那樣了嗎？」

羅氏皺著眉，大聲道：「大姑，難道妳不知道娘也倒下了嗎？她現在還在隔壁婉兒的屋子躺著呢！妳讓我娘怎麼伺候爹去？爬著去嗎？」

宋氏臉色一紅，是氣的。

羅氏知道宋氏下一句要說什麼，緊接著又道：「至於我跟二狗子他爹，地裡還一堆活兒要忙呢！再說，爹又不是小孩子，需要時時刻刻有人陪著，那我們還要不要過日子了？不過大姑妳放心，二狗子他爹跟平生兩兄弟商量好了，明天就請人來照顧爹。」

事實上，宋平生兄弟決定請一位年紀大、耳聾、眼瞎的老頭子去照料宋茂山的吃喝拉撒，老頭子越笨越好，只要對方不把宋茂山弄死就行。

畢竟事到如今，不管是錢玉蘭還是宋平東他們，都對宋茂山恨之入骨，多看一眼都覺得噁心的那種。

宋氏聽到這話不見滿意，不陰不陽地橫了她一眼，道：「本就該如此！我大哥含辛茹苦地養大平東他們，是他們報答的時候了！」

宋氏說著插著腰，一副指點江山的模樣。「我可是醜話說在前頭，我大哥對我有大恩，你們誰敢虧待他，或者別有用心想乘機貪了他的錢財，被我知道了可別怪我不客氣！哼！」

宋氏說完，眼神凌厲地瞪著羅氏，像是在等羅氏點頭答覆。

然而下一刻，羅氏突然低頭連嘔兩聲，隨後一灘濁物便被吐了出來，好巧不巧剛好吐在宋氏腳下！若不是羅氏反應夠快，這灘濁物恐怕都吐到宋氏臉上了！

不過即使如此，宋氏的鞋子上還是被濺了些許，雖然她的鞋子本就被泥巴糊得不成樣子。

宋氏的表情極難看了，咬著牙一字一字地道：「羅、小、玉！」

羅氏剛想解釋幾句，可一張嘴又想吐，她只能捂住嘴跑到一旁蹲著吐去。結束後，羅氏擦乾淨嘴巴，有些虛弱地道：「對不住大姑，我覺得我可能是有了，方才不是故意的，妳不會怪我吧？」

宋氏氣得臉上的肉直抽抽，可偏偏羅氏可能是懷孕才吐的，她有火不能發，可憋屈死她了！眼見如此，宋氏懶得繼續跟羅氏掰扯，萬一羅氏被氣出個好歹，宋平東豈不是要跟她沒完？

得以解放的羅氏就如同那一朝離開籠子的鳥兒，內心雀躍不已地扛起鋤頭，奔出院子。

昨夜一夜風雨，田地裡泡了水，泥巴正軟著，宋平東悶頭在田地裡犁地，這一幹活都不帶歇的，或許只有不停地幹活才能讓他轉移注意力，從而心裡能好受些。

村裡人看宋平東跟老牛似的，不知疲倦地幹活，他們一個個忍不住在心裡唏噓，看來父母出事對宋平東的打擊挺大的。

過了一會兒，羅氏過來了，她湊到宋平東耳邊不知道說了什麼，周圍村民便看到剛才還愁眉苦臉的宋平東突然眼睛一亮，臉上瞬間就有了喜色。

有些坐在田埂休息的村民笑著問宋平東兩口子遇到啥好事了？可宋平東兩口子閉上嘴巴，就是不說。

春天是最繁忙的時候，田裡、地裡、菜園子裡都要忙，姚三春兩口子更要忙活農藥等事，因此也跟著忙碌起來。

姚三春夫妻倆先在鎮上找牙人，讓牙人給他們物色店鋪事宜；接著要著手製作農藥等一系列事宜，從收購材料、招聘短工，到製作工作服，連工作衛生安全守則都擬定了一份。

因為夫妻倆知道，今年的生意只會比去年更好，所以農藥製造工廠的規模也會更大，在這樣的情況下，安全衛生的狀況更得加倍注意。

姚三春夫妻倆商量了一晚，第二日拿著手寫的計劃書開始實施，連姚小蓮都分到許多工作，三個人就沒有一個閒的。

二房夫妻又要開啟賺錢大業，大房那邊忙裡偷閒借馬車去鎮上一趟，回來時給錢玉蘭帶來一個好消息，羅氏是真的有了！

正所謂人逢喜事精神爽，這下不僅宋平東被轉移注意力，心情好上不少，就連錢玉蘭都高興得不行，在床上躺了三天就能下地，嘴裡還念叨著要殺雞給羅氏補身子。

宋平東兄弟見錢玉蘭精神頭真的不錯，不像是勉強的樣子，這才放心。

日子不緊不慢地過，又過了幾日，錢玉蘭的身體徹底大好，她將家中事交給兩個兒子，轉頭便跟錢興旺父子回鄉去了。

如今宋茂山癱瘓，宋平文去考科舉考試，錢玉蘭又回鄉了，可宋家還有十七、八畝的地放著，因此在宋平東兄弟的勸說下，錢玉蘭離開前作下決定，乾脆只留下六畝地自家種，其他全部佃出去收租子算了。

錢玉蘭離開後，姚三春夫妻倆也順利盤下一間店鋪，之後便請上回的趙山石團隊幫他們稍微裝修一下鋪子。他們家的鋪子就是賣農藥的，也不必裝修得太講究，再說他們夫妻喜歡簡約風，所以趙山石團隊只花了八天時間就裝修妥當了。

這一陣子，兩口子忙鋪子、忙製作農藥、忙種田、忙招人培訓……說是忙活得天昏地暗也不為過。

鎮上鋪子開張的前幾日，姚三春夫妻招來的二十來個人經過短期培訓，也終於可以正式開工製農藥了。

這二十多個人當中，有老槐樹村的，也有隔壁村的，還有羅氏的兩個表弟、堂妹，年紀有大有小，不過這些都是宋平生親自接觸過的，為人方面最起碼都靠得住。

於是，夫妻倆選了一個吉日，姚姚農藥鋪正式營業。

說起來這還是瓦溝鎮，乃至這個縣城第一家賣農藥的鋪子，剛開業的時候鎮上人還稀罕了好一陣子。

鋪子開張後，陸陸續續有了生意，一個兩個都是去年在他們家買過農藥的老顧客，他們用過姚三春家的農藥，所以相信她家農藥的質量，今年過來買點滅殺蔬菜果樹上頭害蟲什麼的農藥，倒也算是放心。

去年五加皮殺蟲劑碰上鬧茶尺蠖那是運氣來了，今年他們夫妻不可能還指望別人家的茶樹鬧蟲災，再來給他們送錢，所以他們家今年的農藥種類特別多，從農作物到花草樹木、蔬菜……各方面都包含其中，且不只有滅殺害蟲的，還有預防病害的。在這個條件貧瘠的時代，種類算是相當豐富，所以不怕沒有生意。

家中農藥工廠和鎮上農藥鋪子終於走上正軌，姚三春夫妻倆為此還要兩頭奔波，但兩口子忙得很充實，算是忙並快樂著。

在春日莊稼人忙碌的身影中，在花草樹木瘋長的姿態中，在姚三春兩口子往來鎮上的路途中，時間如白駒過隙，轉瞬即逝。

這日，姚三春和宋平生從鎮上回來，剛到村口，就見沾了一身泥巴的孫青松直朝他們咧嘴笑。

「哎！平生啊，我剛看見你家老小回來了，你可快回去看看吧！」

姚三春夫妻倆恍然，但是反應很平淡。喔，原來他宋平文結束府試回來了。

說實在的，宋平文這人說起來沒幹什麼罪大惡極的壞事，但姚三春跟宋平生就是不喜歡他，甚至說得上是厭惡，所以人家回沒回來，其實他們兩口子並不在乎。

姚三春夫妻跟孫青松笑著說了幾句後，不緊不慢地趕馬車往家中方向去。

只是夫妻倆嚴重高估了宋平文的走路速度，馬車經過里正孫長貴家門口時，他宋平文就在大門外頭跟扛著鐵鍬的孫長貴他們說話。

「呵呵，平文啊，看你精神抖擻的，看樣子這次肯定考得不錯吧？」

穿著打扮一絲不苟、人模人樣的宋平文一拱手，嘴角含笑道：「長貴叔，我也就僥倖考上，勉強撈到參加院試的資格而已，不值當說什麼。」

孫長貴跟他兩個兒子孫正昌、孫正盛先是驚訝，旋即便是一臉毫不掩飾的欽佩之色。

「可以啊平文！你這下可真是給咱們老槐樹村長臉了！」孫長貴哈哈大笑，高興得忍不住在宋平文的肩膀上連拍好幾下。孫長貴是真高興，附近五個村都沒出過童生，現在就他們村出了一個，他作為老槐樹村的里正，感到臉上極有面子啊！

「平文兄弟，你可太謙虛了！怪不得村裡人都說你會讀書，腦袋瓜子好使，真不是蓋的啊！哈哈哈！」孫正昌語氣誇張地誇讚道。

「這可是童生啊！而且還是咱們附近五個村裡頭的第一個童生啊！太厲害了平文兄弟！」孫正盛直接豎起大拇指。

里正家父子仨上來就是三連誇，宋平文的表情管理得還算可以，但是眼角眉梢俱是喜色，可見對於別人的吹捧十分受用。

孫長貴父子仨見宋平文心情不錯，想著這宋平文第一次參加考試就輕輕鬆鬆考了童生，後面還不知道能有多大的造化呢，因此好話就跟不要錢似的往外倒，轉眼就吐了一籮筐。

里正家門外氣氛熱鬧，直到馬車行駛過來的聲音越來越近，四人這才停止談話，不約而同地往馬車看過去。

孫長貴見著宋平生，笑容更大，高聲道：「平生兩口子從鎮上回來啦？你們知不知道，你們家三弟考中了，現在可是童生啦！這是咱們村裡獨一份哪！真是年少有為，前途無量啊……」

宋平文眸色淡淡地瞥向宋平生。「二哥、二嫂。」說是淡然，可是宋平文到底年紀不大，看向宋平生的目光中隱隱約約藏著幾絲尖銳的情緒，像是得意，像是驕傲，還有幾分高高在上。

姚三春差不多都能猜到宋平文在想啥，不過自詡是高人一等的讀書人，又年紀輕輕就是童生，所以看不起作為鄉下泥腿子的兄長及嫂子唄！

更重要的是，宋平生曾經數次言辭犀利地懟過宋平文，絲毫沒給他留面子，宋平文這人自尊心強，又心胸狹窄，更沒什麼兄弟情，所以心裡肯定記恨著呢！

面對這個不討喜的便宜小叔，姚三春只皮笑肉不笑地勾勾唇。

宋平生的態度更稱不上熱絡，只扯扯唇角。「嗯。」

孫長貴心裡都快把宋平生兩口子罵個十幾二十遍了！宋平文都考上童生了，前途不可限量，宋平生兩口子竟然不知道說點好聽的，對人家還不冷不熱的，這不是明擺著不討人喜歡嗎？不過宋平生兩口子真要這麼不識抬舉，他也管不著，所以孫長貴繼續笑道：「對了平文，你是咱們五個村唯一的童生，肯定要好好慶祝一番吧？到時候可別忘了咱們這些鄉親們。」

宋平文再次拱手，笑道：「忘記誰也不會忘記長貴大叔啊！」

孫長貴仰頭大笑，笑得十分開懷。

宋平生的眸光動了動，突然開口道：「長貴叔，請鄉親們吃飯這事……恐怕是辦不了。」

孫長貴接收到宋平生別有深意的眼神，剎那間便反應過來，臉上的笑容隨之慢慢消失。

宋家的一家之主宋茂山還癱在床上，近期除了成親，其他喜事肯定是不適合大辦的，就連姚姚農藥鋪開張時也是一切從簡，宋平文考中童生這事更得如此，否則外人怎麼說他們？

孫長貴反應過來後，他們父子仨幾乎是同時間把同情的目光投向宋平文。

宋平文也是慘啊，雖然考中了童生，但是親爹卻癱了，而他到現在還不知道這事呢！

孫正盛忍不住出言提醒一句。「平文兄弟，你還是快回家看看你爹吧！」

宋平文的目光暗了暗，心情有些複雜，一方面惱怒宋平生壞了他的好心情，破壞了他繼續表現的機會，但同時又微妙的有些開心、有些得意。他二哥故意不讓他繼續得意下去，肯定是嫉妒他成了童生，所以才刻意說這些話的！只是，孫長貴提起他爹幹啥？他爹還能出啥事？「長貴叔，我爹咋了？」

孫長貴乾笑兩聲，沒回答。

宋平生語氣寡淡地道：「回去不就知道了？」

宋平文抿了抿唇，沈下臉往宋家走。

此時天色已不算早，宋平東結束了一天的勞作，正坐在院子裡的小杌子上歇息。

農忙開始後，縱使羅氏想方設法地給宋平東補營養，囤了一個冬天的膘還是飛沒了，甚至還要倒貼。

與此同時，羅氏拿著葫蘆瓢在給宋家的雞、鴨餵食，而二狗子騎在姚三春送他的小木馬上，玩得不亦樂乎。
宋平文踏進宋家院子時，看到的便是這麼一幅和諧溫馨的畫面，可是畫面裡卻沒有他爹娘的身影。
宋平東抬首見著宋平文三人，當即高興地從小杌子上站起，闊步走過去，一手搭在宋平文肩頭，滿面笑容道：「平文，你回來啦？路上累不累、餓不餓？要不要我讓你大嫂給你先盛一碗墊墊肚子？」
宋平文不動聲色地掙開宋平東的手，面帶憂色。「大哥，我們先不提這個，剛才里正讓我回來看看爹，二哥又不說，所以爹他到底怎麼了？」
提到宋茂山，宋平東的臉色瞬間冷下來，隱隱有幾分陰沈，頓了頓後，語氣略冷硬地道：「是爹娘他們誤食了毒蘑菇，爹吃得多，雖然最後僥倖救回一命，但是人徹底癱了，話也說不出來。娘吃得少一些，休養一陣子倒是好了。」
宋平文不知往事的內情，所以並不瞭解宋平東為什麼面無表情的，但是姚三春卻能感受到宋平東說話時的咬牙切齒。
宋平文在原地呆愣一瞬，旋即腳步匆忙地衝進宋茂山的屋子。
宋平生等宋平東收回目光後，壓低嗓子問道：「大哥，你準備告訴他真相嗎？」
宋平東想也不想地搖頭。「除了我兩兄弟，巧雲、平文他們三個都沒必要知道。」
如果有可能，誰願意背負沈重的人生？

宋平生並不意外，他尊重宋平東作為長兄的決定，因此只道：「我聽大哥的。」

裡屋，宋平文見到癱瘓在床的宋茂山時嚇了一跳，只見宋茂山形容枯槁，臉色透著不正常的蒼白，皮膚跟脫了水的橘子皮似的，但是最顯眼的，還是他突然半白的頭髮。

要知道，這才多久的時間啊！他爹怎麼就從一頭黑髮變成頭夾銀絲，瞬間老了都十歲不止？

宋茂山自從出事後，除了每日過來給他送飯加清理的老頭子，宋家其他人幾乎從未踏進這間屋子，而送飯的老頭子差不多是又聾又啞，跟又癱又啞的宋茂山待在一起，兩人一日的交流還沒有人家放的屁多。

這樣安靜到看不到頭的日子一過就是大半個月，哪怕宋茂山是個啞巴，如今也被這種無望的生活搓磨得心力交瘁。甚至最近他在想，可能被毒死都比這種煎熬的日子好過吧？

今天宋茂山照樣閉著眼發呆，腦子裡回想的全是他曾經意氣風發的片段，如果不想想那些風光的時刻，他怕自己就快支撐不下去了。

宋平文踏入屋子時他模糊聽到了腳步聲，但是陷入回憶的他並沒心思注意，直到他感覺出不對勁，那個又聾又啞的死老頭的腳步聲沒這麼穩健輕盈。

他腦子裡想到什麼，一個激靈睜開眼，剛好對上宋平文難看的臉色。

「唔唔唔……啊啊啊……」宋茂山苦等許久、心心念念，終於把寶貝兒子盼回來，一時間激動得不能自已，老淚都快掉下來，配上他枯槁蒼老的面色，著實有幾分可憐。

只可惜，無論宋茂山掙扎多少次，他還是一句話都說不出來。

宋平文對他爹還是有幾分瞭解的，他不動聲色地將宋茂山從頭到尾打量一遍，眼中劃過痛色，兩腮的肌肉艱難地動了動。「爹，我知道您要問什麼，兒子如今已經是童生了。」

宋茂山的眼睛驀地發出亮光，似乎是陷入了一種狂喜，甚至這種情緒，能讓他短暫地忘卻了自己癱瘓的處境。

宋茂山一個人待了太久，情緒許久沒有這麼激動了，激動之下，他眼中兩行淚就這樣滾下來，嘴巴張開，無意義地從嗓子眼擠出各種怪聲。

結果宋平文一靠近，宋茂山身上的怪味混合著嘴裡的臭味，聞著簡直比大路上的牛糞還要刺鼻，向來愛潔的宋平文被熏得後退一步，不過沈浸在歡喜中的宋茂山並沒有注意到。

宋平文偷偷屏住呼吸，臉上的表情是難過的。「爹，您放心，之後的院試我一定努力，考個秀才給您爭光，到時候給您找四、五、六個丫鬟、小廝服侍您。雖然您現在成了這樣，但是兒子不會放著您不管的！」

這話對宋茂山來說，不啻大雪中的一盆炭，旱日裡的一場雨，可把宋茂山給激動壞了！

看著宋茂山激動不已的面孔，宋平文心中定了定，又安慰了宋茂山幾句，便準備離開這間味道刺鼻的屋子。

可誰知宋茂山一見他要離開，情緒突然又激動起來，「啊啊啊」個半天，急得臉色漲紅，眼球都快凸出來了。

宋平文對他爹再瞭解，可也不是他肚子裡的蛔蟲，這下子當真是一頭霧水，十分摸不著頭腦。「爹，您別激動，您是渴了？餓了？還是……想上茅廁？」

宋平文說完，宋茂山依舊「啊啊啊」個沒完，聲音一點都不見小，因為情緒太過激動，嘴角甚至還有口水流了出來。

宋平文這人乾淨慣了，看到親爹這副邋遢樣，忍不住直蹙眉，不過他冷靜想了想後，還是上前一步，側過耳朵聽宋茂山說話。

直到宋平文的耐心快被消磨乾淨，他聽到的仍然是一籮筐的「啊啊啊」，鬼才知道宋茂山到底要表達什麼！

宋平文深呼吸兩口氣，按捺住脾氣道：「爹，我真的聽不明白您要說什麼。不如這樣，您先好好養身子，說不定再過一陣子您就能說話了呢？這幾個月我都會在家溫書，有事我隨時都在，咱們不用太著急。」

宋茂山眼中是失望，還有翻騰的恨意，但是他不得不承認，恐怕就算他乾嚎到明天，平文都不會明白他的意思，所以最後只能作罷。

宋平文見宋茂山眼睛裡染上血紅，還有許多他看不懂的情緒，不免心中疑惑，但是屋中氣味實在刺鼻難聞，宋平文是一刻也不想多待，所以跟宋茂山打完招呼後便急不可耐地出了屋子。

裡屋再次安靜下來，但是宋茂山睜大眼睛，一瞬也不瞬地盯著宋平文離開的方向，心中再次燃起希望。

只要平文還在，他就不會有事！等平文飛黃騰達了，再請最好的大夫給他治病，說不定他還能恢復如初，還能享清福呢！

等他身體痊癒好的那一日，他一定要好好折磨錢玉蘭母子三人以及錢興旺，讓他們知道什麼叫生不如死！

宋平文一離開裡屋，便一路小跑地跑進院子，快接近宋平東兄弟時又慢下步子，嚴肅著臉走過去。「大哥，我看過爹了……」宋平文抬起眸子，一臉悲痛。「我離開前爹還是好好的，咋現在就成了這副樣子？一下子老了十歲都不止啊！」

宋平東實在假裝不出感同身受的樣子，只能冷著張臉，有些僵硬地點頭。

宋平文的眉頭皺得更緊，語氣關切地問道：「對了大哥，我回來到現在，怎麼都沒見著娘？她身體好全了？」

提到錢玉蘭，宋平東皺得死緊的眉頭才稍微鬆開些，回道：「娘跟舅舅回鄉探親去了。」

「什麼?!舅舅？探親？」宋平文一臉茫然。

於是宋平東便將對外的那套說辭再次複述一遍。

宋平文安靜地聽完，臉上沒有露出多餘的表情，只是一副高興又慶幸的樣子，像是十分為錢玉蘭開心。

宋平東見宋平文為他們娘找到親人而開心，他心中很滿意，他們三弟終究還是孝順有心的。

對此，姚三春兩口子卻持相反的看法。可能是宋平文幾次單獨出門，進縣城趕考見識得多了，現在的宋平文明顯比從前圓滑，也世故得多。從前他兩耳不聞窗外事，一心唯讀聖賢書，就連家中吵翻了天，父母兄弟起爭執，他竟然一點也不關心，甚至還嫌會影響到他讀書。如今呢，竟然也知道跟村裡人交際，跟父母兄弟作戲，裝作一副純善的模樣！這是不是該叫小狐狸的道行又見漲了？

不過狐狸終究是狐狸，總有露出尾巴的那一天。

# 第二十六章

宋平文考中童生這一事，因為宋茂山癱瘓而不得大辦，最後宋平東作主，請來自家親戚湊一桌吃了頓飯，親戚們各自包了些錢，算是為宋平文道賀。

這次親戚聚餐宋巧雲沒來，因為她肚子太大了不方便，而宋氏卻是喜笑顏開地早早趕過來，包了一份不算薄的隨禮錢，還把宋平文狠狠誇讚一頓，差點就快誇出一朵花來。

姚三春現在終於體會到什麼叫萬般皆下品，唯有讀書高，對於這個時代的人來說，有錢不算多厲害，會讀書才是最高貴的存在。

今天宋家院子裡有不少人，大家或蹲或坐，但是所有人聊天幾乎都圍繞著宋平文，一個個把宋平文從頭到腳、從裡到外、從外表到學識都誇了個遍，就連宋平文後腦勺長了兩個漩，也能被津津樂道地誇上老半天。

姚三春夫妻倆可真是服了這群人了。

今天其他客人早早就過來了，可是作為宋平文親妹妹的宋婉兒卻遲遲沒到，這讓宋平東有些擔憂。

眾人左等右盼，羅氏妯娌倆甚至偷偷放緩炒菜速度，直到飯菜全都上桌了，宋婉兒終於姍姍來遲。

宋婉兒提著禮品一踏進宋家院子，堂屋裡所有目光全都射向她。

宋婉兒擠出一抹笑，她知道自己做得不太妥當，所以進了堂屋放下東西便連連弓腰道歉，姿態有幾分侷促。「對不起，大哥、二哥、三哥，我來晚了！路上有事給耽誤了！」

宋平文的目光從宋婉兒身上一掃而過，最後落在她空空如也的身後，皺起眉頭。「婉兒，先生忙便算了，浩然怎麼沒來？」

此次府試郭浩然也通過了，正式成為一名童生，但是郭浩然的排名比宋平文要低上一些，宋平文本還想跟他好好聊聊，誰知郭浩然他人都沒來，宋平文自然心裡不高興。

就連宋平東都不免多問幾句。「浩然是不是被什麼事情耽擱了？咱們還可以等他一會兒。」

宋婉兒的神色僵硬了一瞬，隨即道：「浩然他這一路累著了，身子有些不舒服，大夫讓他在家休息呢！」

宋平文一聽是這個原因，只能嘆息道：「我原本還想和他交流考試的心得，誰知浩然竟然生病了。罷了，等他病好了再見面也不遲。」

宋平東作為長兄，便自覺地擔起家長的角色，朝宋婉兒招手。「坐下吃飯吧！」

其他人也收回目光，紛紛拿起筷子，準備大快朵頤。

姚三春不緊不慢地從宋婉兒的髮髻上收回目光，她作為女人，對首飾之類的東西會放更多的注意力，所以她一眼便看到宋婉兒的髮髻上少了一根銀簪，一根她嫁到郭家後就沒拿下來過的銀簪。

因為去年遇上吳豐那事，宋婉兒把自己首飾之類的東西全都當了，後來她跟宋茂山的關係又冷下來，更沒人給她添首飾。

而宋婉兒出嫁時的陪嫁也就是看著多，實際上都不是多貴重的東西，唯一能拿得出手的也就是當掉首飾換來的幾兩銀子，以及錢玉蘭送給她的那根銀簪。

說起來，那根銀簪也是錢玉蘭唯一的首飾，是宋茂山他死去的老娘作為彩禮送給她的。就是不知道她宋婉兒到底是忘記戴銀簪，還是有其他原因？

這人一旦有了懷疑的苗頭，便會開始多疑起來，所以吃飯時姚三春總是忍不住將目光投向宋婉兒。

她吃飯細嚼慢嚥，碗筷連相碰的聲音都沒有，與以往吃飯的樣子有所不同。

她人沒見瘦，但是從前大而圓的杏仁眼沒了往日神采奕奕的樣子，好像缺了點精神。

她衣服太過素淨，不是她往日喜歡的紅色、粉色等鮮豔的顏色。

姚三春的目光再往下，最後落在宋婉兒略有些髒的鞋面上。如果宋婉兒是坐牛車之類的回來，鞋子不該這麼髒……

這一頓飯吃得分外漫長，因為在座之人一半時間吃東西、喝酒，另一半時間則在瞎扯淡，眼看一時半會兒是結束不掉的。

姚三春想著先回去休息會兒，待會兒再過來幫忙羅氏收拾，便準備跟姚小蓮先回去。

誰知正在跟人說話的宋平生餘光看到姚三春離開，說了兩句便起身追了過去。

其他人看到紛紛搖頭，這個宋平生真像個沒斷奶的娃娃似的，竟然一刻都離不得媳婦，真是沒眼看喔！

對於其他人的看法，宋平生自然是不知道的，就算知道，他心中也是不在乎。

宋平生人高腿長，很快便追上姚三春姊妹，近了就聽見姚三春在跟姚小蓮說話。

「……妳覺不覺得婉兒今天狀態不太對？」

姚小蓮到底年紀小，經歷得少，略一沈吟，猶豫道：「婉兒的臉色是不太好，不過……咱們每個月不都有幾天特別累嗎？說不定就是來了那個……」

姚三春陷入思索，慢吞吞地道：「可能吧……」但是直覺告訴她，事情可能不會那麼簡單。

這時候，宋平生兩大步跨至姚三春身後，一手攬住姚三春的肩頭，聲音清清潤潤，帶著輕鬆的笑意，只是說的話卻沒那麼美好。

「姚姚，宋婉兒的事咱們別摻和，左右嫁到郭家是她自己的選擇。」

姚三春偷偷瞪宋平生一眼，略帶警告。「我只是擔心有事發生，到時候娘跟大哥他們又要操心罷了。」

宋平生輕瞥身後的姚小蓮一眼，然後笑道：「今天天氣好，我們別聊那些壞心情的事。去年妳不是說要跟二叔討教種西瓜的技術？二叔昨天跟我提過這事，他明天有空……」

夫妻倆說說笑笑地往家的方向走，落後兩步的姚小蓮臉色卻有一絲窘迫。

這麼久的相處，姚小蓮算是徹底明白過來，他姊夫願意收留她這麼久，完全是看在她姊的面子上，恐怕現在的她在姊夫眼裡，也就比陌生人好一點。

不過一想到她姊夫對待親妹子也就那個態度，姚小蓮的心瞬間又平衡不少。

慶祝宋平文成為童生這頓飯之後，村裡再次恢復平靜，村裡人繼續過著平靜且忙碌的生活。

沒了宋茂山和宋婉兒時不時鬧事，姚三春家這邊的生活比去年更平靜、更安寧美好，如今姚三春夫妻唯二的願望便是：賺錢和要孩子！

賺錢不必多說，現在鋪子開著，農藥生意蒸蒸日上，夫妻倆就準備多攢點錢。

至於要孩子，這事正在進行中，夫妻倆每夜辛苦奮鬥，相信該來的緣分總是會來的。

姚三春那邊的生活有條不紊地過著，宋家這邊卻和以往有些不同。

宋平文再過兩個月就十七了，他和自己的兩位兄長一樣，個高身長，長相很出挑，如今年紀輕輕就是童生，未來前途不可限量，這下子想給他保媒的可就更多了。

打從宋平文成為童生的消息一傳出去，這段日子來宋家登門拜訪的媒婆便一撥接著一撥，不說宋平文，就連宋平東都有些不耐煩了。

不過宋平文是覺得媒婆給他介紹的姑娘門楣太低，都是鄉下村姑，配不上他；而宋平東卻是厭煩太多人登門打擾三弟溫書，萬一影響到院試怎麼辦？

不過幾天後宋平東就發現自己的擔憂是多餘的，因為宋平文看了兩日書之後，後面三日都去鎮上待著。

宋平東沒忍住，晚上吃飯的時候打聽宋平文的動向。

宋平文隱隱有幾分不耐煩，不過還是按捺住性子，說自己是去鎮上跟同窗討論研究課題。

宋平東知道自己這個三弟對讀書的事向來是一點都不馬虎的，便沒再過問。

但是一來二去，問題就出現了——宋平文身上的銀子用了個精光，他需要用銀子！

可是呢，宋家的錢財從來都是宋茂山掌管的，他癱瘓之後錢玉蘭手裡也沒錢，甚至錢玉蘭回鄉探親都沒錢買些禮物，最終是宋平東和宋平生硬塞了些錢給她。

如今宋平文要用錢，已經分出去的宋平東沒義務給他錢，而家中錢財又不知放在哪裡，這下子宋平文可犯了難。

宋平文思來想去，最終還是去找他大哥了。

宋家院外的草堆旁。

「……大哥，我實在是身無分文了，否則也不會麻煩你。」宋平文單獨把宋平東叫出來，神情誠懇地說道。

宋平東從來都覺得自己作為長兄，對弟弟、妹妹多照顧是應該的，他心裡算了算家中銀錢幾何，有了數後便問道：「你大概要借多少銀兩？」

宋平文臉上帶著淺笑。「約莫……一兩吧。」

宋平東先是震驚了下，不過垂眸想了一下，讀書本就費銀子，平文張口就是一兩應該也不算太過分，或許是剛好要用錢吧，不過對於他們莊稼人來說可真不算少了。

宋平文見宋平東沒有立刻答應，神色略有些不悅。「大哥，你放心，我們是親兄弟，我不會欠錢不還的！」

宋平東拉回思緒，抬眼問他。「難道在你眼裡，大哥就是這種把銀子看得比兄弟都重的人？」

宋平文立即換上一副笑臉。「大哥，我不是這個意思，我這人就是有時候不太會說話，大哥你可千萬別誤會。」

宋平東瞥他一眼，言簡意賅地道：「這事我還要跟你大嫂說一聲，你先回屋看書去，銀子我待會兒給你送過去。」說完，轉身回自家去。

腳步聲徹底遠去後，宋平文站在原地吐一口濁氣，臉色不復方才的溫和，但是不知道他想到什麼，唇角突然勾起一抹冷淡的笑。

宋平東和羅氏都存著自家人能幫一把就幫一把的心理，便出了這一兩銀子，只是三天後，宋平文再次找上了宋平東。

這日，外頭小雨淅淅瀝瀝地下著，天色略陰，空氣裡都是泥土和草木混合的味道。雨天沒辦法出去幹活，宋平東便拿出編了一半的竹籃、竹筐等東西，坐在堂屋裡開始編製起來。

至於羅氏，她最近閒得有些不適應，突然就迷上了姚三春教她的針織手藝，這不，趁著下雨天就急趕慢趕地跑去姚三春家，跟人家討教針織技術去了。

羅氏目前的目標是，先給二狗子織一雙襪子，等織熟練了，織出的東西能看了，她再給她男人織兩雙襪子。

至於衣服、帽子這類複雜的東西，對不起，姚三春這個「半桶水」也不太會。

羅氏帶上二狗子去了姚三春家，因此此時宋家大院裡只有宋平東。

宋平東在自家忙活編製籃子，過沒多久，宋平文冒著雨飛快從宋家堂屋一路衝過來。

宋平東聽到動靜抬起頭，見到宋平文，先是皺了一下眉頭。「平文，你怎麼昨晚從鎮上回來得那麼晚？早上叫你起來吃早飯你都沒聽到。快去洗漱吃早飯吧，你大嫂把粥還放在鍋裡溫著。」

宋平文聽完卻沒有挪動步子，語氣自然地說道：「早飯的事情不急。大哥，我身上銀兩又用完了，你跟大嫂再給我拿一兩吧？」

宋平東聞言，差點把手給劃到，震驚道：「一兩銀子三天就用掉了？」讀書是費錢，但無論如何也不可能費錢到這個分兒上，否則一些家中條件一般的是怎麼把孩子供出來的？想到這兒，宋平東神色略沈，語氣也嚴肅了幾分。「平文，咱們家就是普通的鄉下農戶，一兩銀子不好掙！不如你先跟我說說這一兩銀子是咋花的，其他事再商量。」

這一年以來發生了許多事，放誰身上都得被逼著成長，如今的宋平東依舊對兄弟姊妹真心以待，但是他也知道了，這世上沒有無條件的信任。

都說日久見人心，但是人心是會變的，更何況人心隔肚皮，哪怕是親人！再說了，親兄弟明算帳，這才有利於兄弟間維持良好關係。

宋平文臉色依舊，眼睛轉了一圈，隨後端起幾分侃侃而談的架勢，笑著道：「大哥，我當然知道一兩銀子不算少，這若是放在平時，我絕對不會花得這麼快，這不是最近急用嗎？」

宋平東眸光稍顯凌厲。「啥急用？」

宋平文搬來小木墩子坐在宋平東跟前，說道：「大哥，我在縣裡參加府試的時候新交了幾個朋友，他們可是咱們省最出名的書院裡頭的學生，不光學識淵博、見多識廣，而且還家世不俗，與這樣的人結交，於我是絕佳的機緣，更甚者還可能得知一些科舉考試方面的隱秘消息，百利而無一害。大哥，你說呢？」

宋平東頓了一下，點頭。

宋平文得到鼓勵，笑意更深。「大哥也覺得我應該和他們結交甚好是吧？所以大哥你應該能理解，和他們交往，錢財方面自然不能太小氣，否則會被人瞧不起。一兩銀子的確不是小數，但是為了考試順利，為了搏一個將來，我不得不如此啊！大哥，你要為我想想。」

從前，宋平文只要一說到「為了科舉、為了將來」，宋茂山就沒有一次不同意的，他有信心，他這個老好人大哥肯定也不會拒絕。

就在宋平文心中得意之時，宋平東卻一捏拳，神色果斷地道：「平文，你說得有道理，但是這個錢我不能給你！」

宋平文的笑就這樣僵在臉上，十分難看。

宋平東重重吐出一口濁氣，微垂下眸子，說道：「大哥讀書少，沒你有見識，但我也有自己的想法。讀書考科舉，最主要的還是你的學識，如果有人能幫到你當然最好，但是……」宋平東抬起明亮的眼眸看他。「平文，咱們有多大本事就攬多大的活兒。咱們家就是地裡刨食的人家，從來就本本分分過日子，不講那些花裡胡哨的東西。所以，讓我說，咱們沒必要為了跟別人套近乎而花那麼些冤枉錢，因為咱家就這條件，比不得他們縣裡人家條件富裕。你讀這麼多年書已經花了不少錢，你是不是也該為娘他們考慮考慮？你還要讀書，但爹卻癱了，娘一個人靠啥生活？如今家中條件已經大不如前，所以大哥說一句你不愛聽的，以後日子還是省著過吧，不然肯定過不下去的。」

錢玉蘭離開前跟宋平東兄弟倆說了很多話，其中有一件便是關於宋茂山做土匪時獲得的不義之財，錢玉蘭曾經意外發現宋茂山埋在裡屋地底下的大筆錢財，但是她不準備動用。

宋平東兄弟知曉此事後，兩人也表示不會動用，就讓這筆錢財埋在地下。

錢財雖好，但也要取之有道，否則花著都不痛快。

但這個決定也意味著，宋家以後的生活條件絕對會明顯下降，最明顯的體現就是在宋平文讀書方面。從前宋茂山為宋平文讀書花起銀子來是毫不手軟，但現下已今非昔比，那些不必要的花費都被排除在外。

這也是宋平東不願意再拿銀子的原因，因為刨除那筆不義之財，宋家其實沒那麼多錢了，供不起宋平文大手大腳地揮霍。

前幾天宋平東願意拿出一兩銀子，因為他以為宋平文要把銀子花在筆墨紙硯方面，如果早知是用來打點關係，他根本不會出！

宋平文半垂著眸子，遮去眼底的陰翳，縱是如此，他身上陡然轉變的氣息還是洩漏了他的不悅。氣氛陷入短暫的尷尬，宋平文再抬首時，眼神尖銳。

「大哥，你莫不是逗我？爹沒出事之前，家中日子過得比村裡人都好，而且是好了這麼多年。爹甚至說過，哪怕我考不好，他再供我讀幾十年都不成問題！怎麼爹一出事，大哥就說家裡日子過不下去了？」宋平文眯起眼，怪異地哼笑一聲，在這不大的屋子裡顯出幾分狹小的刻薄勁。「大哥，到底是你在跟我開玩笑，還是……其實你想要爹的銀子？」

宋平東的眼睛驀地睜大，目露震驚，震驚之後又流露出一種失望混合著受傷的表情，久久沒能說出話來。

不知為何，在這樣的目光下，宋平文心中突然湧出一種想躲避的衝動，但是他卻強迫自己站定，面無懼意地與宋平東對視，因為他說得沒錯！

他大哥對他是很照顧，但是大哥已經分出去了，他們兄弟倆如今是兩家人，面對利益，誰知道大哥他是人還是鬼？

這世上只有傻子才會無條件地相信別人，哪怕是親兄弟都要留個心眼。

還有，他從縣裡回來的那一日，他爹最後那般激動，似乎是想要告訴他什麼，如今想來，恐怕就是想告訴他，自己的錢財被大哥偷了吧？

宋平文在心裡勸說自己，越說底氣越足，甚至還微微高抬下巴，很是理直氣壯的模樣。

宋平東卻彷彿被人突然捅了一記悶刀，好一會兒都沒能從心口抽疼的那股勁緩過來。

這種感覺他並不陌生，當初知曉他爹打他娘、知曉他爹是土匪、知曉他娘是被他爹搶過來的時候，他的心也是這般疼，疼得他差點喘不上氣來。

待他徹底清醒過來，心口還是難受的，但他卻非常想冷笑一聲。

「宋平文，原來在你眼裡，我就是這種人？」瞧，這就是他真心對待的兄弟？他兄弟這般虛偽做作的樣子，是不是像極了上房那位噁心透頂的土匪？

宋平文不為所動，甚至有幾分橫眉冷對的意思。「大哥，本來家中日子一直蒸蒸日上的，轉頭你卻告訴我家裡垮了，這聽著不好笑嗎？這事無論擱誰頭上，都要好好掂量掂量吧？我知道，世人皆愛錢財，這是人之常情，但是你已經分出去了，爹以後是要跟著我過日子的，如今你把爹的養老錢都拿走，還影響我的科舉之路，這算什麼？」宋平文越說神情越激動。「你平日不總自詡是老好人嗎？現在怎麼做出這種醜事？這事要是鬧開，你還有沒有臉出去見人？大嫂跟二狗子出去誰願意搭理他們？大哥，我勸你還是早點把爹的財產還回來吧，你我畢竟是兄弟，我不想鬧得太難看！」

話裡話外，宋平文已然認定宋平東吞了宋茂山的財產。

宋平東被氣得臉紅脖子粗，指著宋平文連連搖頭，半晌才憋出幾句話來。

「好！好！好！這就是我宋平東的好兄弟？我今天算是看清你了！」

宋平文已是滿臉的不耐煩，眉頭越皺越緊，唇角還扯出一抹冷漠的笑，眼中含著諷刺。「大哥，你這就是承認自己拿了爹的銀子了？還不快還回來！」宋平文越說聲音越大，儼然是一副發號施令的口吻。

在宋平文看來，如今他輕輕鬆鬆就通過考試成為童生，先生也說了，以他目前的程度，通過院試成為秀才不在話下。可以說，他如今已經是宋家最出息、最有本事的那一個，他根本不需要再忍著上頭兩個兄長對他指手畫腳、喋喋不休。

從此以後，他想幹什麼就幹什麼，想說什麼就說什麼，再也不用被人捏著名聲當威脅，別人再也不敢給他臉色看，讓他處處受氣。以後，只有別人看他臉色的分兒！

宋平東已經在暴怒的邊緣，眼眶隱隱發紅。

可偏偏宋平文不知收斂，且態度愈加囂張。「大哥，我再給你最後一次機會，你再不表態，等我以後飛黃騰達了，可別怪我不念兄弟情——」

「夠了！」宋平東再也聽不下去，當即怒吼一聲。「宋平文，給我閉上你的狗嘴！」宋平東神情激動得額際突突跳，胸膛都快喘破了。

宋平文被這一聲怒吼震住，隨即臉色一黑。不管從前還是現在，從未有人對他這般大吼大叫過，更何況還罵他是狗？這對他來說，簡直就是莫大的侮辱！

「宋平東！我叫你一聲大哥是尊重你，你別得寸進尺！」既然撕破臉皮，宋平文便沒什麼好顧及的了。

宋平東氣得手都在抖，如今更是不想聽到宋平文說出哪怕一個字！他緊繃著臉色，咬緊後槽牙，目露狠色。「滾！我沒拿宋茂山的臭錢，也瞧不上！不信你自己問宋茂山去！他不會說話，眨眼總會吧？」話一說完，宋平東一陣風似地繞開宋平文，頭也不回地大步離去。

站在原地的宋平文神色變幻無常，最終只剩下一臉陰狠。

至於宋平東不客氣地直呼宋茂山的名字，以及他回來那一天宋平東的異樣，宋平文沒興趣探知。

不消片刻，宋平文站在裡屋門外，深深吸一口氣後，推門而入。

幾日不見，宋茂山的精神更差了些，中毒對人身體的傷害是長久的。

宋茂山原本半瞇著眼，焉頭巴腦的，可是當宋平文出現在眼前時，他就跟打了一缸雞血似的，當即睜大眼睛，一掃剛才沒精打采的模樣，還張嘴「啊啊啊」歡樂地叫喚著，雖然鬼都聽不懂他在說什麼。

面對宋茂山見鬼的表現，宋平文選擇視而不見。

「爹，您先別說話，您先聽我說。我現在有重要的事要問您，肯定您就眨一下眼，否定就眨兩下眼，行不行？」

宋茂山對小兒子從來就有求必應，當即十分配合地眨了一下眼。

宋平文站在離宋茂山不遠不近的地方，略微思索後，道：「爹，我前陣子去縣裡考試時交了幾個朋友，他們對我考科舉有好處，所以我就想跟大哥借些銀兩用於交際，誰知大哥突然跟我說家中垮了，沒錢了。爹您實話告訴我，是不是大哥把您的錢給搶去了？」

宋茂山眼睛一瞪，氣得眼睛都紅了，不過還是眨了兩下眼。

宋平文對這個答案當真是喜出望外，忍不住往前一步，雙眼放光。「當真?!」

宋茂山眨一下眼，臉部和眼睛都突然不自然地抽動著，看起來著實醜不忍睹。

不過不管是宋茂山歪掉的嘴巴、顫動的臉部肌肉，還是他眼球的方向，均艱難地指向床尾位置。

「唔唔唔……」宋茂山張嘴叫喚半天，口水又浸濕了半塊被子。

宋茂山瘋狂暗示，宋平文也不是蠢人，想了想便有了猜測，再次上前兩步，亮著眼睛問：「爹，您是不是想說，床尾的櫃子裡有銀兩?讓我拿去用？」

宋茂山沒等他說完便眨了一下眼，唇角還冷不防抽了一下，宋平文後知後覺地發現，原來他爹是在笑。

不過求財心切的宋平文哪裡顧得上其他？忙不迭地跑去床尾翻箱倒櫃，沒一會兒就在箱底下找到幾塊碎銀，宋平文掂了掂，估摸著有三、四兩，能撐上一段時間。

將銀子放進口袋，宋平文轉過身便換上笑臉。「爹，銀子我拿到了。這陣子我都在跟這幾個朋友打交道，不經常在家裡，回來還要抓緊時間溫書，所以不能經常來看您，爹您不會怪我吧？」

宋茂山抽出一抹怪異的笑，眨了兩下眼睛。

宋平文作勢鬆口氣，隨後笑道：「我就知道爹懂我！那我先回屋溫書去了，有空再來看您？」

宋茂山卻沒有眨眼，反而再次掙扎起來，像極了一隻蟲在表演什麼叫原地蠕動，姿態醜陋。

宋平文抿了抿唇，收回準備抬起的腳，面露難色。「爹，您還有事？但是我聽不懂啊！」

宋茂山深呼幾口氣，稍微冷靜下來，不扭動身體了，改成張開嘴，開始瘋狂比嘴形。

宋平文靜靜地觀察了一會兒，眉頭擰得死緊。「年？……釀？」

宋茂山眨兩下眼。

宋平文突然心中一動，又道：「難道爹您是說我娘？」

宋茂山鬆口氣，飛快地眨了一次眼。

宋平文摸不著頭腦。「娘怎麼了？不是說娘跟舅舅回鄉探親去了嗎？」

然而下一刻，宋茂山眼中驟然湧出濃濃的恨色，整張臉如罩寒霜，甚至可以結出冰碴。

哪怕是宋平文，也在這一刻真真切切地感受到宋茂山那股滔天的恨意，簡直稱得上可怕。宋平文一頭霧水，他爹從前是不太看得上他娘，但是從沒有表現出這麼強烈的恨意，如今這是為什麼呢？

宋平文腦子轉得飛快，問：「爹，是不是娘做了什麼事惹您生氣了？」

宋茂山眨一下眼。

「是不是娘回鄉探親，沒留在家伺候您，所以您生氣了？」

宋茂山眸色陰沈，眨兩下眼。

「娘拿您的銀子補貼大哥及二哥他們，所以——」

宋茂山瘋狂眨眼，沒耐心等宋平文說完，他還是抽著臉比嘴形。

於是宋平文邊看著猜測道：「吳？……醋？……虎？……」

宋茂山沒被毒蘑菇毒死，反而差點翻白眼氣死。

宋平文也是一臉汗顏。

不過宋茂山這人的意志力還是挺強的，因為宋平文對他娘錢玉蘭的固有印象，很難往下毒的方向聯想，所以宋茂山索性白眼一翻，舌頭吐出來拉得老長，裝出一副快死掉的慘樣。

宋平文眉頭一皺，發現事情似乎並不單純。

宋家院外。

雨勢減小，宋平東一個人靜默著矗立在枝繁葉茂的樹下，望著院牆上斑駁的痕跡發呆。牆面有許多亂七八糟的刻痕，那是他們兄弟姊妹兒時留下的身長線，大多數都是他給弟弟、妹妹們畫的……宋平東的思緒逐漸飄遠。

曾幾何時，他也是個調皮搗蛋、叫母親煩憂的孩子，跟村裡同齡的孩子三天打一架、半天吵一架，鬧騰得不行。但是從他能記事以來，他對弟弟、妹妹們就從未凶過。

小時候，娘總說他是大哥，弟弟、妹妹們還小，他要多護著、多照顧弟弟和妹妹們，所以從小到大，他都很照顧平生、巧雲他們，可以說，下頭四個弟弟、妹妹都是在他背上長大的。

因為，他們是一母同胞的兄弟姊妹，不是嗎？

只是他沒想到，這份彌足珍貴的親情，有些人已經忘了，或是拋在腦後。這人竟然沒一面破牆重感情？真是可笑！

從前村裡人議論他們宋家兄弟仨，都說老大勤快能幹，孝順懂事；老三腦袋瓜子靈光，會讀書；老二最沒用，遊手好閒還吊兒郎當，以後肯定是三兄弟裡最沒出息的。

可事實呢？哪怕平生在最混的時候，對娘、對他這個大哥、對自己的兄弟姊妹始終都是關心在乎的。雖然平生嘴上不會說什麼，可是只要聽到村裡人說他們家誰的壞話，他二話不說就要上去跟人家拚命。

平生那時候是人憎狗嫌，但是最起碼他對家人是真心的。

可是宋平文呢？從前他覺得自己這個三弟的性子是獨了點、傲了點，但是心還是好的，可今天發生的一切就如同一個巴掌，徹底打醒了他！

他這個兄弟，分明就是一個冷血又自私的人啊！

這二十多年來，他對兄弟真心實意，從小到大的照顧不用說，哪怕自己每年要為了種幾十畝地累得不成人形，而宋平文從未下過地，在家飯來張口、衣來伸手，可他說過一句不滿嗎？不，他不僅沒有不滿，他還打心眼希望兄弟能有出息。不是為了自己能得到什麼好處，他只是單純的希望兄弟們過得好。

可如今看來，他覺得自己就是一個徹頭徹尾的傻子，從頭到尾人家眼裡根本沒他這個大哥！

兄弟情是什麼？能有銀子重要嗎？

從前宋平文願意喊他一聲大哥，最主要的是沒有利益衝突，次要的是宋平文還得靠家裡吃飯，而沒分家之前，他這個大房兩口子是家裡主要的勞動力，還有用。

看宋平文今天不加掩飾的張狂樣子，恐怕是覺得自己如今考上了童生，以後前途無量，所以本性暴露了。

想他們兄弟姊妹幾個雖然性格各異，但是無論如何對家人都是好的，只有他宋平文，竟是這種涼薄自私之人！

想到這兒，宋平東的眼睛驀地泛起猩紅。平文成了這樣，跟宋茂山那個土匪脫不開干係，都是他把平文養成這樣的！宋平東越想，心就跟被人揪住了一般，疼得他呼吸困難。

時間不知過了多久，小小的雨勢突然轉大，飛墜而下，冷風不堪其重，裹挾著雨滴劈頭蓋臉灑了宋平東一臉。

宋平東被淋得一個激靈，方才如夢初醒。回了自己屋子，一進門便跟氣勢洶洶地趕來的宋平文碰上，由於宋平東正在氣頭上，冷冷瞥一眼即收回目光，抬腳便要走。

宋平文卻彷彿沒看到宋平東難看的神色，抬腳擋住他的腳步。「我有事要問你！」宋平文眉目間藏著冰雪似的，泛著絲絲寒氣。

宋平東回望他，倏地冷笑。「既然你看不上大哥，甚至連我的名字都不屑叫，我跟你沒什麼好說的！滾開！」

宋平文沒有辯解，一把抓住宋平東的胳膊，臉色陰沈。

宋平東沒給他開口的機會，奮力從他手中掙脫，回首怒目而視。

兄弟倆兩兩相瞪，一時間誰也沒說話，只有兩人眼中閃爍的光芒同樣陰沈難辨。

宋平文覺得沒什麼好顧忌的，率先開口，話中有幾分氣急敗壞。「爹中毒跟娘有關係是不是？」

宋平東的身子僵了一瞬，反應過來當即矢口否認。「宋平文！你是不是有病？咱娘是那種人嗎？」
宋平文死死盯住宋平東，語氣極其不客氣。「呵呵……你們不是總說爹打過娘嗎？如果娘真的受了這麼多委屈，說不定她心裡恨毒了爹呢——」
話音未落，宋平東抬手便往宋平文臉上揮去一拳！
宋平文被揍得踉蹌後退，穩住身形後，他捂著半邊臉要說話，可他一張嘴，迎面而來的又是一記重拳。
這一拳比第一拳的力量更重，宋平東又是長年幹活的莊稼漢，宋平文這種從不幹活的少年哪裡受得住這一拳？當即被揍得摔倒在地，樣子好不狼狽。
宋平文從小到大何曾被人這般對待過？屈辱感鋪天蓋地湧上來，竟然令他忘記臉上的疼痛，一骨碌從地上站起來，抬手就要打回去。
可他一個弱不禁風的讀書人哪裡是身材健碩的宋平東的對手？手才碰到宋平東，宋平東隨便一甩便將其再次掀翻在地。
「……」再次仰面躺在地上的宋平文覺得真他娘的氣人！
宋平文眼見動手打不過，只能動嘴，站起來便大聲罵道：「宋平東，你也就這點本事？別以為我打不過你，你就能為所欲為！我告訴你，我親口問了爹，問是不是娘對他下毒，他眨了一下眼，就是承認了！你再抵賴也沒有用！」
宋平東也是脾氣上來了，伸手過去用力一推搡，差點又將宋平文推翻在地。「整天就是宋茂山、宋茂山！你眼裡還有娘嗎？宋茂山說什麼你信什麼？你考慮過娘嗎？」

宋平文三番五次被宋平東武力壓制，氣得半死卻沒有反抗之力，現下白淨的臉直接脹成了豬肝色，甭提多鮮豔了。

「我知道娘一向善良，但是為啥爹娘都中了毒，最後爹成了殘廢，娘卻一點事都沒有？而且爹如今成了這樣，每日過得痛苦萬分，娘應該留在家照顧爹才是，可她反而還跟所謂的舅舅回鄉探親？這事未免太湊巧了吧！」宋平文氣勢洶洶地道。

聽到這兒，宋平東的心徹底冷了下來。

他原本不想將父母之間的糾葛告訴宋平文的，因為真相太沈重了，可如今宋平文咄咄逼人，句句都在指謫他們娘的不是，所以宋平東不禁想著——

宋平文他配嗎？他配得到安穩的人生嗎？

有時候愛恨只是一瞬間的事情，突然間，宋平東鬆開一直緊皺的眉頭，眼中是嘲弄，臉上掛著莫名的冷笑。

不知為何，在這樣詭異的笑容下，宋平文的心跳突然加快，有種不祥的預感油然而生，待反應過來時，他已經後退了半步。

宋平東卻步步逼近宋平文，眼中閃爍著宋平文看不懂的光芒。

「宋平文，你非要事實是吧？那我這個做大哥的就如你所願！對，宋茂山會中毒是娘下的！不僅如此，我跟平生趕過來時甚至都不想救宋茂山！你知道為什麼嗎？因為他活該！他根本就不配活在這個世上！」宋平東的眼神就彷彿毒蛇似的，攫住宋平文的雙眼。「你知道宋茂山以前是幹麼的嗎？你知道宋茂山那麼多錢財是哪裡來的嗎？我告訴你吧，他是土匪，他身上的錢財全是做土匪時殺人越貨得來的，每一文錢都沾了死人的血！這些錢，你敢用嗎？你又知道咱們娘是怎麼嫁給宋茂山的嗎？因為宋茂山廢了外公的腿，弄瞎外公的眼睛，砍了外公的手，還切了小姨的手指頭，最後更用外公他們的性命威脅娘，所以娘她才被逼著嫁給宋茂山，替他生兒育女、做牛做馬！可就算娘這般妥協，這般忍辱負重了，宋茂山還是對娘動輒打罵，一打就是二十多年！這種喪盡天良、豬狗不如的東西，他配活在世上嗎？嗯？」

聽到這兒，宋平文的臉上已經是一片煞白，後背的冷汗涔涔而下，驚懼之意密密麻麻地爬滿整個心頭。分明是已經初夏的暖和天氣，宋平文卻如墜冰窟，整個人被嵌在地面般，腳都抬不起來，全身都在發抖。

宋平文萬般不相信這是真的，可是當他對上宋平東冰冷如刀的眼神時，他的理智告訴他，宋平東說的都是真的！

縱是宋平東天資不凡，但他到底只是個十七歲的少年，人生缺少經歷，缺少坎坷，這一個打擊於他來說，簡直就是晴天霹靂，劈得他頭暈目眩。

宋平東見宋平文露出這副失魂落魄、大受打擊的樣子，他心裡卻沒有一絲一毫報復後的快感，方才那股忿怒不滿的情緒就像漏了氣的羊皮筏子，癟了下去。

得知父母間這段陰暗的往事，做子女的哪個能不難受？

宋平東進屋甩上大門，徒留宋平文呆愣在原地。

宋平東不知道的是，此刻宋平文的內心就如同被放在烈火上烤一樣，萬般的煎熬。最後，他臉上驀地升起猙獰至駭人的神色——

他爹宋茂山的身分若是暴露了，那他的科舉之路、他的未來，豈不是都要毀於一旦?!

宋平東把自己關在屋裡待了大半上午，好不容易緩過神，他突然又有些憂慮。情緒上來時，他可以不顧一切，想說什麼就說什麼，想做什麼就做什麼，當時是痛快至極了，可現在回想起來，他真的應該告訴宋平文嗎？

宋平東的情緒再次亂了起來，最後沒辦法，他只能來到姚三春家找兄弟商量。偏偏宋平生不在家。

待宋平東第二次來姚三春家時已經天黑了，宋平生從鎮上回來沒多久，晚飯才吃到一半。

宋平東搬來小凳子在姚三春家的堂屋門口坐下，宋平生三人吃飯的時候，他背著身子望向院中濃稠的黑，一言不發，顯得心事重重。

宋平生和姚三春對視一眼，飛快地解決晚飯後，便同樣搬一張小凳子，就在宋平東身邊坐下。

姚三春和姚小蓮則識趣地收拾碗筷去了廚房，不打擾兄弟倆說話。

「大哥，姚姚說你上午過來找過我，是有事？」

宋平東抓頭髮的那隻手無力地滑下，回過頭時一雙眼睛泛著血絲，啞著嗓子將上午發生的一切都告知宋平生。

宋平生靜靜地聽他說完後，一手搭在宋平東的肩頭上，聲音平淡無波。「說了便說了，我贊同大哥你的做法。」

宋平東的肩膀無力地垮著，幽幽嘆口氣。「可是平生，經過今天這事，我算是看清平文是個什麼樣的人了，我再也不想管他，他以後過得是好是歹都跟我沒關係。我就是擔心這個沒良心的東西偏心宋茂山，等娘回來後他若跟娘鬧怎麼辦？難道我們得眼睜睜地看著娘被親兒子戳心窩子？娘這一輩子夠苦了！」

宋平生眼中劃過譏誚，而後好笑地問道：「大哥，你是不是太高估宋平文了？」

宋平東愕然。「什麼？」

宋平生長腿一收，手隨意地搭在膝頭，語氣有幾分漫不經心地道：「大哥，就宋平文那種自私涼薄的貨色，你以為宋茂山對他好，他就會為宋茂山出頭嗎？大哥啊大哥，你還是不夠瞭解人性啊……宋茂山早就將他寵壞了，他這種人眼裡只有自己，誰妨礙他的利益，他就會翻臉不認人，哪怕是對親生父母。」

宋平東擰緊眉頭，靜默片刻後，驀地自嘲一笑。「可能吧……」他眼中的苦澀簡直濃得化不開。

宋平生在他肩頭拍了拍。「大哥，咱們就等著瞧吧！他宋平文絕對不可能站出來替宋茂山出頭的，所以娘不會有事。至於宋平文……咱們是一母同胞的兄弟沒錯，但是他早到了娶妻生子的年紀，已經不是小孩子了，他該為自己的所作所為負責，大哥你不可能照顧他一輩子的。」

宋平東的神情微震，遂又垂下眸子。「可娘看他成了這樣，絕對會難受死的……」

宋平生眸光淡淡。「大哥，就算你不說，我知道你心裡還是放不下宋平文。可正所謂吃一塹長一智，他宋平文就是從小到大順風順水慣了，才會不知道天高地厚。等他摔幾跤得了教訓，說不定還能拗過性子來呢，否則，他這輩子只會讓娘越來越傷心，讓你越來越失望。大哥，你別狠不下心，就他現在這個性子，你絕對不能慣著他。等娘回來，我也是這句話，宋平文，必須得好好收拾收拾他。」

宋平生這一番話給宋平東重新注入了力量，他心裡頓時穩定不少。

實話有些難以說出口，但是他可能真的是當大哥當習慣了，上午那時他被宋平文氣得失去理智，忍不住出手教訓他，可是等他冷靜過後，他又見鬼的有一絲後悔。

他不是後悔教訓宋平文，而是覺得誰沒有年輕不懂事的時候？他作為大哥，是不是不該這麼輕易地放棄兄弟？

但是平生說得沒錯，他不可能照顧宋平文一輩子，既然鬧到這一步了，他索性狠下心來，讓平文出去碰壁，把性子好好磨一磨。

第二天天氣放晴，宋平東家養的大公雞幾聲高昂的鳴叫聲，徹底將宋平文從夢中驚醒。

宋平文昨天等了一天都沒等到羅氏叫他吃飯，現在餓得頭暈眼花，不得不穿上衣裳出去覓食，可誰知他出了屋子，卻看到宋平東家的門緊緊閉著。

這於宋平文來說，就是一道明晃晃的禁令——禁止他宋平文踏入宋平東家！

宋平文在宋平東家門口站了好一會兒，最後磨著牙冷笑，兩大步跨上前大力敲門。

「大哥、大嫂，你們在不在？快給我開門啊！我昨天一天都沒吃飯，餓得肚子不太舒服，想喝點粥啊！」宋平文一邊敲，一邊惡意地想著，他瞧不上人家歸瞧不上，但是宋平東是他大哥，照顧弟弟那是天經地義的事情，憑什麼拒絕自己？宋平文敲了一會兒，門裡頭還是沒動靜，他想到自己大哥那個爛好心的性子，乾脆賣起慘。「大哥，我知道你還在氣頭上，但是昨天我是一時衝動，才說了一些不中聽的話，你就原諒我吧！娘不是總告訴我們，咱們兄弟姊妹要相互照顧、相互包容嗎？大哥，現在娘不在家，要是娘回來看我們兄弟鬧矛盾，娘肯定會難過的。大哥，你也不想看到娘難受吧？」

宋平文話音一落，宋平東家的大門終於打開一條縫，卻是露出羅氏的一張臉。

只見羅氏擠出假笑，道：「是三弟啊！你找你大哥啊？真不湊巧，二狗子他爹一早就出門下地去了，不在家呢！」

宋平文不好進門，只得捂著肚子道：「大嫂，我餓得慌，不知道大嫂你們家還有沒有吃的？」

羅氏笑咪咪地道：「對不住了三弟，我家吃得早，剩下的都餵豬了。我還有事，就不跟你多聊了啊！」說完便毫不猶豫地甩上門，發出不小的聲響。

被拒之門外的宋平文臉色一陣青、一陣白，眼神愈加幽沈難辨。

約莫一刻鐘後，宋平文再次出現在宋茂山房中。

不過宋平文一掃剛才的一身陰沈，頂著青腫的臉，腮幫子咬得緊繃，臉色隱忍又痛心。

宋茂山看過去的時候，宋平文便是這麼一副要死不活的模樣！他耷拉著的眼皮子一跳，心裡有幾分不好的預感。

宋平文進了門口便不願再前進半步，高瘦的身子就這樣乾巴巴地矗立在門口，沒有出聲的意思。

宋茂山耐不住性子，一個勁兒地「啊啊啊」，吵鬧得很。

宋平文低著頭，看不清表情，糾結而艱澀的聲音這才幽幽地飄了出來——

「爹，昨天我跟大哥打架了。大哥跟我說，您以前是土匪，還說娘是您傷了許多人，最終搶回來的！」宋平文猛地抬頭，眼中泛著血絲，痛苦萬分地道：「爹，大哥說的這些都是真的嗎？」

宋茂山倏地垂下眼皮子，遮去眼中心虛的光芒，嘴上卻做著誇張的嘴形，毫無心理負擔地否認。

宋平文面上一喜，大步跨到宋茂山床頭，隱隱有些激動，更是眼中含淚追問他。「爹，您說的是真的嗎？您真的沒做過這種事？您可別騙我！您知道，我昨天聽大哥說完之後，一夜都沒合眼，心裡跟刀割一樣！畢竟爹您含辛茹苦地把我養這麼大，在我心裡，爹您是對我最好的那個人啊！」

宋茂山眼含熱淚，無聲地做出否認的嘴形，激動得鼻涕泡都吹出來了，似乎是老懷安慰的樣子。

聽到這兒，宋平文脫力般跪在床下，彎下頭，額頭點在床沿，激動得肩膀都在聳動，聲音裡有著似有若無的哭腔。「爹，我就知道您不是這種人！從小到大您對我這麼好，我要什麼您就給什麼，於我而言，您就是這世上最好的父親啊！再說村裡人，有誰說過您的不是？我相信大家的眼睛都是雪亮的！」

宋茂山眼尾發紅，眼神委屈得不行。

宋平文緩緩抬頭，眼中似有水光流過，哽咽一聲，繼而咬著牙，惡狠狠地道：「我就知道！大哥他定是不滿爹您對我這麼好，這些年來無怨無悔地供我讀書，又覺得分家的時候分得太少，所以他才會對爹懷恨在心，甚至還在我面前惡意抹黑爹您。

「至於娘，嫁雞隨雞、嫁狗隨狗，她嫁給了爹您，當然就生是宋家的人，死是宋家的鬼！就算爹您從前做得有些過分，可是娘跟您這麼多年了，過的日子可比村裡其他人家好得多，這些都是爹您的功勞，娘她咋就不知道感激爹您呢？爹您好不容易把咱們兄弟姊妹都拉扯大，就算娘對您有再大的怨，她也不該對您下毒，她這是要您的命啊！娘她怎麼不想想，不管怎麼說，您都是咱們的爹啊！」

如果此刻宋茂山能說話，他大概會大讚一聲：知音啊！英雄所見略同啊！

可惜宋茂山不能說話，所以他只能冒出兩個鼻涕泡表示他內心的激動憤慨，以及對小兒子的贊同。

宋平文重重掐一把手心，硬是把嫌棄之情掩蓋過去，再抬眼時，只剩下滿眼的悲痛和憤慨。

宋茂山心中更滿意了，他對於小兒子更相信自己並沒有太大的意外，畢竟小兒子是他一手帶大的，從小到大照顧得無微不至、盡心盡力，更從來沒讓小兒子受過委屈。他給予小兒子的，比錢玉蘭付出的要多得多，甚至他做得還比其他當爹的都要好，所以小兒子對他偏心不是理所當然的嗎？不過當宋茂山再次想到錢玉蘭母子時，臉色不免還是陰沈了下來，整個人就像是剛從棺材裡爬出來般，還帶著一股陰森森的鬱氣。

宋平文很瞭解他老子，一看就知道他爹又氣上了！他眼睛轉了轉，說道：「爹，兒子知道您肯定很恨娘跟大哥他們，但是院試在即，當前我首要的事是好好溫書，考個秀才讓爹您高興。而且這事鬧開了肯定會影響我的名聲，於科舉有礙。所以爹，這事咱們暫且忍耐住，等到我考中秀才後再說好不好？等我考中秀才後，我就請省城最厲害的大夫幫您治病，如果能將您的病治好，到時候我都聽爹您的！反正誰讓您不痛快，咱們就讓他不痛快！」

宋茂山的眼神虛晃了一下，胸中的憤怒怨恨還在翻騰，但是一想到自己之前一直隱忍不發，為的不就是平文能順順利利參加科舉嗎？如今到了這個關頭，他怎麼能功虧一簣？

再者，如今他妻子兒女都恨他，他唯一能指望的就是小兒子一人了。只有小兒子出人頭地，他才可能有神醫給他治病，他才有治癒的可能，自己的大仇才能得報。他餘生的命運都牽於小兒子一人，因此哪怕他再恨，還是得為了小兒子暫且忍耐，只能日後再報仇。

宋茂山的身體動彈不得，可是一想到錢玉蘭，他甚至有種恨到身體都在顫抖的錯覺。但是最終，他胸口的怨氣像是被人一拳砸進心臟，他只能無力地閉了閉眼。

宋平文將一切都看在眼裡，微不可見地鬆了口氣，但是面上仍有憂色。

「對了爹，昨天我為了您跟大哥鬧翻了，從昨天到現在，大哥和大嫂竟然都不給我準備飯了。」其實宋茂山這邊還有一個灶，但是飯菜太差了，宋平文看都不想看一眼，當然更不會主動說出來。宋平文說完後，頹喪地垮下肩膀，話中帶著委屈。「總之爹，這個家我暫時是待不下去了，每天一口熱飯都吃不到，哪裡還有力氣溫書？再說，大哥跟大嫂對我是恨不得眼不見為淨，而二哥及二嫂瞧不上我，我看他們也煩。所以爹，我想多拿點銀子去鎮上租賃一間屋子一個人住，這樣我也能安心看書。等我院試考完就回來，您說呢？」

宋平文的科舉路就是宋茂山的死穴，只要宋平文一開口，宋茂山從來就不會拒絕，這次依然不例外。

最終，宋茂山沒精打采地眨一下眼，眼睛使了個方向，示意宋平文去那邊拿銀子。

宋平文矜持地點點頭，轉過身去，嘴角卻控制不住地上揚。

這一次他的收穫還真不小，竟然有十兩銀子之多！宋平文非常滿意。

和宋茂山拜別出門後，宋平文方才尚算溫和的臉瞬間冷了下來，嘴角勾起一抹譏誚的笑。做土匪的果然有錢！就是不知道宋茂山身上到底還有多少銀子？

倒也不急，反正遲早都是他的！

與之相反，宋平文一離開，屋子裡雖然再次恢復死寂，但宋茂山的精神卻很亢奮，且內心如有暖流。

他這個小兒子果然沒白養啊！不像那些狼心狗肺的小畜生，親爹癱了，他們沒一個來看過他，果然是黑心爛肺的玩意兒。

早知如此，那四個小畜生一生下來，他就該把他們全掐死，就像當年那個剛生下來就被他掐死的小怪物一樣！

當天上午，宋平文便收拾東西去往鎮上。

在田裡忙活的宋平東見到了，但是從頭到尾沒說一句話。

兄弟倆，如今就如同陌生人般。

# 第二十七章

宋平文搬離宋家後，宋平東兩家的生活再次平靜下來。

宋平東在把自家的地忙完後，還要忙活核桃果林的事情，同時有空還要幫宋平生家收農藥的原材料。

都說人一忙活起來就會忘掉許多煩惱事，事實確實如此，宋平東忙得沒空再去理會宋平文的近況。

另一邊，隨著天氣慢慢轉熱，地裡的莊稼一天一個樣，對農藥的需求也就越來越多，所以姚姚農藥鋪最近生意好得很。

不僅有本地來買農藥的，還有大豐縣等外地顧客，甚至還有頗有頭腦的商人看出這農藥真的有市場，所以從錢興旺所在的府城遠道而來，購入大量農藥帶回去賣。

除此之外，去年孫吉祥找來的行商特地經過此地，一出手便是六千斤農藥，可把姚三春家的工人忙得夠嗆！

雖說這陣子所有人忙得要死要活，但是姚三春兩口子給的獎金也是豐厚得讓他們開心得要死要活。

不只是工人們，由於這個行商顧客是孫吉祥拉來的，所以宋平生照樣得給孫吉祥算提成，單這一筆生意就是近百兩的提成。

孫吉祥跟黃玉鳳拿到銀兩時，孫吉祥那嘴巴就快咧到耳後根了，黃玉鳳也是滿臉的喜氣，夫妻倆連晚上睡覺都抱著銀子睡，甭提多開心了。

孫吉祥兩口子人逢喜事精神爽，轉頭就又買了十來畝地，家中添置家具、農具，而且他家還捉了一頭小水牛養，只等大了既能耕田又能方便將農藥材料從鎮上拉回村，總之用處多多。

孫吉祥家的日子是越過越好，那些在姚三春家上工的工人家日子也越過越好，這些老槐樹村的人都看在眼裡，羨慕有之，嫉妒亦有之。

反正這陣子姚三春跟宋平生的名字在村民嘴裡出現的次數越來越高，可不論他們怎麼說，姚三春兩口子的名聲是越變越好了。

這時候不免就有人酸起吳二妮了——妳說妳家男人原本跟宋平生關係多好啊，就是因為娶了妳這麼個拎不清的婆娘，孫鐵柱才跟宋平生疏遠了。妳瞧瞧人家孫吉祥，現在日子過得多好啊！妳吳二妮恐怕腸子都悔青了吧？

事實上，吳二妮真沒心情管她姚三春家怎麼發財、日子過得多好，因為她娘家出事了！她唯一的弟弟吳豐在外省犯了事，人被打得半殘不說，還被關進了大牢。

事情的起因是吳豐在外不改陋習，還喜歡到處勾搭人，只是這回栽了跟頭，因為他竟勾搭上當地一位縣令家外甥的未婚妻，人家姑娘連名聲都不要，就死心塌地要跟他吳豐私奔。

哪個男人能受得了這個鳥氣？媳婦沒了可以再找，但是傷了他男性自尊的人絕對不能放過！所以縣令外甥二話不說，轉頭就找縣令舅舅告狀。這位縣令聽完後，比自己戴了綠帽子還要生氣，一天之內就把吳豐抓起來，打了個皮開肉綻，半條命都快去了！

吳家人一聽自家的寶貝疙瘩被打得半死，人還在大牢待著，吳家父母當場就流了兩大缸的淚，真是聞者傷心，聽者落淚啊！

可惜吳家這邊愁雲慘霧皆無人同情，所有苦都只能自己嚥下。

轉眼間快到了芒種時節。

芒種是一個非常繁忙的時節，這時候既要收割夏熟作物，又要栽種夏種秋收的作物，同時春天種的作物還不能疏於管理，否則收成堪憂。

更要命的是，芒種時節開始入梅，雨水特別多。雖說水稻、棉花正處於生長旺季，需水量多，但是地裡的麥子可等不得。

莊稼人誰不是靠自家一畝三分地過活？所以這陣子姚三春夫妻直接給農藥廠裡的人放假，讓他們各回各家，回家種田去。

其次，這個月還要搶種夏大豆、花生，夏地瓜也要搶著栽插，正所謂「芒種栽薯重十斤，夏至栽薯光長根」，這時候正是夏作物最好的栽種時機。

除此以外，春大豆、春地瓜還要追肥，也是一件辛苦活。

不光是田裡地裡要侍弄，這時候連菜園子都不能放過，除草防治病蟲的同時，莧菜、豇豆等蔬菜也要種，否則後面會沒新鮮蔬菜吃。

眼看該收割的收割，該栽插的栽插，該播種的播種，可事情還沒完，這時候天氣潮濕悶熱，水稻和棉花容易出現病蟲災害，水稻的二化螟、葉瘟等病蟲害，棉花的棉蚜蟲、紅蜘蛛等害蟲，這時候都容易爆發，還需要謹慎防治，萬不能耽誤噴灑農藥的時機。

病蟲害多了，前去姚姚農藥鋪買農藥的人就跟著多了起來，且隨著買過農藥的顧客增多，大家口耳相傳，知道姚姚農藥鋪的人也就越發多了起來。

但不僅是知道的人多，姚三春家農藥的效果更是有目共睹，這下子，姚姚農藥鋪算是在瓦溝鎮徹底打響知名度了！

正所謂人怕出名豬怕肥，此前農藥鋪生意也不差，都說財帛動人心，各路心懷鬼胎的眼饞人士便陸續登場。對於自己創業過的宋平生來說，這一切上不得檯面的手段不過是換湯不換藥的套路，他一人便能遊刃有餘地解決。不過他雖然自己能解決問題，但是每隔一陣子就有人來搗亂總會讓人不勝其煩，宋平生忍無可忍，最終打點了不少銀子，跟此前見過面的一位叫馬大米的衙差搭上關係，人前關係親熱得跟親兄弟似的。

自此以後，他們農藥鋪才能安安穩穩地開張，生意也越來越好。

總的來說，姚三春兩口子最近賺得好不開心，晚上睡覺都是笑著的。

這日，下了半夜的雨終於停了，宋平生家和宋平東家正在地裡艱難跋涉而出去一個來月的錢玉蘭終於回來了，跟錢玉蘭一同進村的還有錢興旺。

中午，宋平東兄弟從地裡回來，錢玉蘭和羅氏她們已整好一桌飯菜，一大家子人便擠在一張桌子吃飯、說話。

錢玉蘭面對自己最喜歡的煮豌豆，沒有動手的意思，等宋平東咕嚕咕嚕喝乾一大碗水，面上的笑意怎麼也止不住，問道：「平東，我聽二狗子他娘說平文考上了，現在是童生啦？」

宋平東神情微頓，掐住大碗的手指無意識地緊了緊，而後垂下眸子點點頭。「是，平文如今已經是童生。」

錢玉蘭笑得見牙不見眼，喜悅之情溢於言表。雖然她已經從羅氏嘴裡得知，但是這種喜事聽幾百遍都不嫌多啊！「平文這孩子，從小就聰明，郭親家都不知道誇過他多少回了！呵呵……」

「大姊，我都聽妳誇過多少回了！不過這麼年輕就是童生，確實難得啊！」錢興旺高興得黝黑的臉龐隱隱發紅，跟自己兒子考中童生似的。

宋平東他們笑得有些牽強，但是又不好壞了錢玉蘭的心情。

錢興旺臉上難得一見的笑轉瞬即逝，旋即正色道：「對了，說到平文，咋地沒見到他人？我這個做舅舅的還沒見過他呢！」

錢玉蘭也把目光投向宋平東。「是呢，平文去哪兒了？我從回家到現在都沒見到他人，問你媳婦，你媳婦又不說。」

羅氏露出一抹尷尬之色，丈夫跟小叔子鬧矛盾，把小叔子氣得搬出去住了，這讓她怎麼說嘛？

宋平東忍了忍，話中有幾絲不易察覺的怨氣，語氣硬邦邦的。「我跟平文吵了一架，他去鎮上租房子住著呢！」

錢玉蘭一愣，臉上的喜氣頓時消散不少，沈默了片刻後，道：「老大，我知道你們兄弟倆的性子，如果你倆吵架了，那一定是平文幹了什麼過分的事情。明天我就去鎮上找他，到時候一定好好說他一頓，讓他做人不能忘本，別以為考上一個童生就多了不起。這麼多年來，要不是老大你在家裡出力，平生那時候天天混，能有飯吃嗎？平文能啥事不幹，在書院安心讀書嗎？平生跟平文他們都該尊重你這個大哥，誰敢對你不客氣，我第一個削他！」雖說路途勞累，但是錢玉蘭疲憊的眼睛還是泛出幾絲凌厲。

宋平東被自己親娘突然的強勢給驚到了，半晌後才眨眨眼皮子，不確定地道：「娘，從小到大您就沒打過我們兄弟姊妹，您不是說真的吧？」

錢玉蘭挺直腰桿。「我騙你們幹啥？你們先別急著樂呵，要是你們其他人犯錯，我照樣不客氣，該怎麼收拾就怎麼收拾。」

宋平東兩口子跟宋平生兩口子你看看我、我看看你，均是一臉的懵。

從前他們娘在宋茂山手下過活，說實話，性子挺弱的，可誰知出去一個來月，回來後精神頭好不說，性格也有了變化。

「娘，妳這次跟舅舅回鄉，是不是發生啥事了？」宋平東試探性地問道。

錢玉蘭不知道想到啥，突然一臉的惆悵，但是面對兩個兒子，她又板起臉，似真似假地道：「從前有宋茂山在你們頭上壓著，日子已經很難熬，娘當然要多顧著你們一些。如今宋茂山管不著你們，我這個當娘的就要多看著你們，不能讓你們走上歪路。」

「……」宋平東及宋平生更無言了，怎麼聽起來好像他們兄弟倆會幹什麼壞事似的？

可不管怎樣，一趟回鄉之旅，能讓錢玉蘭和錢興旺敞開心胸，重新燃起對生活的熱忱，很值得。

眾人不再提不開心的事情，飯桌上氣氛便活絡許多，大家吃飯的吃飯、吃豌豆的吃豌豆，一桌碗筷杯碟的聲音，十分和諧。

錢玉蘭一口氣吃下小半碗的煮豌豆，桌邊的豌豆莢堆成小山，而後她往錢興旺那兒看一眼，突然道：「還有一件事，就是你們舅舅決定，等大韋媳婦把孩子生了後，你們舅舅明年就一家搬到咱們鎮上安家。以後啊，咱們兩家就可以經常走動了！呵呵呵……」

這個消息實在出人意料，宋平東猶豫了一下後，關心地道：「舅舅，我是很希望咱們兩家能經常走動的，但是我聽平生說您在鄰省府城的烤鴨生意好得很，您突然搬來咱們鎮上，那生意恐怕比不得府城……」

錢興旺對樸實耿直的宋平東越發順眼了，果斷地擺擺手。「無妨，這些年咱們賣烤鴨也掙了一些，大韋他都快當爹了，以後混成啥樣得看他自己。等大林和春花成家立業後，我就好好歇上兩年，種種地、釣釣魚啥的，安逸得很。」說到這兒，錢興旺不自覺地露出一絲笑意，自從找到錢玉蘭，了卻心願後，錢興旺臉上的笑越發多了起來。

宋平生知道錢興旺是主意很正的人，作的決定沒有他們置喙的餘地，當即揚起笑，道：「那敢情好！等舅舅家搬過來，鎮上距離老槐樹村也不遠，兩家就能經常走動，娘也就有了說話的人了。」

宋平東反應過來後瞧向錢玉蘭，道：「是啊，娘肯定歡喜。」

以前逢年過節，別人家的媳婦都歡歡喜喜地拖家帶口回娘家，只有錢玉蘭沒處可去，她內心的苦悶可想而知。所以其實錢興旺作這個決定，宋平東也替自己的娘開心。

主要的事情說完後，宋平東他們便加快速度吃飯，下午地裡還有活計要忙呢！

下午錢玉蘭和錢興旺完全沒有休息的意思，姊弟倆爭搶著挑糞去肥地，宋平東他們勸也沒用。

今夜月明星稀，忙活一天後，眾人都累了，錢興旺吃完飯便去姚三春家休息。

宋家廚房裡，錢玉蘭拒絕懷孕的羅氏幫忙，自己一個人坐在漆黑的廚房裡燒水，橙紅的火光照亮她滄桑卻不失溫柔的眼眸。

宋平東在廚房外躊躇了片刻，最終還是踏了進去。他此行的目的，是為了將他與宋平文爭吵的內容完完整整地告知錢玉蘭。

這一夜，羅氏等了許久，宋平東才從廚房出來，而母子倆具體說了什麼，別人無從得知。

後面幾日，錢玉蘭並未去鎮上找宋平文，而是在家忙著種地瓜苗。大兒子咋說也是分家過了，她家的田地總不能全讓兒子擔著。

錢玉蘭不急，村裡人卻挺納悶的，自家兒子都是童生了，錢玉蘭咋還不叫宋平文回家？難不成村中傳言是真的，宋平文和家裡人的關係出現了什麼問題？

對此，錢玉蘭他們並沒多在意，可是在鎮上的宋平文卻不知怎麼知道了這事。

若是只說他和兄弟鬧矛盾也就罷了，偏偏還有人說他跟親娘有矛盾，這下子宋平文可坐不住了！子女同父母鬧事，這可是大不孝，於讀書人而言是絕對不能出現的事情，否則前途也就無望了。

因此，宋平文一刻都不敢耽誤，馬不停蹄地回到老槐樹村。

中午，錢玉蘭帶著一身泥點子回家，便見著宋平文站在院子裡朝她笑。

「娘，您可回來啦！」宋平文大步上前，靠近錢玉蘭。「您咋也不去鎮上找我？我還是聽別人說才知道您回來了呢！」

錢玉蘭見到小兒子先是一喜，可笑到一半，神色驀地冷了下來。「你是兒子我是娘，難不成還要我去找你？」只要一想到老大前幾晚說的那些事，她的腦子就一陣「嗡嗡」地響，語氣不由得冷硬下來。

她實在難以接受，自己的兒子在得知親娘這些年的遭遇後，不但反應如此冷淡，轉頭還能若無其事地找宋茂山那個老畜生要銀子！

說實在的，宋茂山畢竟是她孩子的爹，她沒指望孩子們能跟她那般痛恨宋茂山，但是她作為他們的親生母親，看到她被宋茂山搓磨如斯，孩子們總會心疼一下母親吧？可老三究竟是冷血到什麼程度，才能這般冷靜，連對她這個親生母親的苦難都不甚在意？

再者，老大對他掏心掏肺，他轉頭就捅老大心窩子，不過就是為了那幾個臭錢，簡直就不是人幹的事！

所以錢玉蘭又痛心、又難受。自己辛辛苦苦養大的孩子，竟然成了這種人？她都快認不出這個兒子來了。

一時間，錢玉蘭看向宋平文的眼神就如同在看一個陌生人。

面對冷漠到陌生的錢玉蘭，宋平文垂下眸子，露出幾絲黯然的神色。「娘，您是不是因為我跟大哥吵架所以生氣？其實我已經知道錯了，那時候家中發生太多事情，我腦子亂得很，胡言亂語說了一通，才把大哥氣成那樣。娘，其實我到鎮上就後悔了，我該給大哥道個歉的，只是一直沒拉下臉……」

見宋平文主動認錯，錢玉蘭臉色稍緩，但還是板著臉。「你現在知道錯了？我還以為你成了童生，就看不起你大哥他們呢！」

「怎麼會？」宋平文一本正經。「我可是娘您一手帶大的，我是什麼人您最清楚了。我這人嘴笨，但是對於大哥和二哥他們，我從來都是把敬重放在心裡的。」

宋平文嘴上說著，心裡卻頗納悶，他娘怎麼突然說話語氣這麼重？跟從前溫柔又懦弱的人彷彿判若兩人似的。從前她待子女們可都溫柔得很，從不捨得說一句重話的。

宋平文哪裡知道，錢玉蘭在被宋茂山擄來之前，作為家中長姊的她性子也是倔強有主意的，只不過後來被命運搓磨，磨去血淋淋的稜角，才成了如今這副樣子。

從前有宋茂山打壓，她唯一的盼頭就是父母弟妹以及五個子女的安危，生活得艱辛又絕望，如今壓在身上的大石沒了，她活得便更暢快恣意些。

宋平文等了片刻沒等到錢玉蘭回應，心中有些惴惴，面上表情更真誠了。「娘，您別不理我啊！我真的知道錯了，您要是不信，我現在就可以跟大哥道歉！咱們做兄弟的，哪有隔夜仇啊？」

宋平文軟話說了一大通，且畢竟是自己身上掉下來的一塊肉，因此錢玉蘭到底心軟了。她瞪一眼宋平文。「你是要向平東道歉。要娘我原諒你，那你就得聽我的。先把鎮上租的屋子退了，搬回來住，然後以後不再動宋茂山的那些髒錢！」

宋平文笑容一僵，但是他覷錢玉蘭態度強硬，不敢明著頂撞，只得小聲道：「娘，兒子都聽您的。只是兩個多月後我就要參加院試了，這筆銀子可不少……」

錢玉蘭瞥一眼宋平文，無聲地嘆口氣，道：「這你不用操心，到時候哪怕賣掉幾畝地，我也會湊足銀兩給你考試。」這些地都是平文他祖父留下來的，她賣掉給兒子湊考試費用，心裡較不會有負擔，比花宋茂山的錢安心得多。

宋平文心裡有些急。「娘，可我最近交了一些朋友，人際交往也需要花費……」

錢玉蘭神色微凜，皺起眉頭道：「平文，你還沒看清咱家的情勢嗎？就跟你大哥說的那樣，以後咱們家就是普通的農家人，跟村裡人沒兩樣，家裡不可能再有那麼多閒錢供你花用。」見宋平文臉色不好，錢玉蘭的語氣軟下來，一手搭在宋平文的胳膊上，語重心長地道：「我知道，突然讓你從不愁吃喝變成過著緊巴巴的日子，誰也不好接受，但是我跟你大哥、二哥商量過了，宋茂山搶來的人命錢咱們不用！我已經把家裡的地租出去一部分，以後管咱們母子倆過活還是夠的，只是日子肯定不如從前好過……」

宋平文飛快垂下眼，遮去眼底的陰翳，可袖襬下的拳頭卻捏得發白，語氣也不免有些僵硬。「……娘，您跟大哥、二哥商量好了？那我呢？我也是宋家的兒子，為什麼沒人問我的意見？」

錢玉蘭後退半步，帶著探究的雙眼一瞬也不瞬地盯住宋平文，聲音微微有些變調。「老三，你這是啥意思？難不成你還想動用宋茂山的那筆錢財？你要知道，那些銀子可都是沾了血的！」

宋平文一抬眼便觸碰到錢玉蘭懷疑的眼神，他腦子轉得飛快，眼神閃了閃，忙解釋道：「當然不是了，我不是那種人！但是娘，下回你們作什麼決定，咋地也該問問我是不是？我也是大人了！」

錢玉蘭的臉皮鬆動了幾分，嘴角還有一絲笑意。「好，娘知道。」安靜了片刻後，錢玉蘭略有些忐忑地瞧了宋平文一眼。「平文，關於我跟你爹的事你都知道了，娘也不曉得你到底咋想的，反正我只能這樣說，從頭到尾都是他宋茂山對不起我在先，你外公和外婆也都是因為他才早早過世，我一輩子都不會原諒他的！」

錢玉蘭原本想說「不會原諒宋茂山這個畜生的」，但是話到嘴邊又沒罵出去。五個子女中，平文是最受寵的那個，宋茂山有千萬個對不起她，可卻從沒有對不起平文，所以她猜不著這個兒子究竟會怎麼處理這件事？

說到底，她不後悔對宋茂山下毒，可她卻害怕孩子恨她……

這個問題宋平文早就想好說法了，他換上痛心疾首的表情，垂下頭，猶猶豫豫地道：「娘，在我心裡，我爹應該是那種面冷心熱的人，可誰知爹他竟然是那種人，不但是無惡不作的土匪，還把您及外公、外婆的一輩子都給禍害了！這種人……這種人……」宋平文像是激動得喘不上氣來，最後死死地閉上眼，拋下一句話。「他不配做我的爹！」宋平文猛然抬頭，又道：「可是娘……他到底是我的親爹，這些年來他對我毫無保留的好，我……我做不到對爹熟視無睹啊！」說到這兒，宋平文兩腿一彎跪在地上，深深垂下頭。「娘，對不起，我恐怕不能替您報這個仇，但是我也不能替爹作主，或許我唯一能做的就是假裝什麼都不知道，只盡一個兒子應盡的責任，給您們頤養天年……娘，您打我也好，罵我也好，如今爹都成了這樣子了，如果我再不管他，我豈不就是一個不知感恩的畜生？」

宋平文的話清晰無比地落入錢玉蘭耳中，她心中發堵，但同時也沒有太過意外。平文從小就被宋茂山養在身邊，論感情，恐怕平文對宋茂山的感情比對她深厚，這事放在任何一個有血有肉的人身上，他們肯定都做不到熟視無睹。

可是，錢玉蘭的心還是被撕扯一般的難受。她的孩子，身上卻流著她仇人的血，這件事每一次深想，便有種滅頂的痛苦席捲而來，叫她痛苦不已。

地上的宋平文等了許久，膝蓋都隱隱有些發麻了，才等到錢玉蘭把他扶起來。他比錢玉蘭高上不少，一起身，便撞上錢玉蘭複雜難辨的目光。

錢玉蘭沒有表態，只幽幽地道：「走吧，先去給你大哥道個歉。」

宋平文默默跟上，待錢玉蘭轉過身之後，他暗暗鬆口氣，緊繃的身子終於鬆泛了些。放鬆的同時，他心裡還有幾絲得意，娘她恐怕根本不清楚他爹宋茂山有多少銀兩，就算他偷偷摸摸地使了，她能知道嗎？

母子倆在門口等了好一會兒，終於把宋平東給盼了回來。

宋平東將兩稻籮的豌豆往院子裡一放，擦汗的同時瞥了一眼宋平文，臉色寡淡得很。

宋平文彷彿什麼都沒看到，識趣地上前作了一揖，語氣真誠地道：「大哥，上回是我的不對，我年輕氣盛，又一時口不擇言，大哥你揍得對。現在我知道錯了，大哥你一定要原諒我！」

宋平東不冷不熱地道：「是嗎？如果你真知道錯了，我可以原諒你，但就怕你是在糊弄我？」

宋平文的神情微僵，將求救的目光投向錢玉蘭。

兩個兒子，手心手背都是肉，錢玉蘭肯定不希望他們鬧得太僵，於是她站出來，兩隻手抓住兩兄弟。「平東、平文，兄弟姊妹間鬧矛盾在所難免，但是俗話說得好，打虎還得親兄弟，你們兄弟姊妹五個是世上最親近的人，娘希望你們無論遇到啥事都不離不棄、相互扶持，千萬不能越走越遠，不要像……否則娘死了都不能安心。」不知為何，說著錢玉蘭的眼睛驀地就紅了，似乎想起了什麼傷心事。

望著錢玉蘭滄桑中還帶著祈求的眼神，宋平東的心一下子就軟塌塌的，嘆口氣，道：「娘，您別說什麼死不死的！您說的這些我們都知道，我們兄弟姊妹五個聽您的，以後相互扶持、相互幫襯，您就放心吧！還有平文的事，我原諒他了，咱們兄弟以後肯定會好好相處，對吧平文？」

宋平文忙道：「都聽大哥的！娘您就放心吧！」

兄弟倆臉上擠出差不多的笑容。

錢玉蘭方才露出欣慰的笑來。「好好好，你們能這麼想，娘就真的安心了。」

錢玉蘭離去後，宋平文抬腳準備離去，身後的宋平東臉上沒了一絲笑，壓低嗓子道——

「宋平文，我說原諒你是不想讓娘難過，你別以為你做過的那些事輕易就能糊弄過去！」

宋平文腳步一頓，旋即扭過頭來，嘴角勾起譏諷的笑。「剛好，我也是為了娘才向你道歉的，你要是真不願意原諒我，那我也沒辦法！」

「你！」宋平東氣得眉毛都快豎了起來。

宋平文涼涼一笑。「大哥，剛才娘快哭出來的樣子你也看到了吧？我倆吵架，娘才是最難過的那個人啊！所以，為了不讓娘難過，我們倆最好不要在她跟前鬧得太難看哪！你說呢？我的好大哥？」宋平文的態度囂張如斯，竟然連最後一層遮羞布都不要了。

宋平東直接被氣得說不出話來！真是越看清宋平文，他內心的震動與心痛就更深一層。他心中開始懷疑，這人真是他三弟宋平文嗎？為什麼他一點都不認識這個人了？

最後，兄弟倆不歡而散。

在老槐樹村待了些日子後，錢興旺準備動身回家，他這次過來主要是擔憂錢玉蘭一人回瓦溝鎮不安全，所以才走了這一遭。

錢興旺離去後，宋家安靜沒幾日，又發生了一件大事。

這日上午，姚三春在農藥廠房裡監工，裡頭一派忙碌聲音，姚三春聽在耳裡，甜在心裡，因為，這些可都是錢啊！

姚三春正在巡視時，郭氏牽著大丫突然過來，招手把姚三春叫了出來。

「咋了二嬸？」

郭氏臉色微妙，道：「三春，平生剛才經過我家門口時，讓我把妳叫去老屋，妳快去吧！」

姚三春眨眨眼，一邊脫下工作服，一邊問道：「平生不是該在鎮上嗎？二嬸，妳知不知道出啥事了？」

郭氏面無表情地道：「我看宋婉兒在馬車上哭得跟鬼似的，恐怕是她出了啥事吧。」

姚三春訕訕一笑，這個二嬸如今對宋茂山的子女還是看不爽呢！

事不宜遲，姚三春放下工作服便加快速度去往宋家。

姚三春快到宋家時，隔著院子便聽到裡頭有人嗚咽，哭聲就像是一頭無家可歸的小獸所發出的，絕望又心酸。

她前腳踏進院子，一眼便看到宋婉兒脫力般坐在廊簷下的地上，兩手掩面，讓人看不到表情，雙肩不停地抖動，指縫間時不時逸出幾聲壓抑的嗚咽聲，真是哭慘了。

因為錢玉蘭和宋平東都在地裡幹活，宋平文在屋裡溫書，所以院子裡除了宋婉兒，只有姚三春夫妻以及羅氏。

此時羅氏站在距離宋婉兒最遠的地方，只面無表情地看著，同時兩手捂住自己並不太明顯的肚子。

宋平生對宋婉兒更不用說了，站在一旁，根本沒有要安慰的態勢。

姚三春想了想，還是走過去拉住宋婉兒的手臂，道：「婉兒，有啥事咱們等娘和大哥回來再說，妳先從地上起來，地上涼。」

宋婉兒彷彿沒聽見一樣，仍沈浸於暴風哭泣當中。

姚三春還想再勸兩句，宋平生卻摟住她的腰往回一帶，冷著臉。

「姚姚妳別浪費時間了，她一早到農藥鋪就開始哭，問她怎了她又什麼都不說，就說了一句想回家。回來時我已經讓村裡人幫忙喊娘他們，應該快到家了。」

姚三春聽完便歇了心思，拿了一把小竹椅放在宋婉兒身邊，然後便不管了。

從頭到尾，宋婉兒一句話都沒說，掉下的淚沒有一缸也有一碗了。

院子裡安安靜靜的，除了宋婉兒越發痛苦的哭泣聲外，再沒有任何聲音。

眼見院子裡的氣氛越來越壓抑，錢玉蘭和宋平東終於回來了。

錢玉蘭一踏進院子便將肩上的鋤頭一扔，急匆匆過去宋婉兒身邊蹲下，一臉的關切與焦急。「婉兒，咋了這是？是不是誰欺負妳了？快跟娘說，娘替妳作主！」

聽到熟悉心安的聲音，宋婉兒一下子撲進錢玉蘭懷裡，委屈的情緒就如同洪水爆發般一發不可收拾，這下哭得更凶了。
姚三春這才得以看清宋婉兒今日的面貌——面色蒼白憔悴，因為哭得太多太狠，眼睛紅腫得快睜不開，露出的有限的眼白佈滿紅血絲，看著甚至有幾分可怖。
姚三春可算知道郭氏為什麼把宋婉兒形容成鬼了，因為確實挺像的。她甚至有些擔憂，若是宋婉兒再哭下去，眼睛恐怕都得哭瞎了！
宋平東看到宋婉兒這副樣子，臉色也好不到哪裡去。
錢玉蘭手忙腳亂地用袖子給宋婉兒擦淚，可看到女兒委屈成這個樣子，她鼻頭一酸，眼淚就跟著掉下來了。「婉兒，妳不要嚇娘，快說兩句話啊！這裡是妳家，妳想說啥說啥，娘跟妳哥哥們都在這兒呢！」
宋婉兒靠在錢玉蘭懷裡，泣不成聲，臉與脖子全都哭紅了，才抽抽噎噎、斷斷續續地道：「浩、浩然他……他要娶他表妹鄧玉瑩為……為平妻！」
「什麼?!」錢玉蘭嘴唇一抖，臉上一片煞白。
宋婉兒再次撲進錢玉蘭懷裡，嚎啕大哭，差點哭斷了氣。
宋平東握著發白的拳頭，兩步衝上前，額頭青筋直跳，咬牙怒罵道：「好一個郭家！婉兒嫁過去半年都不到，他們家竟然就要娶平妻？這就是踩在咱家頭上拉屎拉尿啊！枉他們郭家還是一家讀書人，我呸！」他對這個最小的妹妹是有意見，但是這不代表他能眼睜睜看著別人欺負她！而且這不該叫欺負，簡直就是赤裸裸的侮辱，叫他如何能忍得？

此時，宋平生是全場最冷靜的那一個，他微沈著臉，道：「娘，你們都先冷靜一會兒。婉兒，妳把事情從頭到尾說一遍，好好的郭家為什麼突然要娶平妻？如果是郭家有錯在先，我跟大哥就去郭家要個說法。」宋平生下意識就這般說了，等他反應過來，不禁微微一怔！什麼時候開始，他對宋平生的身分竟代入得這麼深了？隨即他便將這個念頭拋出腦外。不管是看在錢玉蘭的面上，還是宋平東的面上，這事都得管。

錢玉蘭勉強穩住情緒，不自覺地掐緊宋婉兒的胳膊。「婉兒，妳快說啊！是不是郭浩然他對不起妳？」

宋婉兒不知是被戳中了什麼痛點，扯著哭成破銅鑼般的嗓子，抽噎著道：「浩然、浩然他……他沒有對不起我……是我的錯，是我……」說著再次捂臉哭了起來，哭聲中滿滿都是絕望。

姚三春聽著不由得一驚。這又是什麼話？

宋婉兒的話音剛落下，宋平文屋子的門就從裡頭打開了。

少年眸色微深，不動聲色地瞅了淚眼朦朧的宋婉兒一眼，面上似有擔憂，關切地道：「婉兒，妳這是咋了？」

宋婉兒捂臉的手一頓，突然抬起臉，目不轉睛地盯著宋平文，不知看了多久，毫無血色的唇瓣往兩邊一拉，扯出一抹怪異至極的笑。「三哥，浩然要娶他表妹做平妻了，你知道嗎？他要娶那個鄧玉瑩……鄧玉瑩啊……」宋婉兒借力站起，似哭似笑地道。

其他人都覺得有些怪異，宋婉兒這樣一會兒哭、一會兒笑，實在很反常。

宋平文暗暗皺眉，眼中飛快劃過一絲嫌棄，心裡想著：女人是不是都沒腦子？為了一個男人瘋瘋癲癲的！不過面上卻先是露出震驚，然後是憤慨憤怒，情緒轉變得非常有層次。

「沒想到浩然竟然是這種人，我看錯他了！」

宋婉兒踩著步子再向前兩步，一雙眼睛幽若深潭，緊緊攫住宋平文的，從牙縫裡擠出話。「三哥，除了這些，你就沒有其他話要對我說嗎？」

宋平文的嗓子緊了緊，無意識地做出吞嚥的動作，尷尬道：「婉兒，妳這話是啥意思？雖然浩然是我的同窗好友，但妳是我一母同胞的親妹妹，我當然站在妳這邊！我一定會跟大哥、二哥一起去為妳討回公道的！」

「討回公道？」宋婉兒像是聽到什麼天大的笑話般，臉上的表情是譏諷，還有一抹藏在眼底的不明情緒。

宋平文眸光銳利地看過去，但沒等他探究清楚，宋婉兒猛然揮舞著尖銳的指甲抓過來！這一變故實在太突然，完全沒給宋平文、錢玉蘭一干人反應的時間。

下一刻，一聲痛苦至極的慘叫響徹宋家院子的每個角落。

只見宋平文竟然一下子疼得癱倒在地，捂著左眼打滾哀號，不消片刻，鮮紅的血不斷從指縫間滲出，迅速染紅了他的雙手，十分血腥可怖。

宋婉兒就站在他一步之外，舉著一隻鮮血淋漓的手，看向宋平文的目光中射出刺骨的恨意和滔天的憤怒，像是恨不得親手把他撕成碎片。

宋婉兒就這樣站在院子裡，卻陌生得像是另一個人。

這一切不過是眨眼間的事情，錢玉蘭一下子被眼前的變故刺激得僵在當場，竟好半天都不知該如何反應。待她被宋平文萬分痛苦的聲音拉回思緒後，立即軟著腿撲向宋平文，一聲尖利的叫聲劃破宋家上空。「平文——」

錢玉蘭揪住衣襬，顫抖著手為宋平文擦臉上的血跡，然而血卻越流越多，完全沒有乾涸的跡象！錢玉蘭蒼白的唇瓣不住地發顫，眼中的驚懼隨著眼淚一起溢出來。

一時間，整個院子充斥著慘叫聲與哭聲。

另一邊，羅氏被血腥的現場刺激得臉色雪白，連連後退，若不是身後剛好是院牆，她恐怕已經摔到地上。她的腿腳發軟，簡直快站不直，只能虛弱地叫喚一聲。「他爹……」

本欲上前的宋平東被這一聲叫住，回頭就見自己媳婦臉色白得跟紙一樣，忙掉轉身子扶住羅氏，馬不停蹄地把她送回屋子。

院子裡只剩下五人，宋平生不知何時緊緊箍住宋婉兒的胳膊，不給她逃跑或是二次襲擊的機會。

不過剛才這一擊似乎耗盡了宋婉兒的勇氣和力氣，她一屁股坐到地上，猩紅的眼突然變得呆滯，只有兩行清淚不停地滾落，好似流不完一樣。

這樣的宋婉兒是姚三春從未見過的，周身的氣息太過絕望、壓抑。

宋平生鬆開手，緊抿著薄唇，目光銳利如刀，可惜宋婉兒就彷彿被抽乾了魂魄，完全無動於衷。

此時此刻，宋家最冷靜、能幫上忙的也就宋平生和姚三春了。

夫妻倆對視一眼，兩人有默契地分頭忙活，宋平生回去牽馬車，姚三春進屋找破布給宋平文包紮。

院子裡剩下錢玉蘭母子三人，錢玉蘭哭得眼淚和鼻涕都糊成一團，跟瘋婆子似的，嗓子更是跟被刀割過一樣粗啞難聽。

「婉兒，妳為啥要這樣做？為啥呀？他可是妳親兄弟啊！妳咋下得去手？要是這隻眼睛壞了，妳三哥這一輩子就毀了！妳太狠心了！」

宋婉兒好半天後才有了反應，木偶般扭過脖子，笑得無比蒼涼、無比辛酸。

「……那我的一輩子，誰來賠我？娘，您不是問我浩然為啥要娶鄧玉瑩嗎？我告訴您，因為浩然跟鄧玉瑩是青梅竹馬，兩人情投意合，原本就準備去年年底成親的。原來，我才是那個多餘又自作多情的人！從頭到尾，浩然根本沒喜歡過我！他娶我，不過是因為和我有了肌膚之親，必須承擔責任而已……」說到這兒，宋婉兒黝黑的眼眸再次迸發出無邊的恨意。

「而這一切都是宋平文的錯！是他跟我說，晚上聽到浩然說夢話，喊著我的名字。是他說浩然喜歡我，只是性子矜持，不好說出口。是他那陣子老是叫我去書院，給我和浩然創造機會。也是他，那天一起吃飯時偷偷在飯菜裡加了藥，我跟浩然才會……

「如果不是宋平文，我和浩然不會熟悉，就算我還是喜歡上浩然，浩然也絕不會娶我，因為他早就心悅他表妹了。」想到郭浩然，宋婉兒的神色驀然溫柔許多。「浩然是個君子，雖然他喜歡鄧玉瑩，但是既然娶了我，他就決定好好待我……直到他知道當初的真相，他覺得是我跟宋平文合謀設計他，為的就是嫁到郭家。

「我說怪不得，浩然從縣裡回來後就不對勁，甚至不願意見到我，郭家所有人也都越來越冷淡，原來是因為浩然他恨宋平文，也……恨我！娘啊，浩然恨我！他不休掉我已經是仁至義盡了，如今看到喜歡的表妹為他自盡，他怎麼可能無動於衷？只是，如今他跟鄧玉瑩看到我只覺得膈應吧？宋平文一個人，生生毀掉我們三個人一輩子！他活該！他該死！」宋婉兒幾乎是咆哮著說完。

最後一句話落下，宋婉兒彷彿被抽乾了力氣，表情一會兒哭、一會兒冷笑，彷彿已經瘋了。

錢玉蘭渾身發涼，兩隻胳膊抖得越發厲害，她死死盯著懷裡的人，死也不敢相信，自己的兒子竟然是這種人？設計自己的親妹妹跟男人發生關係，這是人做的事嗎？分明是連禽獸都不如！

左眼刺痛不止的宋平文並不是完全失去神智，他清清楚楚地聽見宋婉兒說的每一句話，一顆心隨之往下沈。

這一切他做得極為隱秘，對外一個字都沒提過，怎麼就突然被發現了呢？怎麼可能？

在這一瞬間，宋平文如墜冰窟，腦子裡一片混亂。

宋平生趕著馬車過來時，姚三春和錢玉蘭已經給宋平文簡單地止血包紮好。宋平東和宋平生聯手將宋平文抬上馬車，錢玉蘭後腳跟上去，宋平生正準備驅使馬車時，意外又發生了——坐在地上的宋婉兒哭著哭著，人突然暈了過去！

錢玉蘭被連番打擊刺激得反應慢半拍，她還沒來得及做出反應，宋平生兄弟又輕車熟路地把宋婉兒抬上馬車。反正抬一個是抬，抬兩個也是抬。

只是馬車上平躺著兩個人，剩下的空間太小，除了錢玉蘭硬生生擠坐上去外，其他人是沒辦法跟著去了。

宋平生駕著馬車趕往鎮上，從村裡經過時，許多村民都探出頭來，因為宋家這個動靜鬧得太大了，小半個村子都聽到了叫聲。

無人知道，此時宋家的屋裡，癱瘓在床的宋茂山正瘋狂掙扎，激動得老臉充血，「啊啊啊」了半天，嗓子都叫啞了，然而就是沒有人理會他。

方才宋平文的叫聲實在太慘烈，宋茂山聽得清清楚楚。現如今宋平文不僅是他的眼珠子，更是他這輩子唯一的希望，他能不急得要死要活嗎？

宋平生他們離去後，宋家院子裡陷入死一般的寧靜，宋茂山一張滄桑許多的臉突然滑下兩滴淚，和鼻涕混作一團。

現如今躺在床上的，不是不可一世的土匪，只是一個走投無路、滿心絕望的糟老頭而已。

這天直到夜半三更，宋平生才拖著疲憊的身軀回到家，姚三春用自己僅剩的廚藝天賦給宋平生下了一小鍋的麵條，分量足足有兩大碗。

燈火昏黃的廚房裡，宋平生乾脆搬來凳子，以灶臺為桌，坐在那兒端著碗大口吃麵，沒一會兒就吃得一頭汗。

姚三春背對著油燈站在他對面，手裡握著一把蒲扇，慢悠悠地給宋平生拍蚊子加搧風。她耐心地看著宋平生一口氣吃完兩碗麵條後，才問道：「他們倆現在什麼狀況？」

宋平生放下碗筷，清潤的眼眸裡倒映著橘黃色的燈火之光，多了幾絲溫度。「宋平文左眼瞎了，宋婉兒懷孕了。」宋平生言簡意賅地說了結論。

姚三春黑白分明的眼驀地睜大，輕輕捂住嘴。「這……宋平文的眼睛真的就這麼瞎了？那他豈不是科舉無望？還有，宋婉兒竟然懷孕了？那可就更加離不開郭浩然啊……不行了，今天發生了太多事，我頭有點暈……」

宋平生十分配合地伸手托住她的手臂，眉眼間的溫度比白日溫和得多。「妳頭暈什麼？宋平文落得如今這個下場，完全是他多行不義必自斃，怪不了旁人。至於宋婉兒……」宋平生瞅一眼姚三春，略微沈吟，道：「這個時代，女人嫁人後想和離，會背負莫大的壓力。全看她怎麼決定了，左右為了娘和大哥，我不會不管就是了。」宋平生說著，卻發現姚三春微側著頭笑著看他。「怎麼這樣看我？」宋平生摸摸自己的臉，唇角微彎。「難道是我又英俊了幾分？讓妳沈溺於美色，無法自拔？」

姚三春推了他一把。「呿，我跟你說正經的呢！我是覺得你比以前多了幾分人情味。」

宋平生見好就收，十分迅速地擺出一本正經的模樣。

姚三春繼續說道：「我們才來這邊的時候，你不是還有些抵觸大哥他們的親近嗎？現在叫大哥、叫娘，倒是叫得越來越順口了。」

宋平生的臉色有一絲不自然。「不管怎麼說，娘總比我那對拋棄兒子的父母好得多，大哥也幫助我們許多，我不過是投桃報李。」

「哦，投桃報李啊？」姚三春的語調拖得長長的，含有幾許揶揄。「不管你信不信，反正我眼睛，信了！」

「……」宋平生決定轉移話題。「我們得想想怎麼解決這事，娘今天哭得……」宋平生嘆氣，臉色變得沈重許多。「他們兄妹倆鬧得不可開交，最傷心的就是娘了。」

姚三春趴在宋平生肩頭沈思片刻，倏地自哂一笑。「這事鬧到這個分兒上，已經無法挽回了，我們還能做什麼？安慰？收拾爛攤子？替宋婉兒出頭？」姚三春輕輕嘆息一聲。「不是我說，這宋家兄妹太能惹事了！或許我該說，他們終是被宋茂山養歪了，只是宋婉兒這個小姑娘……太可憐……自己又傻，總是被人坑！」

同作為女人，姚三春深知女人是感情動物，得知自己愛慕的丈夫從未喜歡過自己，還早就心有所屬，她該有多絕望？心有多絕望，恨意就有多深，所以宋婉兒才會瘋了般，一手戳瞎宋平文的眼。雖然宋婉兒的報復手段實在狠厲，但是設身處地想一想，誰也保證不了自己會不會像她一般發瘋？畢竟她被人毀了一輩子啊！

姚三春越想越覺得宋婉兒可憐，一閉眼，心一橫，道：「算了，如果宋婉兒真的跟郭浩然掰了，我們幫她一把也未嘗不可，總餓不死吧？就是她肚子裡有了一個，恐怕還捨不得離開郭浩然……之後還不知道要受多少苦呢？」以前她是被宋婉兒氣了好幾回，但是回頭想想，她心裡年齡都快奔三了，跟一個十來歲的黃毛丫頭計較什麼？大是大非面前，她當然拎得清。

宋平生的注意力卻不在外人身上，他側過頭，用有些彆扭的姿勢親了親姚三春的側臉，目光專注而溫柔。「姚姚，妳知道妳像什麼嗎？」

姚三春滿含期待地問：「什麼？」

宋平生指向眼前的油燈，有幾分脈脈含情的模樣。「就像一盞燈，溫暖、光明。」

姚三春瞬間起身拉開距離，好看的眉頭挑起。「好啊你，竟然說我是一盞臭油燈！」

雖然這油燈味兒是有些臭，但是……

「姚姚，妳聽我解釋——」

就在這時候，大院裡一道急促的敲門聲打破了廚房裡的溫馨。

「平生！平生媳婦！快回你們家老屋去，老屋那兒又吵起來了！」

姚三春豎起耳朵一聽，是宋平安的聲音，夫妻倆不敢耽擱，忙借著模糊的月光趕去宋家。

夫妻倆一路小跑，趕到宋家時後背都出了一層汗。

宋家院子裡，站在自家屋門口的羅氏一手提著油燈，一手摟著二狗子，見他們夫妻倆來了，很明顯鬆了口氣，只是臉色還是不太好。

「三春，你們快進去勸架，我有身子不敢進去。三弟剛醒就瘋了一樣要打婉兒，你們注意著點，別被傷到！」

宋平生一步未停，急匆匆地走向那間鬧哄哄的屋子。

姚三春頓住腳步，臉色冷凝地道：「大嫂，妳肚子裡還有一個，別想太多。」

羅氏下意識捂住肚子，輕輕頷首。

# 第二十八章

宋婉兒的屋裡。

宋平生他們一腳踏進去，迎面而來的便是地上的一把菜刀，還沒來得及有所動作，就見錢玉蘭被推得連連後退，徑直摔向他們！因為推開錢玉蘭的力氣太大，姚三春夫妻接住錢玉蘭時都差點被帶倒。

推錢玉蘭這一下，力氣可真是實打實的凶狠。

錢玉蘭被姚三春夫妻七手八腳扶起，她卻沒感覺一般，眼睛死死盯著前面的宋平文，一臉的心痛與不敢置信。

宋平東見他娘沒摔到地上，旋即收回目光，抬手就在宋平文的肚子上重重捶了一拳，揍得宋平文弓成蝦狀。

「宋平文，你這隻瘋狗！竟然連娘都敢推？要是娘出了啥事，老子要你狗命！」宋平東暴怒地叫了出來，雙眼瞪得老大，臉色異常難看。

沒等宋平文緩過勁來，宋平東拽住他的後領粗暴地往上扯，一記拳頭又揍了下去。

這一揍就是好幾下，宋平東是莊稼漢，力氣大，這幾拳頭下去哪裡是受了傷的宋平文能抗的？沒一會兒他就又是咳嗽、又是吐酸水的，沒有一絲反抗的餘地。

錢玉蘭急忙從姚三春手中掙脫，衝過去拉住宋平東緊握的拳頭，頂著一張淚臉道：「老大，別打了、別打了！再打下去他命都要沒了！」

宋平東喉頭滾動，雙眼通紅。「娘，宋平文他瘋了！他拿刀要殺婉兒，還出手傷您，這種喪心病狂的畜生，您還管他做什麼？」

錢玉蘭一刻都不敢鬆開宋平東的手，淚光閃爍的眼眸帶著祈求。「平東，娘知道他犯了大錯，咱們有話後面說，可他畢竟是你兄弟，你不能要了他的命啊！」

宋平東與錢玉蘭對視許久，突然洩了氣一般，一把推開宋平文，任由他狼狽地摔倒在地。

宋平東一動，姚三春終於看到最裡側的宋婉兒，只見她抱緊被子窩在靠牆的床角，披頭散髮、淚流滿面，可看向宋平文的眼神還是徹骨的恨。

姚三春愣怔的片刻，宋平文已搖搖晃晃地從地上爬起來，包紮的左眼因為動作劇烈而滲出幾縷血絲來，但他毫不在乎，反而瘋瘋癲癲地笑著。

「宋平東，你不是要打死我嗎？你來呀！你打呀！」宋平文狠狠往自己胸口捶兩拳，青白的面容扭曲到猙獰。說著他突然回頭，望向床角的宋婉兒，一手捂眼，僅剩的一隻眼彷彿淬了毒，帶著一股說不出的瘋狂怨毒之色。「反正我的人生、我的前途、我的一輩子都被宋婉兒給毀了！我還在乎什麼？原本我該靠科舉大展身手，從此飛黃騰達，過著人上人的日子，都是宋婉兒這個賤人！她戳瞎我的眼，毀我大好前途！她毀我一生，她該死！宋婉兒，妳我不共戴天！」

可能仇恨才是世上最烈的藥，方才死氣沈沈的宋婉兒面對宋平文時，就彷彿打了雞血一般，雙眼冒火，騰地就從床上跳下來。

「宋平文，分明是你害我在先！你瞎了眼又怎樣？我恨不得一刀捅了你才好！我是你親妹妹啊，你竟然用那種下作的手段害我跟浩然，你還是人嗎？」

宋平文眸光微閃，面色陰沈得看不出心虛的情緒，破口就罵：「宋婉兒，妳別血口噴人！是妳自己不知廉恥，偷偷摸摸勾搭郭浩然，與我何干？」

宋婉兒面色脹成豬肝色，氣息急促地道：「事到如今，你還狡辯？真是不見棺材不落淚！」說到這兒，宋婉兒突然露出一抹怪笑。「宋平文，你恐怕還不知道吧？你喝多了就會胡說八道！是浩然親口聽你說的怎麼下藥、怎麼撮合我們，要不然我怎麼會知道？你也不用再找理由胡說八道了，因為浩然連你在哪家藥鋪買的藥都知道了！你還要狡辯嗎？」

宋婉兒這一席話，算是徹底定下宋平文的罪，宋平文想狡辯也無門了。

宋平文捂住刺痛的左眼，另一隻眼盯著宋婉兒，片刻後，突然發出一陣桀桀怪笑。

「……宋婉兒，妳怎麼能怪我呢？妳要怪就去怪宋茂山啊，因為從頭到尾，這些事都是他叫我幹的！是他怕妳跟吳豐的醜事敗露，所以急著想找人把妳嫁出去，但又不想賠本把妳嫁給鄉下的泥腿子，這能怪我嗎？」

宋婉兒神情震動，一天之內接二連三地受到致命的打擊，她的臉色頓時慘白得跟鬼一樣。

她從未想到真相竟然如此殘忍，本以為親爹對她見死不救已經夠冷血無情，誰知宋茂山比她想像得還無情上百倍、噁心上千倍，他竟然將自己的親生女兒推入地獄?!天底下怎麼會有這樣的父親？這一瞬間，宋婉兒被打擊得說不出話來，身子差點站不直。

宋平文淬著毒的右眼瞇著，好整以暇地看著宋婉兒失魂落魄的樣子。

可事實上，如今宋家除了宋巧雲和宋婉兒姊妹倆，誰不知道宋茂山究竟是什麼貨色？

宋平生長眉輕擰，只覺得宋平文的表情分外刺眼。「宋平文，你裝什麼傻？追根究柢，宋茂山會設計婉兒還不是為了你的前途鋪路？作為郭家的親家，郭聞才自然會對你更加親近，費用少收不說，尤其是一些不易得的往年科舉卷子，人家本來只留給兒子的，後來恐怕都沒少你一份吧？」宋平生眸色微沈，再道：「更何況，對婉兒下手的就是你，你難辭其咎！」

轉瞬之間，宋平文齜牙咧嘴，面露猙獰。「宋平生，不干你的事，給我滾！」扭過頭，眸光凶狠地道：「宋婉兒，今天不報此仇，我誓不為人！」說著，目光再次落在不遠處的菜刀上，猩紅的眸子劃過一抹冰冷怨毒的殺意。

容貌不整不能參加科舉，他這輩子已經完蛋了！他要讓宋婉兒用命來償還！

說時遲，那時快，宋平文以迅雷不及掩耳之勢衝向菜刀。

宋平東他們甚至來不及反應，錢玉蘭更是被嚇傻了。

然而，就在宋平文的手碰到菜刀的那一刻，背後突然竄出一個人影，掄起棒槌砸下，目標直指宋平文的後頸。

眨眼後，風止，菜刀落，宋平文白眼一翻，人直直砸在地面上，發出一聲悶響。

一瞬間，整個世界都清靜了。

姚三春、錢玉蘭、宋平東及宋婉兒的目光齊齊投向宋平生，他們有驚愕的、有驚嚇的、有呆愣的。

只有姚三春，偷偷朝宋平生眨眨右眼，心想：我的男人連揮舞棒槌的樣子都英俊不凡呢！

宋平生將棒槌往門外一扔，拍拍手，表情是十足的淡定從容。他回頭朝宋平東抬眉，語氣平淡。「大哥，咱們把宋平文抬回屋，再拿麻繩捆住。看他今天這樣子，醒來絕對還會朝婉兒下手的。」反正自己爛了，就算要死也要拉一個墊背的，這大概就是宋平文的想法。

錢玉蘭後知後覺地反應過來，眼角掛著未乾的淚痕。「老三他……他不會有事吧？他傷得這麼重……」

宋平生慢條斯理地說：「放心吧娘，禍害遺千年，死不了。」

錢玉蘭。「……」

宋平東感覺自己腦袋一片空白，只能配合著宋平生把宋平文抬出去。

兄弟倆抬人出了屋子，就見郭浩然站在門外，一言難盡的表情還未來得及斂去。

面對兩位舅兄的凝視，郭浩然面上有一絲尷尬，忙拱手道歉。

「大哥、二哥，我怕你們方才見著我尷尬，所以才沒立刻進去，希望二位不要見怪。」

宋平東的目光投向宋平生，宋平生覺著方才的話郭浩然聽到了也好，反而省得他們再解釋，遂點點頭道：「婉兒在裡頭，你們好好談一談，這件事……她也無辜。」

郭浩然的丹鳳眼一凝，恭敬道：「我知道。」

宋平生朝宋平東使了個眼色，兄弟倆抬著人事不省的宋平文，去往西屋。

外頭光線昏暗，但是郭浩然的目光一直看著宋平文的左眼，直至遠去。

容貌有礙者不得參與科舉，宋平文這輩子當真是葬送了。雖說得知真相，當初是宋平文害了他，但是見到宋平文得到如此報應，他還是有幾分唏噓。

再一想到宋平文的眼睛正是他名義上的妻子親手戳瞎的，他一時五味雜陳，有駭然、有震驚，也有後悔。如果當初他沒對婉兒說那些狠話，或許婉兒就不會這般激動，也就不會對宋平文痛下毒手了……郭浩然揪心不已。

他在門口踟躕好一會兒，終於抬腳踏了進去。

燈火不算明亮的屋子裡，靜悄悄的。

郭浩然與宋婉兒靜靜對視，許久都沒人說話，直到宋婉兒腫得快睜不開的眼再次染上淚意。

「你都聽到了？我並沒有跟宋平文合夥算計你……」宋婉兒帶著哭腔道。她喉嚨動了動，杏仁眼睜得老大。「這件事我也是受害者，我從來沒想過用下作的手段害你！如果……如果我早知道你心裡有人，知道你並不心悅於我，我絕對不會纏著你不放的！我宋婉兒，又不是沒人要！」說最後一句話時，宋婉兒微抬下巴，依稀有幾分成親前的高傲影子。

矗立在對面的郭浩然嘴巴動了動，最後垂下眼睛，乾巴巴地道：「我知道，是我錯怪妳了，我跟妳道歉。」

宋婉兒吸吸鼻子。「好吧，我原諒你了。那玉瑩那兒，你——」

郭浩然打斷她的話，再抬眼時，眸光堅定果決。「我跟玉瑩的婚期已經定下，我會娶她，因為這是我欠她的，也是……我所希望的。」

宋婉兒方才冷靜下來的情緒再次被挑起，胸口怒氣與嫉妒翻騰，攪得她五臟六腑都在疼，可是當她想張口駁斥他的時候，卻什麼也說不出來。

她深深呼吸幾口氣，淚水流到下巴都沒發覺。「浩然，可是你已經娶了我不是嗎？感情可以培養，你已經有了一個妻子，怎麼可以再娶一個？這對我不公平，對玉瑩也不公平。」

宋婉兒承認，這一刻的她真的很卑鄙，可是愛本來就是自私的不是嗎？她已經嫁給他，並且還有了孩子，她只知道自己不能眼睜睜地看著丈夫再娶一個人。

只是，她錯估了男人的性子，男人面對自己不喜歡的女人，向來狠得下心。

郭浩然臉色微沈，聲音比方才冷淡許多。「婉兒，我與玉瑩本就兩情相悅，如果不是宋平文，我這輩子只會有玉瑩一人。我知道，男女之事，吃虧的到底是妳們女人，所以我願意承擔責任，娶妳為妻。曾經我也想著，既然我娶了妳，就要對妳負責，我不能同時辜負兩個女人，所以我必須放棄玉瑩。可是去縣裡參加府試時我知道了真相，我跟妳……從頭到尾都是宋平文搞的鬼，我才是那個徹頭徹尾的傻子！我和妳，還有玉瑩，誰不無辜？可為什麼我要為別人的錯賠上一輩子？」郭浩然袖口下的手心微濕，面上卻更加冷然。「事到如今，妳說我是負心漢也罷，說我冷血無情也罷，玉瑩是我心愛的姑娘，她為了同我在一起連命都可以不要，還要忍受我已經娶了一房妻子，我又豈能因為畏懼名聲、因為莫須有的責任而辜負她？此生辜負鄧玉瑩，我郭浩然豈能稱作是人？」

宋婉兒的情緒隨著郭浩然說的話越來越崩潰，到後來，她的眼睛被淚水模糊，她的耳朵內一片轟鳴，她的心被撕成一片片碎渣。

郭浩然是個重情的男人，只是，他重情的對象不是她罷了！

「那我呢？我呢?!」宋婉兒崩潰地抓頭髮。「我怎麼辦？我這一輩子該怎麼辦？難道我就不無辜嗎？」她掩面而泣。最悲慘的是，她根本沒立場阻止郭浩然娶鄧玉瑩。

郭浩然往前走了一步，猛地又停下，手指微動，最終還是硬生生地壓下上前安慰她的衝動。「婉兒，既然娶了妳，我願意照顧妳一輩子，給妳一個妻子該有的待遇，但是除此之外，我什麼也給不了妳。或者……妳想和離再嫁的話，我可以幫妳出嫁妝——」

宋婉兒猛地從雙手中抬起一張滿是淚痕的臉，一手捂住肚子。「不！我不會和離的，因為我肚子裡已經有了你的孩子！難不成你想讓我帶著孩子嫁給別人嗎？啊？郭浩然？」

郭浩然的神情一怔，目光落在宋婉兒平坦的小腹上，片刻後解釋道：「我沒逼迫妳和離或是改嫁，我只是給妳提供選擇，去或是留，都由妳自己決定。只是婉兒，如果妳選擇留下，以後……我恐怕只能對不起妳了。我無法像別人的丈夫那般待妳，因為我不能辜負玉瑩。」如果在表妹和宋婉兒間注定要辜負一個，他只能辜負宋婉兒了。「至於這個孩子……妳願意生下的話，我會盡一個做父親的責任，照顧他長大。」語畢，郭浩然沒有再開口的意思，顯然已作好決定。

宋婉兒知道，這段孽緣追根究柢是宋平文的責任，還有她自己耳聾眼瞎，不識身邊人，於郭浩然純是無妄之災。只是……只是她還是不甘心啊！她明明已經是他的妻子了！

可郭浩然郎心似鐵，宋婉兒不甘的同時，也深知此事已沒有她置喙的餘地，她發瘋也好，大哭也罷，郭浩然也不會改變一絲一毫的，因為他根本不在乎她，他心裡喜歡的是鄧玉瑩！有那麼一瞬間，宋婉兒心如死灰，只覺得人生無望，未來的漫漫長路，似乎沒有一條是屬於她的。她深深垂下頭，直到她看見自己的肚子，裡頭還有一個孩子，屬於她和郭浩然的孩子……

安靜的氣氛持續很久很久，久到令郭浩然都有些恍然，不過他並沒有催促，因為他知道，作這個決定並不容易。

再抬首，宋婉兒紅腫的眼眸中多了抹倔強，以及苦澀。「我要給孩子一個完整的家！」

郭浩然無聲地嘆了口氣。

宋平文屋裡，宋平東拿一根麻繩糾結半天，最終還是一邊嘆氣，一邊將宋平文的手腳捆住，心情十分不好受。

「平生，他如今成了這樣，科舉考不成，又從未下過地，娘又沒錢養他，而且還沒娶媳婦……唉！真不知道他以後的日子該咋過？難不成還要娘養他一輩子？」

宋平東作為大哥，見到從小看到大的親兄弟落得這般下場，心裡十分不是滋味。

抱手臂靠在門上的宋平生用餘光掃過人事不省的宋平文，神情十分寡淡。「別人在他這個年紀都能當爹了，他還要娘養他一輩子？呵……如果非要誰來為他負責，那也該是宋茂山。是宋茂山讓他養尊處優慣了，十指不沾陽春水的，偏偏又把他的性子養歪了，而且讓他設計婉兒的也是宋茂山。可以說，是宋茂山一手造就了現在的宋平文。」

宋平東找了個小凳子一屁股坐下去，煩躁得直搓臉。「我當然知道那人害了他，但是那人現在自己還癱在床上呢，哪裡管得了他？」

宋平生的眸光從某處移開，似真似假地問道：「大哥，你說如果宋茂山還好好的，見著宋平文成了這副鬼樣子，仕途無望，成了殘廢，甚至還要別人養活，他會不會管宋平文？會不會把埋在地下的金銀珠寶拿出來養活宋平文？」

宋平東無力地搖頭。「我不知道。我不知道他是打心底偏愛宋平文，還是為了享受權勢，說實在的，我從來沒瞭解過那個人。」

宋平生放下胳膊站直了，慢條斯理地道：「大哥，你遺漏了一點，宋茂山做土匪時，手裡鬧過人命，這些年他過得未必如表面那般安心。我猜他這麼希望宋平文出人頭地，想過上人上人的生活是一個原因，另一個原因，恐怕也是想多一分底氣。畢竟，官老爺的親爹，誰敢動？」

宋平東略一思索後，深以為然。因為宋茂山就是這樣的人，個性強勢，又好面子，希望處處高人一等。坐在小凳子上的宋平東深深垂下頭，被煩躁的情緒擾得心緒不寧時，突然又想到一個問題——

「還有婉兒的事，我們總不能綁平文一輩子吧？他跟婉兒之間不可能相安無事的……我們又該咋辦？」宋平東不禁撓起頭。

「大哥，婉兒肚子裡有郭家的骨肉，郭家不會放任不管的。如果婉兒回到郭家的話，反而更安全。不過，這還得看她自己怎麼選。如果她願意離開郭家，我們也不會不管她。」

可事實上，宋平生幾乎可以肯定宋婉兒會回到郭家去。不管是為了她肚子裡的孩子，還是大環境所逼，她都不會選擇第二條路的。

這個孩子也算是她的護身符，郭家有親戚混跡官場，勢力自然不是他們鄉下泥腿子可以比的。在郭家的保護下，宋平文想報復宋婉兒，並非易事。

宋平東想了想，點了下頭。「你說得對，婉兒還是回郭家好，畢竟她肚子裡還有郭家的種。只是……算了，我現在就去跟娘商量商量。」至於後面的事情，再說吧！

宋平東撐著大腿起身，以往那個高大健壯的宋平東，腳步突然有幾分蹣跚。

宋平東在宋家堂屋找到錢玉蘭，只是錢玉蘭的臉色很不好，神態蒼老，彷彿一夕之間老了好幾歲。

宋平東跟錢玉蘭說明來意，錢玉蘭只有氣無力地揮揮手，其他一個字也沒說。

見到自己親娘這副樣子，宋平東心疼得跟針扎一樣。

母子倆說完話後，郭浩然和宋婉兒一前一後來到堂屋。

「娘、大哥，我這就帶婉兒回去了。我爹娘他們不知道婉兒的下落，都擔心得很。」郭浩然道。

提到自己那個婆婆，宋婉兒眼中劃過一絲諷刺。浩然他娘也會擔心自己？隨即自嘲一笑。也是，一個是不討喜的鄉下兒媳，一個是蕙質蘭心的親姪女兒，是人都會偏向後者。

錢玉蘭的目光直指宋婉兒，澀然開口問：「婉兒，妳真的要……回郭家嗎？」面對小女兒，錢玉蘭無法責怪她什麼，因為她能明白女兒的這種苦。

宋婉兒一手放在小腹上，她明白她娘的言外之意。「娘，我都已經嫁出去了，當然要回去休息。再說了，家中即將要辦喜事，我總不能不在家。」

提到喜事，郭浩然略有些不自在。

宋婉兒沒看到一般，繼續道：「娘、大哥，你們不要擔心我了，我也是快要當娘的人了，我會照顧好自己的。」宋婉兒語氣平平，一雙杏仁眼古井無波般，不復從前的光彩，整個人的氣息更是有明顯的變化。

這樣的宋婉兒，錢玉蘭和宋平東只覺得陌生得可怕。

宋平東愈加煩躁，眼睛睜得溜圓地看郭浩然。「浩然，就當我無恥吧，但是作為婉兒的大哥，我必須說幾句話。我這個妹妹有時候是不太懂事，但心是善良的，你們成親半年都不到，如今她才有了身子，你就要娶別人，這未免太戳婉兒的心了？先前的事說起來是平文對不起你，我作為他大哥，向你道歉！」

宋平東深深彎下腰的瞬間，宋婉兒跟錢玉蘭的眼眶驀地紅了。

「但是浩然，婉兒是無辜的。她一個姑娘家，嫁人就是一輩子的事情，就當我厚著臉皮求你，如果可以，希望你好好待婉兒，不要辜負她！」這也是他這個做大哥的，唯一能幫的了。

從小到大，他作為兄長，自然而然地把照顧弟弟、妹妹視為己任，可是如今方知曉，照顧並不全是責任，更重要的是感情的羈絆。

如果可以，他希望四個弟弟、妹妹一輩子都能順順利利、平平安安。

哪怕他們性格各異，品德有好有壞，他這個做大哥的終是狠不下心腸。

錢玉蘭強忍淚意，殷切地望著郭浩然。「是啊浩然，婉兒是無辜的，她肚子裡都有了你的孩子……」她是做母親的，最大的希望就是孩子能過得好，哪怕她的行為為人所不齒。

一番話，讓郭浩然臉色微凝。

就在郭浩然準備開口的當口，宋婉兒突然向前兩步，一雙通紅的眼睛一直望進宋平東心裡。「大哥、娘，你們不用再求誰了，可能……這就是我的命吧？從前，你跟娘總是要替我收拾爛攤子，還老是教訓我，跟我講一堆大道理，可我只記得你們對我的凶……」她用力吸吸鼻子。「到如今我才知道，我就是傻，傻透了！我這麼傻，所以淪落到如今這個境地，不正是我自找的嗎？除了宋平文跟宋茂山，我誰也怪不著！如果這就是我的命，我認了！」不知不覺地，她眼中再次蓄滿淚花。她笑著擦了一把淚，笑得比哭還難看。「只是娘、大哥，對不起，從前給你們添麻煩了。你們也不要再為難浩然了……」反正，什麼也改變不了。

錢玉蘭再也忍不住，抱著宋婉兒嚎啕大哭。

宋平東使勁眨眼，眼眶還是不爭氣地紅了。

而身為看客的郭浩然只能無聲地嘆息，宋婉兒有這樣的娘和大哥，是她的幸運。

這一夜，宋家除了二狗子，沒有一個人能安眠。

第二日清晨，一陣狂風驟雨、電閃雷鳴喚醒了宋平文，他迷迷糊糊地睜眼，可入眼的卻是殘缺的畫面。

隨著神智的復甦，宋平文臉上一掃方才的迷茫，再次聚起陰霾。當他得知自己手腳都被捆住後，臉色驀地比屋外的天氣還要陰沈可怕得多。

「你們誰捆住我？快放開！宋平生、宋平東，你們欺人太甚！你們給我等著！你們今日這般對我，他日我必定要你們好看！」

幾聲咆哮撕開雨簾，驚動了宋家所有人。

錢玉蘭攔住宋平東，讓他回去陪陪羅氏，自己則端著一盆洗臉水去了宋平文的屋。推開門，裡頭宋平文的叫聲仍聲聲不絕。

宋平文彷彿沒見到錢玉蘭般，一聲罵得比一聲更刺耳。

「平文，你冷靜點，咱們有話好好說。你要冷靜下來，保證不亂動手，娘馬上就給你鬆綁。」

宋平文雙眼猩紅，一身的戾氣遮掩不住，咆哮著道：「滾！妳不是我娘，妳眼裡只有宋婉兒那個賤人！爹說得沒錯，你們不過就是畜生東西！妳是，宋平東和宋平生那兩個小畜生也是！」

下一刻，一盆冷水潑下，冰冷的水珠從宋平文的頭頂一路向下，淋得他狼狽不已，恍若一個瘋子。

錢玉蘭冷僵著臉，語氣硬邦邦的，如冬天裡的冰塊。「現在冷靜了嗎？」

宋平文的身子一僵，復又放鬆，任由濕淋淋的頭髮貼緊頭皮。他頭髮散亂，皮膚蒼白，眼神陰翳，周身氣息壓抑暗沈，好像一個哪裡來的孤魂野鬼。

他從嗓子眼裡擠出幾聲瘆人的笑。「呵呵……娘啊，兒子說錯了嗎？」他陰惻惻的視線斜斜轉過去。「宋婉兒只是嫁了一個不愛她的人罷了，我失去的可是一隻眼啊！我的一生都被毀了！可是你們呢？你們全都維護宋婉兒，你們沒有一個人為我想想！宋婉兒不過就一個嫁出去的女兒，我可是兒子啊！我原本有機會出人頭地、光耀門楣，為宋家掙面子，讓你們跟著我過上人上人的日子，而她宋婉兒能幹啥？可你們竟然都幫她！宋婉兒嫁給郭浩然她委屈啥啊？就郭浩然的家世條件，要不是我，她能嫁到郭家去？她能當上體面的少奶奶？郭浩然再娶又咋樣？咱們鎮上多少人搶著給人家當小妾呢，人家壓根兒都瞧不上！要不是我，她一個鄉下丫頭，又差點被男人占了便宜，能嫁給什麼好人家？她現在吃穿不愁，應該感謝我才對，可這個賤人卻恩將仇報，翻臉不認人！」

啪！錢玉蘭回過神來時，巴掌已經甩了出去。「畜生！這話你咋說得出口？那可是你親妹妹！」

宋平文眼中一片冰涼，嗤笑道：「那又怎麼樣？爹說了，宋婉兒一個賠錢貨，他好吃好喝地把她養這麼大，當然要得到回報，否則他養宋婉兒幹什麼？而爹要的回報，不過就是把宋婉兒嫁給有地位的人家，讓她幫襯一把家裡罷了！」

「夠了！夠了！夠了！」

錢玉蘭捂著心口的手指發白，身子發抖，眼中裝著滿滿的震驚。她實在想不明白，當初那個聰明可愛的孩子，怎麼會變成如今這個樣子？陌生得讓她害怕，更讓她心痛！

許久後，錢玉蘭指著宋平文，恨鐵不成鋼地咬牙道：「宋平文，你再這般胡言亂語、狼心狗肺，你這輩子都別想出去！」這是她這個做母親的，對孩子說得最狠的話。

下午雨停後，郭浩然又來了。

郭浩然三言兩語地和錢玉蘭說明來意，隨後便推開門來到宋平文的屋子。

依舊被捆住手腳的宋平文頂著亂糟糟的頭髮，僅剩的一隻眼陰沈地轉過去。

「郭浩然？」宋平文扯動嘴角冷笑。「怎麼，來看我笑話的？」

郭浩然眸色深沈，不露情緒，只淡淡道：「不是。」

宋平文驀地哈哈大笑，好像聽到什麼天大的笑話般，好半晌才勉強止住。「不是？不是你過來幹什麼？你總不會是來找我敘舊的吧，子安？」

見昔日好友變得面目全非，甚至面目可憎，郭浩然心中痛惜。「平文，從前在書院時，你不是這樣的，為何如今變得如此？我已經認不出你來了。」

宋平文怒眉冷眼，語氣挖苦。「得了吧郭浩然！少在那兒假惺惺地裝模作樣！從前在書院時我學問總壓你一頭，如今我成了這樣，便再無人擋在你前頭了，你不開心嗎？」

宋平文的冷言冷語與冷漠嘲弄的姿態激醒了郭浩然，讓他清楚地知道，他認識的宋平文已不復存在，眼前偏執又瘋狂的宋平文才是其真面目，他不該再心存幻想。

雖是如此，郭浩然修長的丹鳳眼還是劃過一抹痛色。他飛快垂下眼，語氣沒有波瀾地道：「是……你設計我與婉兒，毀了我們的命運在先，看你如今這個樣子，我是應該高興的，高興你得到報應才是，但是……又有什麼可高興的呢？你落魄我就能高興嗎？可這一切都不是我想要的，我希望看到的是我與我的好友宋平文科舉順利，我們能當一輩子的至交好友與兄弟，希望我與表妹早日成親……現在這樣子，有哪一件事如我所願？所以，我又有何開心可──」

「夠了！」宋平文粗暴地打斷他。「郭浩然，少在我面前說這些噁心的話，更不要自作多情，因為我從來就沒有把你當作朋友！我跟你交好不過是看在你爹的面子上，如果你爹不是郭聞才，你身上有哪一點值得我多看一眼的？別再來噁心我了！」

縱然郭浩然向來姿態穩重，還是被他這番話說得臉色又青又白。

宋平文見之卻更加開懷，笑容透出幾分扭曲。「怎麼，這就受不住了？我還當你是兒子見著失散多年的親爹，趕著來孝敬我呢！呵呵呵……」

郭浩然頓時怒不可遏，原本受害的是自己，如今卻被宋平文挖苦諷刺，天底下還有這個道理？他狠狠深呼吸了好一會兒，才勉強壓下提拳而上的衝動，點點頭道：「宋平文，從前是我眼瞎，看錯了人。從今往後，我們割袍斷義！」他閉上眼，重重呼出一口氣，再睜眼時，修長的眼眸中泛起冷意。「看來我今日也就不必對你手下留情！」他說著，將手中的錢袋塞回袖口，道：「這銀子本是替婉兒給你的補償，但你對不起我們在先，所以是不必給了！」

宋平文不屑地冷笑。「假惺惺！」

郭浩然不為所動。「我此次前來，最重要的目的是要告訴你，婉兒嫁到我郭家，便是郭家人，而且她肚子裡還有郭家的骨肉，如果你還想著對婉兒下手，我奉勸你三思而行。我郭家雖沒多大能耐，但想護住自家人的本事還是有的。」頓了頓，又道：「雖說你無法再參加科舉，但是做教書先生也是條出路，日子總比在村裡種地的好，所以我勸你迷途知返，不要一錯再錯。如果你冥頑不靈，做了什麼無法挽回的事情，那不僅是你父母兄弟不原諒你，我們郭家也絕對不會袖手旁觀的！如果你能保證不再找婉兒麻煩，我可以把錢袋子給你，你以後還可以過著體面的生活。」這趟前來，是他思考一夜後作的決定。宋婉兒決定留在郭家，他卻無法對她盡到一個做丈夫的責任，那就保她一世周全吧！這是他欠她的。

郭浩然說完後，屋裡陷入短暫的安靜，而後迎來的是宋平文更加刺耳放肆的笑聲。

片刻後，笑聲戛然而止，宋平文的眼神陰沈如黑水，皮笑肉不笑。「你說你們好不好笑？我分明給宋婉兒找了一個頂好的丈夫，處處維護她不說，甚至丟下讀書人的清高自傲，連威逼利誘的手段都用上了，宋婉兒跟我娘他們到底有什麼不滿的？相反的，他們該感謝我才是啊！這麼出色的丈夫、女婿、妹夫，他們打燈籠都難找啊！要不是我，宋婉兒有這個福氣嗎？啊？喔，對了，你小舅兒友善地提醒你幾句，我這個長相出色、腦子簡單的妹妹，曾經跟別的男人不清不楚，甚至鬧得跳河自盡呢！你是她的丈夫，當然有必要知道這事，對——」最後一個「嗎」字，被郭浩然一拳揍回肚子裡。

「宋平文，這一拳是我替婉兒打的！因為你不配做她的兄長！我言盡於此，其中厲害自己分析，你我就此別過！」丟下這句話後，郭浩然頭也不回地離去。

今日，宋家的氣氛比那外頭的天氣還要愁雲慘霧。郭浩然離去後，宋平東跟錢玉蘭正說著話，突然聽到裡屋傳出一聲重物落地的悶響。

宋平東一人往裡頭一看，結果就看到宋茂山不知怎的面朝地摔在地上，又因為渾身癱瘓動不了，只能一個勁兒「哼哧哼哧」地粗喘氣，像極了一隻被人卸掉四肢、就快死掉的老狗，實在可笑又可憐。

宋平東看到他爹這樣子也不知道是什麼心情，就這麼一聲不吭地把人從地上拽起來扔回床上，動作甚至稱得上粗魯，像是在發洩怨氣似的。

宋茂山卻顧不得身上的難受，一雙半渾濁的眼睛殷殷盯著宋平東，像是有千言萬語要說，可偏偏說不出口，急得他眼淚、鼻涕都出來了。「啊啊啊、啊啊啊……」

宋平東卻不看他的眼睛，視線在他半白的頭髮上掠過，腦子裡閃過宋婉兒快哭瞎的眼，以及宋平文瘋狂的叫囂。他的臉色頓時沈下來，冷笑道：「你別叫喚了，不用猜我都知道你要說什麼，不就是想問宋平文嗎？」這兩天鬧的動靜都這麼大，宋茂山沒聽到才怪。

宋茂山當即不叫喚了，就汪著兩泡眼淚，可憐巴巴地望向宋平東。

宋平東死死盯著宋茂山，眼中颳起淒風冷雨。「那我就告訴你，宋平文的左眼瞎了！」

宋茂山的眼睛驀地睜大，下一刻目眥盡裂，臉色青紫交加，模樣堪比地獄來的惡鬼。

宋平東看在眼裡，意味不明地笑了一聲。「你不信？你想問是誰幹的？為啥這樣做？可是，害了宋平文的那個人不正是你嗎？是你把宋平文養成自私自利的性子，是你打婉兒的主意，是你讓宋平文設計婉兒跟郭浩然，所以他才會被婉兒戳瞎眼，而這一切，都是你種下的因果！如今宋平文考不了科舉，不能出人頭地，你這輩子唯一的指望沒了！你開心嗎？你說你這叫什麼？你這就叫自食惡果，活該！」

宋茂山說不出話來，只能怒瞪著眼，從嗓子眼擠出幾聲粗啞難聽的音反駁，氣勢就像要發瘋咬人的瘋狗。

宋平東望著宋茂山。「你都落到這般下場了，竟然還不知悔改？不過也是，你連土匪都做過，殺人放火、打媳婦、打子女，有啥你沒做過的？你這種人，根本不可能悔改！所以，老天爺都看不過眼了，把你變成這樣，下半輩子都只能躺在床上過，還要看別人的臉色！」

宋平東越說越激動，他腦子裡全是他娘以及自己兄弟姊妹幾個這些年來受的苦，於是他再也平靜不了。

他控制不了自己去恨宋茂山。

長了嘴的宋平東罵得痛快，而說不出話的宋茂山卻越來越氣，又因為說不出話來，怒氣越攢越多，最終白眼一翻，人被氣暈了過去。

老槐樹村就這麼大地方，東頭家裡有幾隻公耗子、幾隻母耗子，西邊人家都知道得清清楚楚。

宋家最近鬧的動靜這麼大，雖然宋家人守口如瓶，但宋平文和宋婉兒兄妹相殘的事情還是偷偷傳遍了整個村，惹得村民議論紛紛。

村民們不清楚兄妹倆為何爭吵，但是宋家院子裡頭整日傳來宋平文的獸嘶鬼叫，再加上前幾日有人在鎮上見到宋平文進醫館，因此村裡人都知道宋平文一隻眼瞎了。

科舉之路也到頭了！

作為村中里正，孫長貴原本還指望宋平文出人頭地、飛黃騰達，他日老槐樹村也能沾沾光，得些好處，誰知這夢一夕間就「啪嘰」，碎了！

不過時至今日，現在的宋家可不是他能得罪的。

說起來，這一年以來，宋平生兩口子搗騰的農藥廠越做越大，農藥鋪子的生意蒸蒸日上，縣裡許多人家就是因為姚姚農藥鋪和農藥廠，才知道老槐樹村這個地方。

甚至還有外地的大戶要購買大量農藥，所以時不時有馬車隊伍來村裡拉貨，一來二去的，老槐樹村這個地方就因為農藥而出名了。

老槐樹村被人所熟知，村裡人自然跟著長臉。

因為那些農藥的種類多、效果好，許多莊稼人看著自家田地裡一片生機勃勃，如無意外，今年的收成肯定比往年好。莊稼就是莊稼人的命根子，莊稼長得好，莊稼人心情樂開了花，頓時就覺得肉不疼了，農藥不貴了，甚至是物超所值啊！自然而然對賣農藥的宋平生兩口子的好感便直直上漲，連帶著看老槐樹村的人都覺得順眼許多。

村裡人趕集時買東西，還有人一聽說他們是老槐樹村的，就多添個兩蔥仨瓜四棗的，你開心我樂意，一派和樂。

所以，隨著宋平生家農藥生意的擴大，老槐樹村的人多少也得了些便利。還有一點，就是村裡有不少家的家裡人在姚三春家的農藥廠幹活，姚三春兩口子給他們的工錢不少，逢年過節還有禮品和獎金，這些人得了實惠，又覺得他們夫妻人不錯，自然會幫他們夫妻說話。

現如今，村裡人提到姚三春和宋平生，大多數人都說不出什麼不是，反倒還會誇上兩句，至於一些私底下的酸話，不提也罷。

在這種情況之下，孫長貴對宋平生他母親及兄弟的態度也不好多嚴厲，前來宋家詢問宋平文近況時，還是相當客氣的。

家醜不可外揚，原本錢玉蘭準備說宋平文是意外傷了眼睛的，可是宋平文卻每日在屋裡大喊大叫，句句都在怒罵指責宋婉兒，錢玉蘭無法，最後只得道是兄妹倆鬧矛盾吵架，宋平文不小心把眼睛摔了，所以他把過錯都推到宋婉兒頭上去。

宋平東也跟著附和。

這麼多年相處下來，在村裡人看來，錢玉蘭是一個很老實可靠的人，對五個孩子沒啥偏不偏心的，而宋平東隨母。

宋平文一下子從天之驕子變成這樣，情緒激動也很正常，所以孫長貴便信了大半。

對於瞞下真相，錢玉蘭母子都有些不安，但是這件事情實在太複雜、太難以啟齒了，他們不可能告知外人真相的。

轉眼間，宋平文已經一連被捆了五天，可他就是不願意向錢玉蘭服軟。

天氣熱，別人近身他又跟瘋狗一樣亂咬人，所以他已有五天沒洗澡，身上那股味兒就跟加了餿水的毒藥似的，聞一口能暈死過去，聞兩口就幾乎升天了。

唯一讓錢玉蘭稍微安心的是，宋平文這兩天終於不再大喊大叫，似是冷靜了許多。

這日是悶熱潮濕的陰天，一早宋平東便帶著媳婦和孩子去羅家村，羅氏的祖父今天過生辰。

錢玉蘭一人在家東擦擦、西抹抹，手上無事後還是忍不住去往宋平文的屋子。

她一進屋子，當即大驚失色，只見宋平文被麻繩捆住的兩隻腳鮮血淋漓，染紅了腳下的被褥，顯得刺目又血腥。

而宋平文人已經暈了過去，臉上和嘴唇都失去血色，眼下隱隱發青，非常憔悴。

錢玉蘭心頭紛亂，趕忙上前把宋平文的手腳解開，抖著手動作的同時，強忍驚慌叫道：「平文，你別嚇娘啊，聽到就應一聲！兒啊，你咋都這樣了，還不知道喚人？是娘錯了，娘不該把你綁住……」錢玉蘭一邊抖著嗓子，一邊解繩子。

就在她解開宋平文手上繩子的瞬間，原本暈過去的宋平文突然有了動作，飛踢一腳，重重落在錢玉蘭的肚子上！

錢玉蘭當即被踢飛了出去，後背與後腦勺同時摔在牆上，人便暈了過去。

宋平文只看一眼即收回目光，迅速換了身衣裳，再簡單包住腳踝，拿麻繩反捆住錢玉蘭，還用東西塞住她的嘴巴，然後頭也不回地大步跨出去。

進了院子，他先把院門閂上，又默不作聲地在宋平東家門外面掃了好幾眼，確認宋家再沒別人後，他拿起一把鐵鍬進了宋茂山的屋子。

這段日子，不說宋平文受多少苦，宋茂山受的煎熬只多不少。彷彿只是短短幾日的功夫，他的臉更顯蒼老，他散亂的頭髮更添銀白，整個人就像是秋天裡枯萎的野草，憊態叢生。

他心裡到底想什麼，別人無從得知，但是宋平文推開門的瞬間，宋茂山渾濁暗淡的眼睛驟然亮起。

宋平文一個眼神也沒給他，兀自在屋子裡找了兩圈，然後不管不顧地挖起土來。

宋茂山看在眼裡，先是不敢置信，可不知怎的，突然又不叫了，就用那雙渾濁的眼睛望著宋平文。

一個時辰後，屋子裡被挖得一團糟，還有泥土飛濺到宋茂山的頭髮上和床上，但是宋平文根本不在乎。

費了好一番功夫，裡屋的地都被挖得七七八八了，宋平文終於挖到那個放滿金銀財寶的箱子。箱子被鎖住了不要緊，宋平文掄起鐵鍬大力鏟下去，最後還是把箱子打開了。

打開箱子的一瞬間，宋平文臉上露出久違的笑，只是笑得有幾分瘆人。

「呵……我還得感謝宋平東的提醒，不然我還不知道宋茂山竟然藏了這麼多金銀財寶！有了這筆錢，我以後去哪兒不能活？何必待在這個破村子受苦？就算考不了科舉，我依舊能過得好！」宋平文自言自語地說完後，又翻箱倒櫃地找了件破衣裳，把金銀財寶全倒進去，打了個結後往身上一揹，抬腳就要往外走。

一直安安靜靜的宋茂山這時突然激動起來，拚了老命地叫喚著，蒼白蒼老的臉急得漲紅。

宋平文腳步一收，回身拍一下額頭，古怪一笑。「對了，差點把你忘了！」

宋茂山聲音一停，沒多想，僵硬滄桑如橘子皮似的臉擠出一抹難看的笑，似乎是心有安慰。

宋平文眯了眯眼，笑得更詭異了，語調輕柔地問：「爹，我準備離開這兒了，你是不是想跟我一起走？」

宋茂山激動地眨一下眼，呼吸都重了幾分。

宋平文靜靜地欣賞了一會兒他渴望的樣子後，臉色驀然間冷了下來，眼神陰冷得恍如一條毒蛇。「可是，我卻不想帶你走！」

宋茂山的笑容僵在臉上，像極了一隻被人突然掐住脖子的公雞。

宋平文的手肘撐在門板上，皮笑肉不笑地說：「想知道為什麼嗎？當然是因為，我恨你！」

宋平文無情冰冷的話語落在宋茂山耳裡，就如一記重錘，捶在宋茂山心上，捶得他頭暈眼花、心神俱震。這一瞬間，宋茂山感覺天好像都塌了！

「若不是你要打宋婉兒的主意，讓我設計宋婉兒跟郭浩然，我怎麼可能被宋婉兒那個賤人戳瞎了眼？我宋平文大好的前途又怎麼會被毀？凶手明明是你，我卻要替你這個老不死的受懲罰！憑什麼？」

宋茂山怒睜雙眼，憋得滿臉通紅，張著嘴，從嗓子眼擠出刺耳的「呵呵呵」聲音，就像是嘔吐時被人掐住了嗓子，嘔吐物在嗓子眼滾動般。

宋平文毫不在意，甚至好整以暇地看著他。「怎麼？你想說你是我老子，你含辛茹苦把我養大，我這般跟你說話是大不孝、沒良心，是嗎？只是，你配嗎？宋茂山，就你一個噁心又見不得光的土匪，畏畏縮縮地像臭水溝裡的耗子，你配當我爹嗎？你知道當我知道你從前是一個土匪時，是什麼感覺嗎？我感覺噁心！攤上你這樣的爹，我一輩子都抬不起頭來！如果可以，我多希望我沒有你這個爹！」

一字一句，如同一把尖刀反覆在宋茂山的心窩子裡捅，捅得他心臟抽搐，鮮血淋漓，直至渾身發涼。宋茂山無法說話，但是這一刻他的眼神是那樣的渾濁與悲涼，溫熱的淚水就這樣汩汩而下，彷彿一頭老獸臨死前發出的悲鳴。

宋平文已經罵紅了眼，再無所顧忌。「所以，像你這樣噁心至極的土匪、臭蟲，還害了我一輩子，我為什麼要管你？我真希望你現在就去死！」

宋茂山再也受不住，嘴巴一張，一大口鮮血吐了出來，染紅了衣襟。

猩紅的血液不停地從宋茂山嘴邊流出，宋平文卻心硬似鐵，甚至覺得暢快。他不再管宋茂山如何，繫緊胸前包袱後，頭也不回地走出去。

眼見自己寵愛多年的兒子，帶上自己珍藏的金銀財寶逐漸消失在眼簾，宋茂山胸口被刀劍翻攪一般，竟是止不住地大口大口吐血，鮮紅映襯著他白紙般的臉、稻草似的鬍鬚，顯得詭異又可怖。

近日瓦溝鎮多個村子鬧雞瘟，許多人家的家禽接連遭難，所以今天宋平生讓孫吉祥去農藥鋪，自己則留下來幫姚三春殺雞殺鴨。

對此孫吉祥是直嘆氣，心想：你一個大老爺們兒不把生意放心上，天天跟著媳婦屁股後面跑算啥啊？

這方孫吉祥為兄弟愁斷了腸子，那方宋平生手起刀落宰雞鴨正宰得歡，不一會兒灶底下就堆了一堆雞鴨，雞血和鴨血也裝了幾大盆。

上午殺了雞鴨，中午少不得要吃血旺、腸子、肝片之類的，切片、切丁後加一把韭菜翻炒，香得不行。

因為炒得多，這天氣飯菜又放不了，宋平生便準備給宋茂水家和錢玉蘭那兒各送一碗去。

宋平生端著大碗來到宋家，卻發現宋家非常安靜，叫錢玉蘭也沒人應，可是宋家院門明明是開的。

不僅如此，宋平文的屋子更是安靜得異常，宋平生心頭不由得生出幾絲異樣。不知道想到什麼，他神情一凜，放下菜碗直奔宋平文的屋子，然後他便一眼看到倒在地上、手腳都被捆住的錢玉蘭。

宋平生三步併作兩步地上前抱起錢玉蘭，解開繩子時，他胸前衣襟染上點點血跡，宋平生神色微變。

不過好在錢玉蘭雖然面色蒼白，但是呼吸還算平穩。

宋平生心中稍定了定，抱起錢玉蘭準備回家備馬車去往鎮上就醫。快到院門口時，他的腳步突然頓住，轉身去宋茂山屋子瞧了一眼。

然後，他便看到了躺在血泊中，雙眼圓睜、了無生機的宋茂山。

宋茂山他死了。

# 第二十九章

宋平東夫妻趕回來時，已經是下午申時，此時宋家院子裡並沒有外人，因為宋平生並未將消息傳出去。

宋平東甫一進堂屋就見錢玉蘭頭上纏著厚厚的布條，臉和嘴唇沒有任何血色，她虛軟地靠在竹椅背上，兩眼無神，只有兩行清淚無聲落下。

宋平東喘著粗氣走過來，見堂屋所有人神色凝重，他的心不住地往下沈。

「平生，家裡到底發生啥事了？還有娘，您這頭怎麼破的？沒大礙吧？」

錢玉蘭陷入自己的思緒，神情呆呆的，對於外界沒有任何反應。

宋平東看著心裡微沈，只能將目光投向宋平生。

宋平生清潤的眼眸泛著冷光，言簡意賅地說道：「宋平文跑了，是他踢傷了娘，娘頭破了，大夫看了說沒有大礙。只是……宋茂山沒了，他藏在地底下的箱子也沒了。」

宋平東的腦子木了一下，半天都沒想明白「沒了」是什麼意思，可是臉色卻以肉眼可見的速度沈了下來，難看至極。

這幾個消息帶來的衝擊實在太震撼，他甚至不知道該作何反應，只能半張著嘴，半天都說不出一個字來。

還好宋平東聽說家中出事，所以已讓羅氏直接回屋，不然還不知道她會被嚇成什麼樣。

宋平生看在眼裡，輕抿唇角，說道：「大哥，你坐下歇息一會兒，咱們待會兒再說。」

宋平東跟木偶人一般被宋平生摁坐在長凳上，神情迷惘愣怔。

設計親妹、氣死親爹、搶了打劫來的贓款……這已經不是一個人能做出來的事情了，分明就是一個會走路的畜生！

即使宋茂山為人不行，但是宋平文這般行為，跟土匪宋茂山也不遑多讓！

對於宋茂山，自從他癱瘓後，宋平東幾乎沒進過屋子看他，因為母親、因為兄弟姊妹受過的苦難，宋平東恨他。

可此時此刻，驟然聽聞自己恨的那個人就這樣死了，宋平東心裡發懵，一時間竟不知道該用什麼樣的心情面對？

堂屋陷入一陣沈寂。

宋平生與姚三春看了一眼，回頭語氣平緩地道：「我跟姚姚討論過，我們都覺得宋平文一時半會兒不會離開瓦溝鎮，因為他恨婉兒，肯定會找機會報復她。」

提到宋婉兒，宋平東終於有了反應，撐著膝蓋一下子站起來，用破銅鑼般的嗓子急忙道：「那我們得快點告訴婉兒才行！萬一她出門剛好碰上咋辦？」

宋平生露出安撫的眼神，示意宋平東少安勿躁。「中午姚姚已經讓人去郭家通知一聲了，咱們暫時不用擔心婉兒那邊。」他眼神落在錢玉蘭身上，頓了頓才又道：「我覺得咱們目前需要考慮的是，到底該怎麼處理宋平文？他已經破罐子破摔了，我們再勸也是無用的。如果這回把他抓回來，除非關他一輩子。再者說，如果他再逃跑一次，到時候他說不定會對娘做出什麼更過分的事情，我甚至覺得，如果有機會，他可能也會對我們下手。」

宋平東的臉色暗了暗，愈加凝重，動了動嘴唇，望著地面喃喃道：「不會……吧？」說完他才意識到自己有多蠢，又接著道：「那我們該咋辦？總不能……什麼都不做吧？他怎麼說，也姓宋……」

就在氣氛凝滯之際，從頭到尾沈默不語的錢玉蘭突然有了動作，她抬起一雙通紅而複雜糾結的眼，起皮的唇瓣動了動，說話的聲音都變了調，說出的話卻令人十足的震驚——

「從今以後，我就當沒有宋平文這個兒子！」衣袖下面，錢玉蘭兩隻手都在顫抖。

「娘?!」宋平東驚喊，聲音幾乎撕破喉嚨，滿臉的不敢置信。

姚三春夫妻也不敢相信這話是從脾氣溫和的錢玉蘭口中說出。

錢玉蘭閉了閉眼，再睜眼時，眼中除了悲涼、痛心，同時還有一抹深藏的恐懼。「這人不是我兒子，他是土匪宋茂山的兒子！我才不會生出這種狼心狗肺的東西！害親妹妹、瞧不起兄弟、動手打親娘、氣死親爹！他就是土匪的兒子，他沒有心的！以後……以後還不知道他會幹出啥樣傷天害理的事情？不知道會害多少人？就像宋茂山那樣……不停地害人……」

她目光虛虛地落在堂屋的一根柱子上，眼中沒有一絲神采，一張臉一點人色都無，嘴裡不停念叨著，樣子都有些魔怔了。

宋平東擔憂不已，兩步跨過去搖錢玉蘭。「娘，您沒事吧？您別嚇我們啊！」

其他人也跟著迅速聚集過去。

錢玉蘭兀自沈浸於自己的情緒，嘴中唸唸有詞。「他跟宋茂山一樣，根本不是人！我沒有這樣的兒子……我寧願他死了，也不想看到他去害人……」

雖然一直以來，錢玉蘭都儘量避免，不去想自己「為仇人生孩子」的事情，總想著孩子都是自己生的，一定要好好養育他們，把他們教成好人，可是，今日宋平文的所作所為卻直接劈醒了她。

不，不是的。龍生九子，各有不同，而她和宋茂山的孩子也總會有一、兩個像她或者像宋茂山的。

宋平文就是那個像宋茂山的，自私、冷血、狠辣、瘋狂！

她不敢想像，就宋平文這肖似宋茂山的狠辣冷血性子，是不是總有一天，他會像宋茂山那般，對她的其他孩子們下手？

親爹被宋茂山戳瞎雙眼、親妹錢玉秋被宋茂山割掉手指頭、親爹那隻被割掉的手扔在眼前……往事一幕幕在她眼前閃現。

還有，宋平文踢她時，眼中轉瞬即逝的陰冷和惡意，也叫她遍體生寒。

她在宋平文身上發現了宋茂山的影子。

不由得，她害怕了。

她抬首看到兩房的兒子、兒媳都張著嘴巴說著話，可是她的耳朵卻彷彿被什麼東西堵住般，一個字也聽不清。

她只覺得後腦勺很痛，她呼吸不暢，她心口一陣絞痛……

下一刻，錢玉蘭直直栽倒在地！

好在宋平東他們反應快，接住了她。

接著，宋家又是一陣雞飛狗跳。

宋平生去鎮上回春堂請來熟悉的盛大夫給錢玉蘭診治，盛大夫說錢玉蘭是憂思過多，情緒太過傷心，又刺激過度，所以才會暈過去，還需小心靜養。

送走盛大夫後，已經是半夜。

第二日一早，宋平東他們在村裡走動，將宋茂山過世的消息散佈出去。

這日從上午到下午，村裡相熟的人家都陸陸續續過來宋家弔唁，七七八八聚在一起聊宋茂山的往事，誇讚宋茂山為人多好、多厚道。

宋茂山大概沒想到，他一輩子最榮耀的時刻竟然是在自己死後。

前來弔唁的人不少，就連宋茂水都來了，不過郭氏還是沒有來。

村裡人在宋家不見錢玉蘭和宋平文，未免感到奇怪。

後來得知錢玉蘭病了躺在床上，村裡人都唏噓不已，幾位跟錢玉蘭交好的婦人便想進屋好生安慰錢玉蘭。不過錢玉蘭病懨懨的，婦人們只當是錢玉蘭傷心過度，一人寬慰幾句便離開了。

但是對於宋平文為何不在家、宋茂山怎麼突然去了這兩個問題，宋平生他們皆模糊帶過，沒有詳說。

於是村裡人在私底下議論紛紛，不過大家倒是沒把宋平文想得那麼壞，只說肯定是宋平文瞎了眼不能參加科舉，所以宋茂山才會氣得一命嗚呼。

上午稍晚些時間，宋氏一大家子都來了。

宋氏還未進宋家院子，那哭聲就大老遠地傳來——

「我可憐的大哥啊！你才四十出頭啊，還沒享什麼福，大壯和小壯還沒來得及孝順你，你咋就這麼去了？你讓你小妹我咋辦啊？大哥啊，你是這世上對我最好的人，你突然就去了，留我一個人在世上，小妹我難過得恨不得隨你去了算了啊……」

哭聲越來越近，待宋家人進院子，就見他們一家人眼眶都是紅的，其中表現得最傷心的莫過於宋氏，以及剛剛出月子的宋巧雲。

宋巧雲嘴拙沒宋氏那麼會叫嚷，但是眼睛都已經哭腫了。

宋巧雲不知道父母的往事，也不知道宋茂山害了宋婉兒的事，因此在她心裡，宋茂山雖然人品不太行，但總歸是她爹，所以哭得很傷心。

宋氏進了宋家院子後就跟斷了腸子似的哭了好一會兒，中間甚至哭暈過兩回，哭得那些沒哭的人都想哭了，十分具有感染力。

村裡人不由得暗暗點頭，都道宋氏重情重義，看樣子是毫不做作的真傷心啊！

宋氏見哭得差不多了，眼淚還未乾，便淚眼婆娑地看向宋平東。「平東啊，你爹人沒了，這麼多親戚朋友都過來看望他了，咋不見你娘的人呢？上一回你爹癱瘓後她只記著回家探親就算了，如今你爹可是人都沒了啊！我知道她肯定也傷心，但她作為媳婦卻不出面，這……這像話嗎？」她向四周打量兩圈。「還有，平文跟婉兒呢？巧雲剛出月子都來了，他們作為子女的咋能不在？」

這正是老槐樹村村民都想知道的事情，因此一個個伸長了脖子看向宋平東，或是湊在一起竊竊私語。

宋平東巡視四下，略顯憔悴的臉頓時黑了。「大姑，娘沒出來是因為她病了，婉兒沒來是因為她懷了孩子，過來豈不是相沖？」

「那平文呢？」宋氏反應過來自己是用質問的語氣在說話，忙咳嗽兩聲，換了悲戚的語氣道：「你爹去了，平文是他最引以為傲的兒子，這時候咋能不出現？」

宋平東的臉色更黑了，不過還是回道：「大姑，平文不是小孩子了，他去哪裡我管不到，而且我也不知道他跑去哪兒了。」

宋氏眼底有暗芒躍動，臉色卻像隱藏怒氣，語氣有些冷硬。「平東，今天這個日子大姑不想說你，但你是宋家的老大，咋能說啥都不知道呢？我這個做大姑的都看不下去了！就算你不知道，那不是還有大嫂嗎？親娘還管不著？如今你爹去了，他最大的願望肯定是看到五個孩子都回來給他送終，可是你跟大嫂連這個遺願都不滿足他？你爹九泉之下都合不上眼啊平東！你們忍心嗎？還有，有一句話大姑不吐不快，你爹原本雖然癱了，但我上回見他精神頭還好得很，而且你爹以前身子還算硬朗，咋的一眨眼，他人就沒了呢？今天就算你們真恨上大姑，我也要問一句，你們做子女的到底有沒有好好照顧你們爹？」宋氏說完，眼圈再次紅了，吸吸鼻子，用手心擦了兩把眼淚，一副傷心到情緒幾近崩潰的模樣。

周圍的人看她這樣子，不會覺得宋氏多管閒事，也不覺得她語氣太重，只覺得宋氏真是重情義，哪怕冒著得罪姪子的風險也要打聽宋茂山過世的原因，這事要是放在別人身上，還真不一定願意出這個頭呢！

畢竟宋氏是個寡婦，跟高老莊那邊的幾個叔伯不來往，跟宋茂水也不走動，這些年都靠她大哥一家幫襯，如今宋茂山死了，以後她少不得要跟大嫂錢玉蘭以及幾個姪子打好關係，當然不好得罪人。可誰知宋氏竟然這般勇猛，竟然直接質問上大姪子了，也是沒辜負宋茂山這些年和她的兄妹情義啊！

一時之間，村裡人竟都站在宋氏這邊，一個兩個的幫宋氏說起話來。

「是啊大姪子，你們爹去了，哪能不把平文叫回來呢？這事要是傳出去，以後外人恐怕要指著平文的脊梁骨罵喔！以後還咋出去見人啊？」

「平東啊，你爹去了，你就是宋家的頂梁柱，都說長兄如父，你可要擔起責任來！」

「……錢嫂子病了咱們都替她心疼，但是這個日子，她總是出來露個面比較好，不然傳出去恐怕就不好聽了，你說是吧平東？」

「你們大姑心直口快，說的話糙理不糙，你們是晚輩，要多聽聽長輩的話，咱們是過來人……」

宋平東就這樣被一群人圍在中間，你一言、我一語地「好心」提醒著他，縱使他有五張嘴，也說不過這麼多人。

一旁的宋氏在偷偷抹淚，眼中卻飛快劃過一抹精光。

在人群裡不起眼的地方，姚三春一直偷偷注視著宋氏，方才宋氏的一言一行她都看在眼裡，略微思索後，她便想明白了宋氏的目的。

宋氏與錢玉蘭姑嫂關係不好，之前宋巧雲生孩子時兩人還鬧得很不愉快，宋平東和宋平生自然是站在錢玉蘭這邊，所以宋氏以後還想打感情牌在宋家撈錢是不可能了，因此她只能想別的辦法。

今日她一進門就拐彎抹角地指謫錢玉蘭母子的不是，不過是站在道德高點指手畫腳，想借用輿論的壓力打壓他們，這樣一來，宋平東他們處於弱勢，以後宋氏威逼或者利誘張口要錢，都是順理成章的事情。如果錢玉蘭母子不給，宋氏就故技重施在外頭說他們的不是，她一個外嫁的小姑子說的話，還是有很多人信的，而這樣一來，宋家所有人的名聲都會臭了。

所以說，宋氏這一招相當狠辣，就差在臉上明晃晃地寫著：給錢，不然搞臭你！

反正要怪就怪錢玉蘭母子幾個對她摳門，她不得已才這樣做，若是大哥還在世，肯定不會虧待她的。

可宋平東並未想到宋氏彎彎繞繞的心思這麼多，他只是覺得頭大，村裡人問，他還可以打馬虎眼，但宋氏卻不是好打發的。

眼見宋平東被一眾人逼迫得一臉為難，姚三春忍不住站了出來，面露苦色，道：「大姑，咱們都是自家人，原本有些事還是私底下說比較好，但是既然妳都開口問了，咱們還藏著掖著也不像話，所以我就直說了。大姑妳自從爹癱了後就來了那麼一次，所以妳是不知道啊，爹上回中的那毒實在霸道，雖然勉強保住了一條命，但是狀態卻是一天不如一天，最近頭髮已經白了大半，東西都不太吃得下，這點咱們請來照顧爹的四海大叔也知道。爹死了誰都不想看到，但是生死有命，老天爺管著，咱們能有啥辦法呀？」姚三春說著，曲起食指擦了擦眼角，很是傷心的模樣。她心想：呿，不就是作戲嗎？不就是身藏白蓮技能嗎？當誰不會啊？

周圍不少人都點了點頭，黃婆子家那口子吃毒蘑菇把命都吃沒了，可見這毒蘑菇厲害著呢！宋茂山原本都癱了，身子骨廢了，能撐多久誰能知道？

人群中有幾個膽大的，方才進了宋茂山的屋子，自然看到了被褥上的血，以及宋茂山形容枯槁的模樣，確實像是油盡燈枯了。

還有有心人注意到一個重點——宋氏自從宋茂山癱了以來只來過一回？這可就有點說

不過去了！

姚三春將眾人的反應看在眼底，再接再厲道：「至於娘，昨天中午我家平生看到娘的時候，娘摔在地上，腦袋瓜子可是破了拳頭大的洞，差點連命都沒了！傍晚娘她受不住刺激，人又暈過去了，咱們一天就看了兩回大夫，昨晚半夜才回來呢！大夫可是說了，娘傷得很重，心情又差，要養好得靜養一陣子才行，這時候還讓她出來，那不就等於要她的命嗎？」

剛才說錢玉蘭該出來的那人頓時訕訕的，誰知道錢玉蘭居然傷得這般重啊！

「最後關於平文，咱們昨兒個一天都在跑醫館的路上，實在是沒找到人，但是死者為大，咱們肯定要把爹的事情放在最前頭才是啊！」姚三春黑白分明的眼眸輕輕轉動，語氣低緩許多。「我知道各位鄉親父老還有大姑，都是出於關心才會說這些，我們一家子都虛心接受。各位放心，我們一家子之後肯定會儘量把平文找回來，不讓爹走得都不安心。」

姚三春這番場面話說得叫人挑不出錯來，而且她態度好，村裡人都賣她面子，頓時一個個都換了口風。

「……錢嫂子的為人咱們還不清楚嗎？從來都是咱們村最和善、性情最好的人兒了，要是真能起來，她咋可能躺著呢？有些人啊，真是沒事找事！」

「就是！我剛從錢嫂子的屋裡出來，有些人沒看到錢嫂子虛弱成啥樣了，張口閉口都是大道理，一套一套的，也不怕閃了舌頭！」

「平東兄弟的性子我孫青松打包票，人可靠，平日裡把兄弟姊妹看得比自己還重，找不到平文，他肯定比咱們都著急。」

「平生媳婦的人品我也信得過，她可不是啥刻薄人，對鄉親、長輩那都是客客氣氣的……」

眾人你一言、我一語，場面風向很快就變了，一個個開始安慰起姚三春他們了。

宋氏暗地裡差點咬碎了銀牙，袖子下的手捏得發白！幾個呼吸間的功夫，宋氏調整好面部表情，哀哀戚戚地道：「平東、平生媳婦，你們千萬別怪大姑事多！大姑一大早聽到你們爹去了的消息，真的感覺天都塌下來了，我心裡難受啊！」說著握住姚三春的手，眼含熱淚。「我這人就是性子直，今天心裡又難受，要是剛剛說了哪句話讓你們不高興，你們可千萬別放心裡去，啊？」

今天這個場合，大家都是場面人，姚三春也不好跟宋氏嗆聲，只作勢吸了吸鼻子，神色中有幾分委屈地道：「大姑妳是長輩，我們當然不好說什麼，我只求大姑下次說話前先想一想吧，不然其他人聽到誤會了，那可就不好了。」

宋氏擦淚的動作一頓，有些急了。「平生媳婦，妳這話啥意思？是不相信大姑是無心的嗎？難道在妳眼裡，大姑就是這種無理取鬧的人？」

姚三春心想：那可不？少年老白蓮就是妳了！面上卻更委屈了。「大姑，我……我冤枉啊！我哪一句說了妳的不是了？千錯萬錯，當然都是咱們小輩的錯，妳別多想啊！我這人跟大姑妳一樣，就是說話直、嘴巴笨，有時候不太會說話，要是哪一句無心的話惹妳生氣了，妳可千萬多多包涵啊……」

是人總是會偏袒弱勢的一方，再加上姚三春長得俊，又是一個村的，老槐樹村的人紛紛倒戈姚三春這方，看向宋氏的眼神多了幾分別有意味。

宋氏心中氣惱，暗罵姚三春牙尖嘴利，氣煞人也！她磨了磨後槽牙，握著姚三春的手更緊了。「妳這話說的，妳爹待我們孤兒寡母仨恩重如山，妳是宋家兒媳，我感激還來不及，咋可能責怪妳啥呢？唉，說起來妳才嫁過來的時候跟平生一天一吵、三天一架的，可叫我大哥和大嫂操碎了心呢，甚至連我都被妳罵過，但我大哥、大嫂和我可有跟妳計較過？年輕人麼，火氣大是常有的，我們做長輩的能擔待肯定會多擔待些。看妳跟平生如今懂事這麼多，咱們做長輩的也終於能放心了，我真是替我大哥高興啊！」

姚三春目瞪口呆，世上竟然有如此厚顏無恥之人？

宋氏這一番明褒暗貶、連諷帶踩、走嘴不走心、打壓別人抬高自己的話，可真是老白蓮的常規操作啊！

姚三春頓時覺得在白蓮的道路上，自己還有很長的路要走，有很多的老白蓮、小白蓮要打，前路漫漫，道阻且長啊！

不過宋氏拉原主的黑歷史來說事，姚三春一時間還真不知道該怎麼接這話。

不知道什麼時候，宋平生領著宋茂水過來了。

宋茂水依舊兩手背在身後，黑沈著臉，一副不苟言笑的模樣。他站在一旁聽了一會兒後，黑臉更黑了幾分，最後實在沒忍住，在人群中扯著粗啞的嗓子道：「宋金花，今天啥日子，妳在這兒瞎嚷嚷啥呢？別人不知道妳，我還不知道嗎？不就是想在大嫂和平東他們身上撈幾個錢嗎？臉都不要了？我勸妳做個人吧！」

宋氏當即變了臉色，雖然竭力掩飾，但一張臉還是白了又青、青了又紫、紫了又黑，非常有層次。「二哥，你咋能張嘴就胡說八道？你這分明是不讓我做人啊！」宋氏語氣急躁地說完，眼淚就跟下雨似的淌個沒完，好不委屈。

宋茂水不慌不忙，理所當然地道：「哦，那能怎麼辦？村裡人都知道，我這人就是說話直，不好聽也沒辦法！」

宋氏一臉吃了蒼蠅似的表情，偏偏有苦難言。

姚三春忙低頭憋住上揚的嘴角，沒辦法，看到宋氏吃癟，她可太高興了。

宋茂水這一個屎盆子扣下去後，村裡人的想法可就有些微妙了。宋茂水這人的性子如何，村裡人都知道，一板一眼的，性子太耿直、太實誠了，有時候說話確實不太好聽，還挺凶的，但是日久見人心，村裡人都知道宋茂水那叫面冷心熱，人可靠著呢！所以，當宋氏的親二哥說出這番話來，那肯定就八九不離十了。

老槐樹村的村民大多樸實，所以一時間沒把宋氏往壞處想，現在經過宋茂水這麼一說，眾人看宋氏的眼神也就變了。

村裡人心裡不禁想著：果然啊，人都是貪財的！

宋氏想撕了宋茂水的心都有了，但是又怕宋茂水揭露出更多事來，最後只得心不甘、情不願地離開了。

姚三春望著宋氏灰溜溜的背影，心想對付宋氏這種人，果然還得以毒攻毒。

而且因為宋茂水這次的仗義執言，宋氏以後再想來宋家想法子撈錢，恐怕就沒那麼容易了。

宋茂山下葬之後，宋家恢復了正常的生活，錢玉蘭除了養病，其餘時候都在擔憂宋婉兒，對宋平文卻隻字不提，好像真的不在意這個兒子一樣。

如果不是宋平東晚上起夜，聽到錢玉蘭在屋中獨自啜泣，宋平東差點就信了。

但是說來也奇怪，原本按照宋平生他們推測，宋平文這種氣量狹小、睚眥必報的人，是不可能放過宋婉兒的，可時間如水過，轉眼幾個月時間過去，如今已時至秋分了，宋平文竟然從來沒出現過，就彷彿人間蒸發了一樣。

宋平生他們不得不重新評估宋平文這人，或許他比他們想像的還要狡猾得多。

這中間還發生過一件事，就是錢興旺那邊來信提起了一件往事，是關於當年宋茂山拿出錢玉秋刺繡物件的真相，原來那東西竟然是錢玉秋主動提供給宋茂山的。

原因，自然是因為錢玉秋恨錢玉蘭！

她恨錢玉蘭長相出色，才害得她自小就失去父母；害得她被切了手指頭後遭人嘲笑；害得她只能嫁給一個病秧子，然後成了寡婦……一切的一切，都是錢玉蘭那副皮囊惹的禍！

上回錢玉蘭回鄉探親時見過錢玉秋，錢玉秋主動說出了真相，並且當場和錢玉蘭鬧翻，罵得非常難聽。

這件事對錢玉蘭的打擊很大，還好錢興旺一家子都安慰她，後來錢玉蘭也想通了，年輕時長了那麼一張臉不是她的錯，罪魁禍首難道不該是罄竹難書的宋茂山嗎？

話雖如此，錢玉蘭心裡到底是自責的，同時她和錢玉秋的姊妹情大概也就到此為止了。

看完那封信，宋平東他們終於知道為何錢玉蘭探親回來後，偶爾會露出悵然若失的表情，原來原因在此。

知道這事後，宋平東就更心疼自己親娘了。

如今宋茂山去了，宋平文又不知所蹤，宋家大院只剩下錢玉蘭一人，所以宋平東和宋平生商量好，以後兩家輪流照顧錢玉蘭。

如今羅氏的肚子已經大了不少，錢玉蘭便主要待在大兒子家，每日忙著帶帶孫子、做做飯、幹幹活，偶爾去鎮上給二兒子的農藥鋪幫忙，生活雖忙忙碌碌的，她的心情卻反而好了不少，臉上的笑容也多了起來。

沒了宋茂山等人，宋平生和姚三春跑宋家跑得更勤了，兩房人經常湊在一起吃飯，人多熱鬧，也免得錢玉蘭胡思亂想。

都說時間是最好的良藥，幾個月時間過去後，可能是錢玉蘭想開了許多，兩個兒子也不大讓她幹重活，又每天吃得好、穿得暖，所以如今錢玉蘭的精神是越發好了，頭髮裡新生的黑髮便是證明。

錢玉蘭的精神越來越好，宋平文沒再出現，宋婉兒也安心在郭家養胎，生活似乎朝著更好的方向在發展。

也就在這時候，姚小蓮出嫁的日子快到了。

經過大半年的鍛鍊，孫吉祥已經能在農藥鋪獨當一面，宋平東和錢玉蘭也能幫宋平生監管農藥廠房，於是宴請賓客後，姚三春夫妻便提前帶著姚小蓮上路了。

牛頭鎮聚福客棧，姚小蓮出嫁的前一晚。

姚三春一人敲開姚小蓮的門進去，燭光下，突然發現姚小蓮的眼尾有些紅，她不由得眼帶探究地望過去。

姚小蓮被看得露出幾絲羞赧，眼珠子左右轉動，就是不敢和姚三春對視。

姚三春眼坐下來單手托腮，對著姚小蓮的臉思索片刻後，突然開口，語出驚人。「小蓮啊，看妳精神懨懨的樣子，是不是……突然又不想嫁給許成了？」

姚小蓮的眼睛瞬間睜得溜圓。

姚三春黑白分明的眼閃爍著光芒，神秘兮兮地道：「妳別怕，如果妳現在想悔婚，我不會怪妳的！畢竟成親是一輩子的大事，如果妳現在就後悔了，以後幾十年還怎麼過啊？人一輩子就幾十年，不能勉強，對吧？所以妳想悔婚就悔吧，我跟平生給妳扛著。」

姚小蓮反應過來，哭笑不得。「姊，妳想哪兒去了？我沒有要悔婚！」

姚三春更覺奇怪了，湊近幾分，與姚小蓮發紅的眼睛對視。「那妳眼睛怎麼紅的？肯定哭過啊！難不成是……婚前恐懼症？」

姚小蓮不知道她姊怎麼會想出這種奇奇怪怪的詞語，但是她跟姚三春從來不隱瞞什麼，所以遲疑了一下後，還是垂著眸子點點頭。「差不多……」

姚三春乾脆跟姚小蓮胳膊碰胳膊靠在一起，耐心問道：「這裡沒別人，妳跟我說說，心裡也好受些。」

姚小蓮兩隻腳不安地挪了兩下，鬆開輕咬的唇瓣，聲如蚊蚋。「姊，我就是……就是一想到嫁人，想到以後就我一個人待在這兒，我就有些害怕……」

姚三春的聲音與眼神都無比輕柔。「害怕什麼呢？」

姚小蓮半垂的眼睛無措地眨了眨。「我怕嫁錯了人，怕許成以後對我不好，我還怕……怕被人欺負了，我都沒處去……」最後一句話，她的聲音都有些變調了。說完，她的頭垂得更低了，情緒相當低落。

姚三春明顯愣了一下，在她眼裡，成親本是一件很開心的事情，所以壓根兒沒想到姚小蓮會為了這事憂慮。

可想想又覺得情有可原，姚小蓮在那樣的家庭長大，被至親之人反覆傷害，對人性恐怕都失望了，所以對很多事都習慣抱以悲觀的想法。

對於這樣的姚小蓮，姚三春不由得心疼。

姚三春想到自己，不管是上輩子還是這輩子，她好像都足夠幸運、足夠幸福，因為有人一直滿滿地愛著她。

人好像就是這樣，如果能得到充足的愛，就能全心全意地愛別人，縱使被傷害了也能一笑而過。可是對於缺愛的人，他們的愛小心翼翼的，最害怕的事便是被傷害……

姚三春的思緒拉遠了，許久都沒說話。

姚小蓮用胳膊肘敲敲她的胳膊。「姊，妳咋不說話了？」

姚三春這才拉回思緒，清了清嗓子。「明天就是妳的大喜日子，就該高高興興的，胡思亂想什麼呢？」她坐直了身子，接著道：「本來妳大喜的日子要到了，有些話不該說的，但是看妳愁這愁那的，我就直說了吧！萬一……我是說萬一啊，萬一妳在牛頭鎮這邊受委屈了，真的覺得過不下去了，那妳也別委屈自己，直接和離！回村後有我跟妳姊夫幫襯著，妳在農藥廠房幹活還養不活自己嗎？妳想想，妳會磨農藥、會做燒烤，完全可以賺錢養活自己，就算離開男人照樣能過得很好，幹啥要委屈自己，對吧？」

姚小蓮目瞪口呆，半天才找回自己的舌頭，呆呆地道：「姊……妳說笑的吧？都成親了，咋還能隨便和離呢？外人知道了還不曉得咋說妳呢！」

姚三春諄諄教導道：「當然不是隨便和離，而是日子實在過不下去了，那妳還不和離幹麼？留著男人過年呢？」

姚小蓮偷偷瞥了眼姚三春，嘴巴動了兩下，不知道嘟囔著什麼，臉色還有點怪異。

姚三春拉直唇線瞪她。「想說啥直說！」

姚小蓮悄悄拉開一點距離，縮了縮肩膀，這才道：「我是說，當初姊妳跟姊夫的日子也過不下去了，妳咋不和離呢？」

姚三春眉頭輕挑，笑道：「小丫頭，嘴皮子見長啊！妳姊夫跟其他男人能一樣嗎？」

姚小蓮小心翼翼地問：「哪裡不一樣？」

姚三春拍桌，說得那叫一個理直氣壯、理所當然。「妳姊夫長得俊啊！」

姚小蓮霎時噎住，一口氣差點沒提上來。

姚三春摟住她的肩，非常豪氣干雲地道：「妳別管這些，總之，妳還有姊姊跟姊夫做退路，怕什麼？大不了我跟妳姊夫再努力多賺點錢，以後給妳招婿，妳想要啥樣的，我就給妳招啥樣的！怎麼樣，夠意思吧？哈哈哈……」

姚小蓮的表情實在一言難盡。可是她不知道想到什麼，眼睛眨呀眨的，然後不期然地撲進姚三春懷裡，兩隻胳膊把姚三春的脖子摟得死緊。

姚三春先是愣然，低頭看去時，就見懷裡的人後背輕顫著。

「……姊，在這世上，妳是待我最好的人，其實我……我只是有點捨不得妳！」她吸了吸鼻子，再道：「姊，妳照顧我這麼多，可是我卻不知道該為妳做啥……」

姚三春微微側過頭，她看不清少女此刻是什麼表情，但是她的心情既酸澀又滿足。她拍著懷裡人的後背，柔聲道：「妳把自己照顧好，別讓我擔心，就可以了。」

姚小蓮閉上眼，不住地點頭。「我保證！」

姚小蓮出嫁這日豔陽高照，是個十分好的天氣，連帶著姚三春的心情都好了不少，因為她迷信地覺得這是姚小蓮婚姻幸福的好兆頭。

送嫁時，姚三春看到許成對著姚小蓮時發光的眼睛，以及姚小蓮紅撲撲的臉蛋，她心裡湧出許多感慨。

當晚姚三春夫妻回到客棧，姚三春躺在床上翻來覆去。

宋平生從後背摟著她，線條流暢的下巴擱在她肩頭上。「一天都情緒不高，捨不得小蓮？」

姚三春悶悶地道：「突然少了一個人，我只是不習慣而已。每個人都有自己的人生，聚聚散散都是緣分。」

話雖如此，姚三春的眼睛還是有幾分酸澀，因為她深知此次一別，下次再見面就不知道是什麼時候了。

牛頭鎮到瓦溝鎮路途遙遠，來回路費也要不少，而且許成家也有自己的事情，姚小蓮過年都不一定能回來一次。正是因為知道這點，所以姚三春才不是滋味。

感情都是處出來的，姚小蓮懂事又惹人疼，還那麼依賴自己，姚三春又怎麼能對離別處之泰然？

姚三春望著窗前不太明亮的月光，發出一聲低低的嘆息。

解決完姚小蓮的人生大事後，姚三春沒有要惦記的事情，宋平生又是那種媳婦不餓，全家吃飽的人，所以餘下的日子裡夫妻倆就全力發展事業，閒暇時候看看書、練練字、釣釣魚，日子過得很充實。

一轉眼，錢玉蘭的生辰之日到了。

錢玉蘭從嫁到老槐樹村的二十多年來，就從未過過一次像樣的生日，一是她和宋平東他們手中都沒有錢，二來宋茂山不給辦，因為覺得根本沒必要吧。

以前在錢玉蘭生辰這日，宋平東最多只能偷偷給自己親娘煮兩個雞蛋。

所以在宋茂山去世後，錢玉蘭的第一個生辰日，宋平生和宋平東便準備給錢玉蘭過一個像樣的生辰。

這日中午，大房、二房、高家一家子、孫吉祥和黃玉鳳，全部都來宋家湊熱鬧。

可笑的是，宋平生原本只叫宋巧雲夫妻回來吃頓飯，誰知宋氏竟然覥著臉過來，而且還是一家子都來了。

至於宋婉兒，錢玉蘭寧願她在郭家待著，萬一出門被宋平文逮到，豈不是糟了？

時隔幾個月，宋氏再次踏足宋家，看到錢玉蘭他們就跟沒事人一樣，該熱情就熱情、該說笑就說笑，彷彿那日的針鋒相對從沒發生過一般。

對此，姚三春只能在心裡誇一句：論臉皮，宋氏恐怕從來沒怕過誰，真是快厚出朵花兒來了！

但是今日是錢玉蘭的生辰，宋家人只想給錢玉蘭好好過生辰，不想鬧什麼么蛾子。中午的飯菜非常豐盛，又因為有孫吉祥這個話嘮在，宋平東兄弟今日話也格外多，所以一桌上根本沒給宋氏說話的機會。

飯後，方桌上，錢玉蘭同宋氏作為唯二的長輩，自然是坐在一起。

宋氏坐在錢玉蘭身側，餘光一直在錢玉蘭母子幾個身上打轉，心裡計較著該怎麼跟錢玉蘭開口，說什麼話可以緩和關係？

從宋茂山過世後，幾個月過去了，宋氏再沒來過宋家，宋平東他們對她又愛理不理的，這些冷遇足夠讓宋氏冷靜下來——大哥去了，這個宋家再也不是任她予取予求的地方了！但宋家是塊肥肉，她要是跟宋家徹底決裂，那她不是傻子嗎？

至於幾個月前發生的事……反正只要時間過得久，有什麼事過不去？大家都是親戚嘛！

宋氏想得倒是美，她正準備開口說話，這時候孫青松突然急匆匆地跑過來，額頭都滲出一層薄汗了。

「錢嬸子、平生，你們趕快去郭家看看吧！我媳婦剛從鎮上回來，聽鎮上的人說，有個差去了郭家，好像是婉兒她出事了！」
錢玉蘭頓時大驚失色，方才臉上的那點喜氣一瞬間化為蒼白，她急急忙忙過去抓住孫青松問：「青松，你說清楚點！婉兒……婉兒她出啥事了？」
宋平東他們也跟著圍上前，目不轉睛地等孫青松的回答。
孫青松一拍大腿。「具體的情況我們也不清楚啊！我媳婦就聽鎮上的人說，郭家二媳婦被人傷了！」
錢玉蘭就如那熱鍋上的螞蟻，是一刻也待不下去了，轉頭一把抓住宋平生，神色惶惶地道：「平生，快，快！快帶我去鎮上！」
宋平生回家取馬車的功夫，宋氏乘機黏上錢玉蘭，挽起她的手安慰道：「大嫂，妳別急，婉兒吉人自有天相，肯定不會有事的。」
錢玉蘭只扭頭看了她一眼，而後繼續望眼欲穿地盯著姚三春家的方向，完全沒有搭理宋氏的意思。
宋氏暗地裡簡直快咬碎了銀牙。
這個時候，宋家人也沒誰有心思搭理宋氏。
宋平生甫一停下馬車，錢玉蘭、姚三春、宋平東就先後坐上馬車，宋平生一甩韁繩，馬車就「骨碌骨碌」地跑開了。
宋氏張著嘴巴，正想說「能不能捎我一段，我最近腿腳不太好」，誰知宋平生根本沒給她開口的機會。

宋氏氣得要死，心裡巴不得宋婉兒出事算了！

從老槐樹村到鎮上的這一路，錢玉蘭焦急得坐立不安。姚三春心知錢玉蘭一方面是擔心宋婉兒，另一方面恐怕也是怕宋平文走上了不歸路。一路上，眾人各懷心思，幾乎沒人說話。

馬車的速度飛快，宋平生用比平常更短的時間到達了鎮上。待抵達郭家門口，馬車尚未停穩，錢玉蘭便急不可耐地跳下去，差點崴了腳。但是錢玉蘭一點都不在乎，一陣風似地跑過去敲門。

沒一會兒，郭家大門開出一條縫，只有一隻眼睛露出來，對方打量了好一會兒，才終於開門讓他們進入。

錢玉蘭迫不及待地想知道宋婉兒的情況，因此直接開口問郭家的家僕。「小哥，我女兒出啥事了？她傷到哪裡了？嚴不嚴重？」

家僕的面色頓時透出幾分怪異。「傷到哪兒？宋二少夫人她沒傷，反而是郭二少夫人受傷了。」

家僕這話非但沒能安慰到錢玉蘭，反而讓她的心跳莫名加快。

宋平東抓住家僕的胳膊問道：「這到底是怎麼回事？」

家僕皺眉，從宋平東手中抽開手。「宋大爺，這事咱們做下人的不太清楚，您還是直接問宋二少夫人比較好。」說完敷衍地一弓腰，然後加快腳步在前頭引路。

宋平生的眉頭越皺越深，這郭家家僕待他們宋家人的態度尚且如此敷衍，宋婉兒在郭家的地位可見一斑。

一行人很快到達郭家前廳，此時前廳裡有不少人，除卻郭聞才一家子外，還有好幾位生面孔。

這幾位陌生人看到宋家一家時本沒有過多關注，可在鄧氏小聲說了幾句話之後，他們的臉色當即就變了，全都面露氣勢洶洶的質問之色。

一位肚皮圓潤、白白胖胖的中年男人率先發聲。他一掌拍在桌面，目露凶意，兩撇鬍子狠狠一抖。「你們宋家人竟然還有臉來？好好好，既然你們來了，今天不給我家玉瑩跪下來賠罪，你們一家子就別想出去！」

胖男人身旁的中年婦人厲眼射過來，也附和著道：「對！大夫說咱們家玉瑩的手臂差一點就廢了，以後恐怕都不能久用。我女兒好好的一個姑娘，從小嬌生慣養的，何曾受到這麼大的委屈？你們宋家必須下跪道歉！」

宋家人雲裡霧裡還搞不清狀況，就被鄧玉瑩的父母迎頭痛罵，所有人臉色都不太好看。但是看鄧父及鄧母這般氣勢凌人的態度，加之穿著打扮不一般，一時間還真能唬人。

這時候，只有宋平生和姚三春面色如常。

宋平生向前一步，朝郭聞才夫婦作揖，不卑不亢地道：「郭叔、郭嬸，咱們還未得知具體發生了什麼事，只是村中鄉親在鎮上聽到三言兩語，這一大家子便丟下一堆活兒跑過來，還望二位長輩說一下到底發生了何事？」

郭聞才不冷不熱地扯了扯唇角，扭頭把目光投向妻子鄧氏。

鄧氏的臉色跟鄧玉瑩父母差不多，都拉長了黑臉，語氣很冷。「有什麼好說的？就是你們家瘋子宋平文花錢雇人闖進咱家要殺宋婉兒，而宋婉兒竟然恬不知恥地拉玉瑩出來擋在前頭，結果玉瑩的胳膊被劃了道老大的口子，流了一地的血，半條命差點就沒了，宋婉兒卻還好好當當的！」

鄧母抱著胳膊，發紅的眼睛裝著厲色。「你們說，你們宋家把我家玉瑩害成這樣，你們是不是該下跪道歉？」

錢玉蘭還處於震驚當中，但是聽鄧母這麼說，她想都沒想就反駁道：「鄧夫人，其中肯定有誤會，我家婉兒不是這種人！」

宋平東上前站到錢玉蘭身旁，附和道：「我娘說得是，婉兒絕對不是這種人，其中必然有什麼誤會！」

鄧父不耐地揮手。「什麼誤會不誤會的？我家玉瑩跟你們家宋平文無冤無仇的，我家玉瑩總不會是自己跑上前去送死的吧？依我看，分明是你們宋家敢做不敢當！你們跟宋平文真不愧是一家人，一家子都上不得檯面，一肚子壞水！」

來。

鄧父、鄧母與鄧氏三人的眼睛均不善地盯著宋家一家子，恨不得在他們身上戳出個洞

宋家一家子的臉色同樣好不了多少。

宋平生皺著眉頭，直面鄧父。「如果您不介意，我就冒昧地喊您一句鄧叔。鄧叔，在事情的來龍去脈還沒搞清楚之前，您和嬸子就對咱們一家口出惡言，是否不太妥當？」

鄧父上下打量著宋平生，隨即冷哼一聲。「還有什麼沒說清楚的？我看你們就是抵死不想承認，所以乾脆耍賴是吧？」

宋平生眼含厲光，聲音鏗鏘有力。「我們一家子總要先見著婉兒還有鄧小姐，把事情始末問個清楚，再作決定吧？如果確實是婉兒有錯，我們會帶上婉兒一同道歉；如果是鄧小姐挺身而出，我們自然也會致謝。至於宋平文……」宋平生頓住，餘光投向錢玉蘭。「宋平文傷害到鄧小姐，鄧小姐的醫藥費我們宋家會負責，直至鄧小姐的手臂康復。在此順便提一句，我娘已經同宋平文斷絕母子關係，我們兄弟也就當沒這個兄弟。他傷人在先，如果你們要告官抓他，請隨意。」

錢玉蘭和宋平東俱是震驚地看向他。

錢玉蘭一時間接受不了，頻頻望向宋平生，又因為場合不對，不好出口質問。

可宋平東想通後便冷靜下來了。如果宋平文被抓進大牢，這或許是壞辦法中最好的辦法。他進了大牢，那他就不能出來傷害宋婉兒，他們宋家或許能得到一陣子的安寧，且宋平

文受到懲罰後，或許還能迷途知返？

宋家人計劃得很好，卻被鄧母一聲冷笑否決了。「可拉倒吧！我們鄧家缺那點銀子嗎？你們還是拿去打發叫花子去吧！我明明白白告訴你們，我們鄧家就要你們宋家人跪下來道歉！懂了嗎？」說完，一記輕蔑的眼神掃過宋平生他們所有人。

姚三春簡直快氣笑了，她算是看出來了，鄧母氣他們宋家人不假，可這憤怒中還夾雜著不屑，簡而言之就是瞧不起他們幾個鄉下泥腿子。

親人受傷這種事若是放在平常人家，受害者一方多是要足夠的賠償、要真誠的道歉，這些都是正常，可曾有幾家張口就居高臨下地讓人下跪的？且張口就說別人家的賠償金是打發叫花子的？不客氣一點地說，就鄧家父母這樣居高臨下、咄咄逼人的受害者態度，姚三春不但不想掏錢，甚至還想反手給他們夫妻一人一個耳刮子，讓他們知道做人還是不要太囂張的好！

畢竟，不論是誰的錯，這事總不是姚三春他們夫妻的錯，憑什麼要受這個鳥氣？

所以姚三春看向鄧家人的眼神也變了，變得不那麼客氣。

就在前廳氣氛劍拔弩張之時，門外突然傳來一聲虛弱的女聲——

「爹、娘，你們錯怪婉兒妹妹了……」

在座眾人不約而同地看向門口，就見郭浩然小心翼翼地扶著臉色蒼白的鄧玉瑩，緩慢走來。

鄧母忙走上前抓著鄧玉瑩，來回打量，激動地道：「玉瑩，妳終於醒了！我跟妳爹他們可擔心死了！」

鄧玉瑩虛弱地笑了笑。「娘，女兒讓你們擔心了……」目光轉向鄧父他們。「但是爹、娘，我受傷真的不是婉兒妹妹害的，當時是我自己衝上前去擋了一刀……」

鄧母他們一聲驚呼，捂住嘴巴。「玉瑩，妳說什麼傻話呢？人家要對付的是宋婉兒，妳好端端的為什麼要衝上去？」

鄧母他們是一萬個不相信、一萬個看不懂。

郭浩然面露尷尬之色，微垂著頭道：「爹、娘，對不住，玉瑩是擔心我的孩子受傷，才會衝上前……」

鄧母頓時一拳頭砸在鄧玉瑩的肩頭，怒其不爭。「妳這個傻丫頭！妳以為自己有幾條命啊？妳要是有個三長兩短，我跟妳爹怎麼辦哪？」

一時間，鄧家人和郭家人湊在一起，或哭或罵，彷彿忘記了宋家人的存在。

姚三春忍不住頻頻望向鄧玉瑩，這姑娘到底是真善良，還是腦子不同於平常人？竟然心甘情願替情敵擋刀子？這真不是一般人能幹得出來的事啊！

# 第三十章

郭、鄧兩家親密地說著話，宋平生他們則被晾在一邊。

這時候，開門的家僕再次進來，說是宋婉兒讓他把錢玉蘭他們叫過去說話。

出於禮貌，宋平生他們離開前同主人家郭家支會了一聲，但是鄧氏他們連一個眼神都沒給，當真是一點臉面都不留。

也就宋平生和姚三春想得開，沒太在意，錢玉蘭和宋平東則氣得臉皮繃得死緊，顯然覺得很受屈辱，但是他們偏偏沒立場說什麼。

因為對於郭家來說，宋婉兒的親事是騙來的，害得自家親姪女受委屈，如今親姪女還被宋家人傷到手臂，肯定是把宋家人都恨透了！

宋平生一群人一路無話地跟著郭家家僕來到宋婉兒的屋中，才發現宋婉兒已經不住在原來的婚房，而是住在郭家的客房中。

因為郭、宋兩家關係鬧得僵，錢玉蘭已許久沒來過郭家，如今見小女兒過得委屈，錢玉蘭的心就跟被針扎似的，泛起一片密密痲痲的疼。

待她進去宋婉兒的屋子，見到宋婉兒呆坐在窗戶邊，一臉的失魂落魄，錢玉蘭鼻尖一酸，眼淚就不爭氣地掉了下來。

她加快腳步走過去，確認宋婉兒沒受傷後，一把摟住宋婉兒哭道：「妳說妳咋這麼傻？這個郭家還有啥好待的？他家雖大，哪裡有妳的容身之處？早知道……當初我就不該讓妳跟著郭浩然回來！」

宋婉兒呆呆的，任由錢玉蘭摟著都沒有反應，只有兩行清淚無聲滾落。

宋平生兄弟倆一左一右地拉住錢玉蘭。

姚三春在一旁勸道：「娘，婉兒懷著身子，不能太傷心，對孩子不好。咱們還是先問問到底發生什麼事吧？」

錢玉蘭想起宋婉兒的肚子，用手擦了兩把眼淚，啞聲道：「對，婉兒，妳快說說，今天到底是怎麼回事？」

宋婉兒垂著眼，眨眨眼皮子，兩顆眼淚一路滑到下巴掛著，帶著哭腔的聲音道：「今天有一個送柴禾的來郭家，我在院子裡跟他碰上，結果他突然從柴禾裡抽出一把砍柴刀要砍我，當時鄧玉瑩跑過來替我擋了這一刀，還好浩然跟他大哥剛好路過，然後送柴禾的就被他們兄弟倆制止住了。這人沒有任何隱瞞，直接說是宋平文讓他過來殺我的，反正他得病都快死了，就想賺點錢留給妻兒。」

長久的沈默後，錢玉蘭捂住臉，聲音帶著冷顫。「我就知道……他跟他爹是一個樣的，根本沒有人性……」

宋平東安慰錢玉蘭，同時咬牙切齒道：「說他腦袋瓜子聰明，他盡用在歪路上！花錢請人幫他動手，他自己人還不知道在哪個耗子洞裡躲著，這可咋辦啊？」
宋平生和姚三春同樣愁眉緊鎖，現今的宋平文就是一顆毒瘤，偏偏這顆毒瘤還狡詐得很，你不知道他躲在什麼地方，也不知道他什麼時候會突然發動攻擊，實在叫人提心吊膽。
一時間，宋家眾人再次愁禿了頭。
「娘，你們不用擔心了。」宋婉兒突然幽幽地道。「因為再過一陣子，宋平文就會成為衙門通緝的罪犯，到時候他要麼逃得遠遠的，要麼被抓進大牢，再也不能害人了。」
四雙眼睛整齊劃一地看向宋婉兒的方向。
「婉兒……」錢玉蘭吞了口唾沫，不自覺地抓住宋婉兒的手腕。「婉兒，妳這是啥意思？衙門要抓他？」
宋婉兒與錢玉蘭對視，從前大而圓的杏仁眼沒有一絲光彩，忽地，她淒然一笑。「我跟鄧玉瑩做了一筆交易，我離開郭家，她讓她家做官的親戚幫忙抓宋平文。」
「什麼?!」宋平東一聲驚呼，兩步跨上前把宋婉兒從凳子上抓提起來，目光往下瞪她。「宋婉兒！妳到底是怎麼回事？當初說要留在郭家的是妳，現在要離開的也是妳，可是妳有沒有為妳肚子裡的孩子考慮好？」
宋婉兒無力地拂去宋平東的手，臉上露出一抹虛弱的笑容，可是神情卻是那樣的淒涼。
「浩然他娘偷偷找大夫給我看過了，說是個姑娘，所以浩然的爹娘根本不在乎這個孫女。至於浩然……他說過，不管我懷的是兒子還是女兒，我都可以帶走，並且該給的錢他不會少給。」說到這兒，宋婉兒心裡有苦澀蔓延。說到底，郭浩然根本不在乎，不在乎她這個沒有感情的妻子，更不在乎她肚子裡這個不被期待的孩子。他所做的一切決定看似那樣體貼、善良，但卻體貼得太冷靜，善良得太無情……

姚三春的目光緊緊攫住宋婉兒的。「婉兒，妳為什麼突然改變想法？之前妳不是說要給孩子一個完整的家嗎？」

宋婉兒一手放在隆起的肚皮上，低垂的頭讓人看不清表情。「鄧玉瑩救了我還有孩子，如果不是她，我跟孩子可能已經沒了……同作為女人，鄧玉瑩怎麼可能忍得住和丈夫之間還有旁人？她容不下我也是人之常情。但是她救了我的命，這是我欠她的，我沒有什麼能報答的，只能離開郭家，讓她如願以償。更何況，她還答應幫我抓住宋平文。」

這段三人的關係裡，沒有誰好受過。

姚三春聽宋婉兒用極度平靜的語氣說著扎心的話語，同作為女人，她心底也不由得泛起幾絲莫名的酸澀。

可能對於女人來說，真是「情」字最傷人。

屋裡眾人，要論最冷靜的非宋平生莫屬。他沒輕易作出決斷，只不置可否地道：「宋婉兒，妳真想好了？一個女人帶著孩子，村子裡的閒言碎語不會少，而且以後的日子還長，一個女人要養大孩子絕對不容易，妳別現在腦子一熱，事後又反悔了。如果妳真的決定和離，娘還有大哥是不會不管妳，但是妳已經不是小孩子了，娘他們不可能照顧妳一輩子的，妳總有一天要自己立起來！更甚者，娘為妳操勞了半輩子，大哥也一直照顧妳，他們不求妳報答什麼，但妳總不能一直心安理得地給他們添麻煩吧？」

錢玉蘭偷偷扯了下宋平生的衣服，想阻止他。

宋平生的眉頭都沒動一下，繼續冷冰冰地道：「還有，離開了郭浩然，以後有什麼打算？自己以後靠什麼生活？怎麼撫養這個孩子？是改嫁還是一個人過？這些妳都該想想，別上下嘴皮子一碰，說和離就和離，後頭的事情完全一抹黑！難不成還指望別人照顧妳一輩子嗎？」頓了頓，最後道：「宋婉兒，在這世上，靠山山會倒，靠人人會跑，人最終能靠的只有自己。我言盡於此。」宋平生這番話可謂絲毫不留面子。

方才還陷在悲傷情緒中的宋婉兒突然被她最怕的二哥這麼狠狠地教訓了一頓，反而暫時忘記難過，而是被訓斥得臉色泛紅，內心侷促不安。

宋平東左右看了看，忙出來調和。「婉兒，妳二哥說這話是不太好聽，但是話糙理不糙。如果妳真的願意離開郭家，以後怎麼過，妳得好好想想。等妳以後當了娘，妳身上的擔子就更重了，而且妳也不是孩子了，萬事得有自己的章程。」

半晌後，宋婉兒小心翼翼地瞅了瞅姚三春，結結巴巴地道：「我、我可以跟著二嫂學磨製農藥，去山上挖五加皮，我還會跟娘一起下地幹活，我不會給娘還有大哥添麻煩的……我、我一定會把孩子好好撫養長大！」宋婉兒說著，原本灰暗的眼睛慢慢亮起兩簇光，多了幾分生氣，比方才要死不活的樣子要好得多。

宋婉兒一手覆於肚皮上，神情逐漸變得堅定。再過幾個月，她就要當娘了，她不再是小孩子了，她要承擔起當娘的責任，她不能再任性，不能再軟弱，她得變成孩子可以放心依靠的母親。

宋平生將她的表情變化看在眼裡，對她的態度暫且滿意，更多的還要看她以後的表現。他臉皮子鬆了鬆，但說話還是硬邦邦的。「那便暫且這樣吧。如果以後妳做得不夠好，我跟大哥他們會督促妳，教妳什麼叫責任。」

宋婉兒杏仁眼瞪得老大，差點就直接哭了。她都這麼難過了，為什麼她二哥還是這副冷冰冰的冷酷樣子？

見宋平生鬆口了，錢玉蘭和宋平東都偷偷鬆了口氣。不知為何，這般板著臉不苟言笑的宋平生，真的給他們帶來不小的壓迫力，讓他們不由自主地聽從他的。

宋平東僵硬的臉緩和了些許，湊上去跟宋婉兒說話。「既然如此，婉兒，妳啥時候收拾好？乾脆現在就跟咱們一起回去得了，省得待在他們郭家看人臉色。」因為宋婉兒如今的遭遇，宋平東心疼不已，難得和顏悅色地同她說話，甚至隱隱希望宋婉兒現在就回家。

宋平東不是那種迂腐的大哥，在他眼裡，兄弟姊妹的日子過得好才是真的，如今宋婉兒在郭家過得就不好，他巴不得宋婉兒離開郭浩然。

他不能保證以後能讓宋婉兒母女過上多好的日子，但是他再勤快點，給她們母女倆掙兩口吃的還是做得到的。

雖然他家跟婉兒之間還有齟齬，但是面對外人的時候，他們還是一家人。

宋婉兒用手擦了擦臉，猶豫著道：「我想，還是等孩子生了再回去吧？不然我怕村裡人胡說八道。」

宋平東想想覺得也是，孩子還是在郭家出生最為穩妥。如果是和離後在娘家生孩子，外人肯定會胡亂猜測婉兒肚子裡的孩子是不是郭浩然的？說不定還會猜測婉兒是跟其他男人有染，所以被郭家休棄了。

因而，在宋婉兒生下孩子之前，最好不要回村，這對宋、郭兩家都是最好的選擇，不然傳出去，兩家臉面都不好看。

錢玉蘭早就想到了這一層，她這些年經歷過太多，如今到了這個地步，她反而能很快地收拾好情緒。她一手拍拍宋婉兒的手背，安慰道：「婉兒，妳暫且忍一忍，娘會經常來看妳，等妳把孩子生下來後，咱們就回家。」

宋婉兒眼底似有淚光閃動，隨後，她重重一點頭，擠出一抹笑。「好！」

這時候，宋平生突然出聲了。「既然決定分開了，就不要拖泥帶水，省得多生事端。」說著，目光轉向錢玉蘭。「娘，我不是把農藥鋪後面的院子買下了嗎？咱們趁今天晚上就把婉兒送過去，您也住過去，方便照顧她，對外我就說您是過來幫我看鋪子的。如今婉兒的肚子大了，平時又不出門，村裡人誰知道婉兒到底住哪兒？」

錢玉蘭他們聞言，眼睛一亮。這倒是一個好辦法，既不用惹閒話，婉兒又不用在郭家受氣。

宋平東忙道：「娘，咱們就這麼做吧！如果婉兒一直在郭家待下去，天天心情不好，肯定會影響孩子，還是搬出來的好。再說，不管誰照顧婉兒，哪裡有您這個親娘照顧得好？至於二狗子他娘那兒妳也不用擔心，岳母他們早就想小玉回去多住一陣子了。」

錢玉蘭把目光轉向宋婉兒。「婉兒？」

宋婉兒的眸光暗了暗，幾個深呼吸後再抬首，道：「那就要給二哥、二嫂，還有娘你們添麻煩了。」

宋平生微抬眉梢，沒說什麼。

錢玉蘭再次抱住宋婉兒，激動得眼含熱淚。

正是因為自己經歷過太多苦難，所以錢玉蘭捨不得看到孩子經歷太多磨難，她就怕孩子們過得像她那般慘。

如今宋婉兒自己看開，錢玉蘭真恨不得跑去廟裡燒香，真是佛祖保佑！

今天來一趟郭家，宋家人是提心吊膽地趕過來，沒想到結局並沒有那麼糟，宋婉兒願意離開郭家，這於真正關心宋婉兒的人來說，反而是好事。

臨到離開的時候，姚三春突然想到一件事。「娘、大哥，既然郭家人願意讓婉兒帶走孩子，那咱們是不是讓郭家立一個字據比較好？省得以後兩家再扯皮。你們覺得呢？」

反正在社會主義接班人姚三春看來，郭家人找的大夫光靠雙眼，是不可能看出來宋婉兒肚子裡孩子的性別的。郭聞才及鄧氏夫婦對孫女看不上眼，可假如宋婉兒到時生的是兒子呢？又或者，萬一鄧玉瑩之後生的都是女兒呢？

若真如此，她可以肯定郭家絕對會跟宋婉兒搶孩子的。

為了防患未然，姚三春覺得還是訂立書面協議較穩妥。

不是她把郭家人想得太齷齪，而是郭家人完全做得出來這種事。

在郭家人看來，他們宋家人不過就是可以隨意欺辱的鄉下泥腿子罷了，幾乎不用放在眼裡，且宋婉兒肚子裡的孩子始終姓郭。

姚三春並不覺得屆時郭浩然能以一己之力，阻攔鄧氏夫婦搶孫子的手段。

經姚三春這麼一提，錢玉蘭他們神色一凜。

「對對對！」錢玉蘭忙不迭地點頭。「咱們還是謹慎些的好，省得以後憂心。」

宋平東也表示同意。

這時候，宋婉兒卻猶豫了。「可是……」

「可是什麼？難不成妳不怕孩子被郭家搶走？」錢玉蘭急道。

「可是娘，我怕啊！我怕孩子長大了會怨我。原本她可以在郭家過上好日子的，卻要跟著我吃苦……」宋婉兒緊緊攥住胸口的衣裳，神情糾結地說道。

也是在這個時候，錢玉蘭和宋平東他們才真真切切地感受到宋婉兒長大了，知道考慮方方面面的事情，而不是像從前那般莽撞，做事不顧後果。

只是，宋婉兒成長的代價，實在慘痛。

錢玉蘭冷靜下來後，用有力的聲音道：「婉兒，是郭家人嫌棄這個孩子是閨女在先，妳辛辛苦苦把孩子養大，別人都可以說妳的不是，就這個孩子沒立場怨妳！妳想想，郭浩然的爹娘不稀罕孫女，郭浩然他心裡又只有那個表妹，如果妳把孩子留在郭家，以後鄧玉瑩也有了孩子後，郭家還有誰會真的對孩子好？妳以為一個沒了娘的孩子，在這兒能過什麼好日子嗎？」

宋平東附和道：「就是！這世上沒有誰會比做母親的更愛孩子了。妳就把心放平坦，去妳二哥家的鋪子裡安心養胎，其他亂七八糟的事都別想了，對孩子不好。」

有母親和兄長的支持與開解，宋婉兒的心緒逐漸安穩下來，心裡突然感受到久違的安心。這就是家人的力量吧？

既然事情已定，錢玉蘭和姚三春便留下幫忙收拾東西，而宋平生兄弟則徑直去找郭浩然拿和離書和關於孩子歸屬權的一紙契約，一家人行動非常迅速。

郭浩然從屋裡出來後，第一句就聽宋平東說要和離書，還有孩子歸宋婉兒的契約書。

雖說他知道玉瑩和宋婉兒已經達成某個共識，但是怎麼也想不到宋家人的動作會這麼快。

而且他原本是打算等宋婉兒把孩子生下來，把月子坐完，並把身體調養好，再放宋婉兒離開的，這樣或許能讓宋婉兒好受些，誰知最後竟然是這般的結果。

不過，如果這是宋婉兒想要的，他便如她所願。

更甚者，在他內心深處未必沒有一絲慶幸。因為宋婉兒以及她肚子裡孩子的存在，他和表妹近來的關係很緊繃，彼此都不好受。

郭浩然沒有太多猶豫，很快便寫好一封和離書，隨後又寫好契約書。

宋平東將新鮮出爐的兩張紙小心揣進懷裡，然後便跟錢玉蘭他們回村收拾東西，只等到晚上再把宋婉兒接去鋪子裡。

晚上天色黑了後，宋平生他們便過來郭家接人。

中間錢玉蘭本考慮要不要跟鄧玉瑩道謝，卻被宋平生攔住了。

鄧玉瑩之所以救宋婉兒，不過是以此為籌碼，變相地逼宋婉兒離開罷了。既然鄧玉瑩得到了回報，他們為何還要道謝？

臨別前，鄧氏夫妻都沒有露面，只有郭浩然前來送行。

從頭至尾，郭浩然幾乎沒有看向宋婉兒。在他們離開前，他獨自將一張銀票交給宋婉兒，留下寥寥幾句話。「妳我之間始於一場孽緣，可追根究柢，還是我負妳的多。妳是個好姑娘，以後必定可以找到更好的人託付終身。銀票妳收下，我知道生孩子不容易，這些銀子是我這個不稱職的丈夫、不稱職的父親，僅能給你們的微不足道的補償。」

許久的沈默，郭浩然拿著銀票的手都支撐得有些乏力了。

對面垂著頭的宋婉兒用力吸吸鼻子，突然粗暴地扯接過銀票，然後頭也不回地捧著肚子小跑離開。

馬車轆轆轉動，聲音慢慢由近及遠，直至完全消失不見。

郭浩然收回目光，眼睛落在自己的手背上——上頭有一顆姑娘掉下的淚。

宋婉兒搬到農藥鋪的後院落腳，前頭有大哥及二哥坐鎮，後頭有親娘照顧和開解，日子過得比在郭家不知道順心多少。

除了剛和離那會兒心裡實在堵得慌，天天以淚洗面，後來看著肚子越來越大，胎動越來越頻繁，宋家人又不厭其煩地逗她，她的心情終於好轉不少。

都說為母則強，宋婉兒把心思轉到孩子身上，過去的傷口漸漸結疤，臉上也漸漸有了笑，連帶著氣色都好了許多。

看著小女兒沒那麼難受，錢玉蘭的心情也好了。

除去宋平文的事，宋家也算是撥開雲霧，總算見到陽光了。

雖說如此，宋婉兒和一年前相比還是變了不少，從她私下給宋平生和錢玉蘭道謝就可以看出。

錢玉蘭將這些都看在眼裡，心中難過得快喘不過氣來。自己那個曾經天真嬌氣的小女兒，出嫁不到一年就和離，如今還被逼著成長，這叫她如何忍心？

私底下，姚三春跟宋平生吐槽，真是感情催人淚，生活催人老啊！

平靜的日子在繼續，轉眼間，黃玉鳳的臨盆之日即將到來。

說起來，宋家今年真是紮堆懷孕生娃的一年。先是宋巧雲生了雙胞胎女兒，後來宋婉兒與羅氏又先後懷孕，全家唯一沒動靜的就是姚三春的肚子。

姚三春和宋平生並不急，因為大夫給他們夫妻看過，如今兩人身體都不錯，剩下的就得看緣分了，而且孩子這東西可急不得。

姚三春夫妻不急，但作為婆婆的錢玉蘭卻急了。

人家後成親的孫吉祥都快當爹了，自家二兒子家卻連孩子的影兒都沒有，且村裡人說閒話的也越來越多。但是她也知道自己二兒子是個有主意的，她這個老娘要是催得太急，恐怕反會惹得老二不高興，所以她也只能私底下跟姚三春提了兩次。

她也沒讓姚三春幹啥過分的事情，或者吃啥奇奇怪怪的土方子，就只讓姚三春多摸摸孕婦的肚子，誰家新生了娃娃也去抱一抱而已，目的自然是沾沾孕氣。

對此，姚三春和宋平生皆啼笑皆非，但是面對錢玉蘭求孫若渴的殷切眼神，夫妻倆想著，為了讓錢玉蘭安安心，摸摸孕婦的肚子也沒什麼，便點頭同意了。

於是接下來的日子，姚三春每天不是在捋肚子，就是在捋肚子的路上，羅氏、宋婉兒、黃玉鳳等人的肚子，她都捋了個遍。

不過姚三春懷著的可不是期盼懷子之心，而是更加深刻地意識到生命的神奇，以及做母親的不易。

不過黃玉鳳的肚子她沒能捋幾次，因為轉眼間就到了黃玉鳳生產的日子。

黃玉鳳生產的這日，農藥鋪並未開門。原本宋平生是準備去鎮上開店的，畢竟又不是自己媳婦生孩子，可耐不住孫吉祥對他的一番軟磨硬泡。

說來也是好笑，黃玉鳳懷孕九個多月期間，孫吉祥一直樂呵得瑟得不行，可臨到真要當爹了，他反而不知所措，只能逮住宋平生這個兄弟撐場子加壯膽。

孫吉祥家的院子裡。

裡屋時不時傳來幾聲黃玉鳳痛苦難捱的叫聲，廊簷下的孫吉祥來回踱步，兩手不停地揉搓，雙眼急得快冒火。

最終，他將額頭靠著柱子，兩隻手掐住柱子，道：「老宋，咋辦？孩子還沒生下來，我已急得簡直想撞這根柱子了，你快阻止我！」

一旁的宋平生環著手臂，雙腳交叉，身子歪靠在另一根柱子上，淡定地掃去一眼。「你來回繞圈子繞得我頭暈，所以想撞柱子請隨意，我反而能落得清靜。」

孫吉祥撇嘴瞪宋平生，大步走過去，在他肩膀捶兩下，粗聲粗氣道：「好你個老宋！這時候還打趣我？我倒要看看你當爹的時候，比不比老子平靜？呵！」

宋平生斜眼睨過去，開啟嘲諷技能。「比不上比不上，你可是激動得想撞柱子的人，我甘拜下風。」

孫吉祥食指指著宋平生。「好你個老宋！你嘴巴這麼壞，你媳婦知道嗎？」

宋平生收起腳，站直了身子，輕笑一聲。「姚姚當然不知道，因為我就罵了你一人。」

「你你你……」

兄弟倆三言兩語後又開始吵個沒完。

這麼一插科打諢，孫吉祥緊張的情緒倒是緩和了不少。

又過去了半個時辰，孩子還沒生下來，黃勇一家子卻挑著擔子來了，稻籮裡頭裝著幾隻肥母雞、好些雞蛋，還有利於下奶的豬蹄、魚、花生、黃豆之類的，裝了滿滿兩稻籮。

黃家人一來，小院子裡更是熱鬧了。

黃勇和黃小六父子與孫吉祥沒來得及說幾句話，就聽裡屋一聲痛苦的尖叫，沒過一會兒，便有嬰孩的哭叫聲響起。

這會兒廊簷下的孫吉祥反而呆住了，站在原地不得動彈，直到岳父黃勇實在受不了他的傻樣，重重咳嗽一聲，孫吉祥方才如夢初醒。

孫吉祥黏濕的手心隨意在衣裳擦了兩把，而後跟脫了韁的野狗似的，撒開狗腿就往裡屋衝。

孫吉祥快接近門口時，屋門突然從裡頭被拉開，姚三春捂著嘴巴衝出來，一手推開孫吉祥，然後一路小跑到牆角乾嘔，宋平生緊跟了過去。

孫吉祥呆愣了一瞬，不過心裡最惦記的還是媳婦和孩子，扭頭就跑進屋去。

過沒一會兒，屋裡就傳來孫吉祥興奮無比的大嗓門——

「玉鳳，咱們有閨女了！老子現在真的是老子啦！啊哈哈哈哈哈……」

黃勇、黃小六同時別過臉去。這個人，咱們不認識！

另一頭，宋平生彎下挺直的背脊給姚三春拍背，好看的眉頭都皺起了。「怎麼了姚姚？是不是被裡頭的血噁心到了？早知道就不讓妳進去了！」

姚三春吐完後站起，任由宋平生拿一條暗色巾帕細緻地為她擦拭，黑白分明的眼睛閃爍著莫名的光華，兩朵酒窩都深刻了起來。

宋平生一邊幫她擦拭，清潤的眼眸與姚三春的對上。他見姚三春酒窩深陷，自己不由自主地跟著揚起唇角，嘴上卻揶揄道：「笑什麼笑？難不成還越吐越開心？」

姚三春一手搭上宋平生的肩頭，兩隻眼笑成月牙狀，輕笑道：「老宋啊，我這很可能是孕吐呢，你說我吐得高不高興？」

宋平生直接呆在當場，傻不愣登的樣子，彷彿是哪裡來的二傻子。

姚三春的酒窩更深了，笑靨如花地欣賞著宋平生難得露出的傻樣，雖然他其實本來就很傻。

半晌後，宋平生那雙清潤的眼眸亮度驚人，啞著嗓子傻傻地道：「姚姚……難不成是因為妳剛剛抱了吉祥的孩子？這效率未免也太高了……」

搭在宋平生肩上的手頓時換了個方向，一巴掌拍在他的後腦勺！姚三春磨著後槽牙，哭笑不得。「宋平生，你是不是傻了？」

宋平生被一巴掌拍醒，這才後知後覺地道：「是了，我的孩子跟別人有什麼關係？明明是我自己勤勤懇懇、日夜耕耘……」

姚三春氣瞇了眼，想一巴掌呼死宋平生的心都有了！這男人，平日裡看著也不傻啊，怎麼突然就開始胡言亂語了？

若是往日的宋平生，他必定能發現姚三春情緒上的變化，可是今天的他卻分外遲鈍，一心陷入自己的思緒中。

宋平生的右手放在姚三春的小腹上，神情溫柔。「姚姚，妳說這是兒子還是女兒？不過不管這是兒子還是女兒，咱們要一個就夠了。這裡醫療水平低下，生孩子的風險大，咱們不要那麼多個了，好不好？我突然覺得，上回取的名字配不上咱家孩子，我回頭得再好好動動腦、翻翻書才行……對了，咱們還得抽時間把孩子小學的課程整理出來。雖然妳記性很好，但是聽說懷孕會有影響，咱們得抓緊時間……姚姚，《五年高考三年模擬》的內容妳還記得多少……」

姚三春一臉驚恐地摸著肚子，這男人到底是什麼魔鬼啊？她已經開始擔憂肚子裡孩子的頭髮了。

孫吉祥在裡屋看夠了媳婦和閨女，這才出來跟宋平生打聽他媳婦是不是有了？結果卻見著宋平生呆坐在長凳上，嘴角掛著蜜汁微笑的同時，嘴裡還念叨著一堆亂七八糟的東西——

「宋姚？宋姚姚？不行，跟姚姚撞名了！姚宋？如果是男孩子倒是可以……宋幕姚？很不錯……」

站在一旁被忽視得徹底的孫吉祥，嘴巴快咧到耳後根了，一臉的嘲笑。

就這男人，到底誰給他的勇氣來笑話自己的？

黃玉鳳生產完沒多久，宋平生便帶上姚三春去鎮上醫館看大夫，確認姚三春真的懷上後，夫妻倆當即回農藥鋪。

農藥鋪後院，錢玉蘭正在小廚房裡忙活午飯。

宋婉兒則一個人在小院裡鼓搗鉤針襪子，這種襪子給出生不久的小孩子做鞋子剛剛好。

說起來，宋婉兒這段時間的變化很大，從前她個性鬧騰得很，哪裡能安得下心來做這些？如今卻穩重許多，終於有了當娘的樣子。

錢玉蘭聽到動靜，從廚房出來，就見著自己二兒子大剌剌地牽著媳婦進來，兩人臉上的笑意就如同那春日的暖陽，整個小院都被照得暖融融的。

錢玉蘭在青布圍裙上擦手，不自覺地跟著露出一抹笑。「老二，你跟你媳婦笑啥呢？中飯可吃了？」

宋平生側頭與身旁人對視一笑，回道：「娘，妳老不是天天念叨著要抱孫子嗎？我和姚姚才從醫館出來，大夫說妳恐怕要夢想成真了。」

錢玉蘭「啊」了一聲，回過勁後猛地一拍大腿，激動地看著夫妻倆。「可是真的啊？」說完不等宋平生回答，她雙手合十，笑得見牙不見眼。「真是老天保佑啊！我說了吧，摸婉兒她們的肚子肯定管用，你們聽我的準沒錯！瞧，這不就有了？呵呵呵……」

宋平生笑著附和。「是，咱們兩口子都得感謝娘，回頭得給娘妳一個大紅包感謝才成！」

錢玉蘭捂著嘴笑，怎麼也止不住。「臭小子，嘴巴是越來越貧了！」

宋婉兒被錢玉蘭他們的笑感染，也不由得跟著笑起來，小小的院子裡一派和樂融融。

咚咚咚……

前廳傳來敲門聲。

宋平生去鋪子前廳開門，就見來人正是郭家的家僕，對方將一封信交到宋平生手裡便離去。

宋平生走進院子後打開信，看了幾行後，神色有幾分怪異。

錢玉蘭沒忍住，湊上去看信，雖然上頭的字她一個也不認識。「平生，上頭寫的啥？字認得全不？要不要叫人幫咱們看看？」

宋平生擺手，目光從信紙上移開，不動聲色地道：「娘，信我看明白了。郭浩然說，宋平文他在沖山縣被逮住了，如今正被關在大牢裡。」

錢玉蘭臉上的笑被凍住一般，飛快消失不見。

坐在凳子上的宋婉兒同樣神情陰鬱，咬牙問道：「二哥，宋平文真的被抓住了？他那麼陰險狡詐的人，竟然也有今天？我真——」當宋婉兒的眼角餘光掃過錢玉蘭蒼白的面孔時，後面的話突然就說不下去了。

錢玉蘭意識到三個人都在看她，便強撐著道：「是啊，我以為官府抓他還要費上好一番功夫，沒想到突然就抓到了……」

宋平生慢條斯理地摺疊信紙，垂著眸子不緊不慢地道：「信上說，宋平文快要出省時路遇劫匪，身上的銀錢被搶了個精光，他便跑去沖山縣衙門報案，而鄧家當官的親戚剛好就在沖山縣當差。宋平文當場被抓，反倒是省去了人家通緝的功夫。」

坐在長凳上的姚三春聞言，想笑又不敢笑。宋平文偷了土匪的錢，結果路上又被土匪搶了，報官就剛好報到鄧家親戚手裡。緣分這東西，當真是「妙不可言」啊！

不知情況的宋婉兒見她二嫂憋著笑，看得雲裡霧裡的，這事有什麼好笑的？

宋平生再抬起眸子，直直望向錢玉蘭。「郭浩然還問，我們要不要去沖山縣探監？他可以安排。」

姚三春及宋婉兒的目光同時望向錢玉蘭。

錢玉蘭揑住青布圍裙，忘了鬆手，不知揑了多久後，才擠出幾句話。「我說了，就當沒有這個兒子，我還管他做什麼？不去！」說完，腳步稍顯凌亂地小跑進廚房。

留下宋平生三個人面面相覷。

宋婉兒猶豫著道：「……二哥，娘她心裡還不知道怎麼難受呢？」

宋平生輕抬眉梢，神色突然多了幾分冷峻。「我也不想娘管這事，就讓宋平文在大牢裡好好吃苦頭吧！都是他應受的！」說到這兒，他的唇角勾起一抹冷峭的弧度。

其實還有一事他沒有宣之於口——鄧玉瑩已知道，當初是宋平文從中作梗，才有了郭浩然和宋婉兒的這段孽緣，她心裡還不知道如何恨毒了宋平文呢？

宋平文唆使人殺人，有犯罪事實，再加上鄧家從中操作，宋平文恐怕要坐很久的牢了。

而且宋平文接下來的牢獄生活，注定不會好過。

宋平文千算萬算，肯定想不到鄧家還有當官的親戚，而且恰好就在沖山縣做官，更想不到鄧家人會幫助宋家抓他。

當真是時也，命也。

宋平文被抓進大牢一事，除了錢玉蘭心情低落外，宋家其他人卻都是大鬆了一口氣。

尤其是宋婉兒，這幾個月以來，她已經很久沒能出門閒逛了，連想回趟老槐樹村都不行。

宋平生和姚三春不必多說，恨不得放幾稻籮的鞭炮慶祝一番。

至於宋平東，他對宋平文的厭惡已經超過兄弟情，雖說宋平文進大牢他內心覺得複雜，也憋悶，但是總比宋平文出來害人要好。

無論如何，宋平文被關進大牢，宋家終於迎來徹底的安寧，縈繞在他們心頭的烏雲終於開始散開了。

時光飛逝，天氣轉冷，轉眼又快接近年底。如今宋家真是孕婦大本營，姚三春的肚子還不太明顯，羅氏和宋婉兒的肚子卻都大得很，大冬天的都不太敢出門，最多只能在院子裡曬曬太陽。

接近年底，自然是要一家團圓的，羅氏從娘家回來不必提，宋婉兒也在某個晚上被接回老槐樹村，如今宋家一家子總算齊整了。

除了宋平文。

臘月二十三，過小年的日子，宋平生、宋平東帶上錢玉蘭，一家子來到本省最北方的沖山縣，進大牢探宋平文的監。

大牢裡潮濕陰暗，充斥著刺鼻難聞的味道，這是宋平生三人踏進大牢的第一印象。縣裡的牢房並不算多，因此許多牢房單間裡塞了許多人，宋平文所在的牢房也是如此。

宋平生三人一步一步來到宋平文的牢房前。入目便是稻草鋪底的地面，以及四個蓬頭垢面、看不出模樣的犯人；入鼻的是牆角尿桶發出的陣陣騷臭味；入耳的是沒臉大的窗口發出的陣陣呼嘯的風聲。

三人皆是第一次來大牢探監，看到大牢裡是這副骯髒的景象，都不免有些消化不了，一時間沒人說話。

這時，最靠近尿桶位置的人在稻草和薄被裡翻了個身，餘光裡突然出現三道身影，那身影熟悉又陌生，令他一個激靈，清醒了過來。

宋平文就彷彿瀕臨死亡的人突然看到救星，身體中潛藏的能量一下子迸發出來，猛地從被窩裡跳出來，兩步跨到牢門前。

因為他動作太大，中間還踩到一個人的腳，那人當即目露凶光地瞪過去，眼中的煞氣都遮擋不住，還極囂張地罵了幾句，看樣子要不是門口有人，他恐怕已撲上去揍宋平文一頓了。

而宋平文只敢忌憚地弓腰道歉，態度不可謂不諂媚低下。他現在的樣子，就彷彿是一隻落入狼群的羊，只有被欺負、被欺壓的分兒，好不可憐。

可是宋平文在意不了那麼多，他雙手緊緊抓住牢房門的柱子，泛著紅絲的右眼亮度驚人，激動得話都說不索利了。「娘、大哥、二哥！你們是、是來帶我回家的嗎？你們快救救我！我不能再在大牢裡待著了，不然我會沒命的！」

他攤開手，露出舊疤添新傷的手心，以及皴裂到皮肉都綻開的手背。總而言之，兩隻手粗糙得令人目不忍睹。

不僅如此，短短幾個月，宋平文竟然瘦得臉頰凹陷、雙眼無神，臉上還被人打得鼻青臉腫的，再加上鬍子拉碴和結塊的頭髮，簡直不成人樣，恐怕還沒路邊的乞丐體面。

這樣落魄的宋平文，與考上童生時的意氣風發，完全判若兩人。

看到這樣的宋平文，錢玉蘭的心一抽一抽的疼，踉蹌著後退一小步，還好被宋平東扶穩。

宋平文見到他娘心疼成這樣，心裡更添了幾分底氣，一臉祈求地凝望著錢玉蘭，苦苦哀求。「娘，我知道您心裡還是疼我的……娘，這回我真的後悔了！以前、以前是我太年輕，不知道好歹，現在我知道了，這世上只有您是真的對我好的，再沒有其他人像您這般真心待我了！娘，我真的錯了！」說著說著，宋平文的眼淚掉了下來，與掛著的鼻涕一相逢，那便勝卻人間無數噁心的東西。

宋平生和宋平東對視一眼。宋平文哭得倒是真情實意，可是讓他們相信宋平文經過幾個月的磨練，一下子就洗心換面了？他們不信！

不僅他們不信，連他親娘錢玉蘭都不信。可畢竟是從她肚子裡出來的兒子，她明知道沒幾分真，一顆心還是跟著抽疼。

錢玉蘭不想再聽下去，垂下眸子，袖子下的指甲狠狠掐進肉裡，只有疼痛才能讓她冷靜下來。「你別說了，我不是來接你回家的。」錢玉蘭眼沒抬，只平鋪直敘地說道。

還在哭慘的宋平文彷彿突然被人掐住脖子，剩下的話全部吞進了肚子裡。下一刻，宋平文爆發出更大聲的動靜。「娘，您要相信我啊！我是您親兒子，您千萬不能不管我啊！」他扯著嗓門大喊大叫，力氣大得牢房的柱子都被晃得「嘎吱」作響，彷彿要散了架一般。「娘，我知道錯了，我真的知道錯了！我以後什麼都聽您的，您千萬別不管我啊！這大牢我真的一刻都待不下去了，我難受啊！」宋平文幾乎是歇斯底里地喊道。

道歉認錯或許不是真情實意，但是他想出大牢的心卻比黃金還真。

自從他被關進大牢後，這幾個月來他嘗盡了人生的艱苦，吃不飽、穿不暖、睡不好，每天一睜眼就要去勞動幹活，辛苦不必多說，受傷更是常有的事情。而且獄卒不把他當人看，天天拿鞭抽他，現今身上一堆的傷，連睡覺都疼。

這些還是白天受的苦，到了晚上，同牢房裡另外三個大漢動輒對他拳打腳踢，不管有沒有理由。因為牢獄生活太乏味，他們就折磨他來取樂。這三個人皆是殺過人的犯人，一身煞氣，根本不是他一個文弱書生能比的。一開始他反抗過兩次，結果差點連小命都被折磨沒了！從此以後，他再也不敢有反抗的念頭，只能唯唯諾諾、伏低做小。

宋平文前半輩子順風順水，見過最大的惡事也不過是被親妹妹戳瞎眼睛，但把宋婉兒跟牢房裡這三位窮凶極惡還殺過人的煞神相比，壓根兒不值得一提。

在牢獄裡度過非人的幾個月生活後，宋平文哪裡還記得仇恨？如今他腦子裡只有一件事，那就是離開這兒、離開大牢！只要能留著一條命，就該千恩萬謝了。

果真，這世上還是軟的怕硬的，硬的怕橫的。

人，終究還是怕死的。

不知何時，錢玉蘭已是淚流滿面，但她始終不與宋平文對視，努力控制自己不去想宋平文受的苦，而是捂住耳朵，喘著粗氣，從牙縫裡擠出字來，一字一句地道：「宋平文，我來是要告訴你，我這個當娘的對你已經是仁至義盡。從今往後，我錢玉蘭就沒有你這個兒子！以後你好也罷、壞也罷，都跟我沒關係，你自己好自為之！」最後一個字落下後，錢玉蘭捂著嘴，頭也不回地跑了出去，背影有幾分說不出的蕭索。

錢玉蘭這番話不啻一道晴天霹靂，劈得宋平文的腦子一陣陣發懵，覺得眼前的景象都開始模糊了。

等他醒過神來，他已經扶著柱子癱坐在地上，渾身被人抽乾了力氣一般，腦子更像被人砍過，鈍痛感猛地襲來，他疼得說不出話來。

他的娘，不要他了？

他的娘，怎麼能不管他呢？

做母親的怎麼能不要自己的孩子了呢？

怎麼可以?!

宋平生讓宋平東先出去追錢玉蘭，只留他一個人站在牢房門前，但是他沒說話，彷彿饒有興致地欣賞著宋平文失魂落魄的樣子。

不過，他其實在觀察宋平文，觀察宋平文眼裡還有多少仇恨？

毫不意外地，宋平文眼底藏著徹骨的仇恨，比那寒冬的冰還要冷，比壓城的黑雲還要陰沈，宋平生只能在心底無奈地嘆了口氣。

錢玉蘭斷絕母子關係是好，但是對於宋平文的處理，還是太過天真理想化了。

人心是複雜的，但也有跡可循，如今的宋平文就是一個快被逼上絕路的罪犯，你越壓迫他，他的殺傷力就越大。

當他一無所有，心中只有滔天的憎恨與戾氣，這時候的他就是個行走的炸彈，正所謂光腳的不怕穿鞋的，你不知道他什麼時候會撲上來給你致命一擊。

錢玉蘭同宋平文斷絕關係沒有錯，可是當宋平文被全世界拋棄了，他恐怕已經把宋家所有人都恨上，而且是恨不得一刀捅死的那種恨。

事到如今，宋平文就是一顆埋在宋家的不定時炸彈，宋平生深知這一點，所以他絕對不能讓這件事發生。

宋平文癱在地上半天，再抬起頭時，眼中的恨意肆意翻騰，瘋狂到要摧毀一切。「你還沒走？是笑話還沒看夠？」宋平文陰惻惻地笑著，聲音沙啞得彷彿被尖銳的石子劃過。

這般的宋平文，很像剛從地獄爬出來的厲鬼。

但宋平生居高臨下地望著他，神情寡淡至極。「因為，這注定是咱們兄弟這輩子最後一次見面啊……」

宋平文愣然。

宋平生從大牢出來後，重重地吐出一口濁氣，心中已經有了決斷。

這世道尊崇孝道，謀殺害死父母者，其罪當誅，宋平文氣死宋茂山便是大罪。

不過，他並不想要宋平文的命，他只要宋平文一輩子待在大牢裡。

春節一過，轉眼又是一年。

新的一年開始沒多久，宋婉兒和羅氏竟然在同一天生產，最後宋婉兒生了兒子，羅氏生了白白胖胖的閨女。

宋家雙喜臨門，姚三春家也是喜事不斷。

先是錢興旺給他們拉了一位大地主客戶，一下子買了上千兩的農藥，讓姚三春兩口子賺得盆滿缽滿。

再就是去年整個縣的收成都很好，縣裡竟然還嘉獎了姚姚農藥鋪，這讓姚姚農藥鋪的名聲更加聲名遠揚，根本不愁沒生意上門。

第三件喜事，只有宋平生不覺得是喜事，那就是醫館大夫確診，姚三春懷的是雙胎！

都說是人逢喜事精神爽，今年開始，宋家的面貌就煥然一新，包括宋婉兒在內的所有人，日子都越過越有奔頭。

這一日，春光明媚。

孫吉祥，以及包括宋巧雲在內的所有宋家人，都聚集在姚三春家的大院子裡。

孫吉祥懷裡抱著小女兒，蹺著二郎腿道：「我說老宋，你一下子把我們這麼多人叫過來，是有啥大事啊？老子還要回家洗尿布，忙著呢！」

其他人好一陣哄笑。

宋平生清潤的眼眸含著笑意，與姚三春對視一笑，隨後邁開長腿站在眾人前頭，笑著道：「今天我是有事要說，這事要比洗尿布來得重要一點，所以孫吉祥，請你暫時克制一下想洗尿布的衝動，謝謝。」

姚三春帶頭，眾人好一頓無情恥笑。

好在孫吉祥這人臉皮厚，毫不在意，甚至還跟著大家一起笑起來。

等眾人笑夠了，宋平生才繼續說道：「是這樣的，我跟姚姚如今有一個賺錢的點子。有一種用腳踩的打稻機，這東西省時省心又省力氣，還比牛便宜非常多，所以不用說，前景肯定非常好。」目光再次落到姚三春身上，眼神柔軟了三分。「我跟姚姚商量過，咱們是自家人，有錢賺當然要拉自家人一把，所以我把這事告訴大家，至於賺多賺少，這得看你初期的投入。至於娘的那份，由我們夫妻出。」

宋、孫兩家人你看看我、我看看你，一時間還沒反應過來。

姚三春捧著肚子站起來，瞋了宋平生一眼，道：「看你說話慢吞吞的樣子，簡直急死個人。」再扭頭朝其他人笑道：「大家肯定被宋平生這人說得雲裡霧裡的吧？咱們還是先看看腳踩打稻機長得啥樣，再來打算，好嗎？」

眾人紛紛應和。

片刻後，孫吉祥扯開嗓子發出一聲吼。「入入入！我這就回去拿錢，你給我等著！」說著便風風火火地往家奔去。

其他人也不甘落後，一個兩個地跑著回去拿錢。

有錢不賺，是傻子啊！

轉眼間，院子裡只剩下姚三春和宋平生。

宋平生攬住姚三春的肩，姚三春垂眸看肚子，宋平生低首看姚三春。

夫妻倆的神情，是如出一轍的溫柔專注。

半晌後，姚三春漾起酒窩，開玩笑道：「真的確定咯？要帶親朋好友一起發財、一起吃香喝辣？不許後悔喔！」

宋平生低低地笑了兩聲。「如今光是農藥生意就夠我們吃穿不愁了，打稻機的生意分出去也沒關係。再說了，我有妳，便什麼都不缺了。」

攬住姚三春肩膀的手緊了緊，愉悅的聲音融化在春風裡……

——全書完

狗屋★2020週年慶

# 無事 就在家看書吧！

5/18(8:30)~5/28(23:59)

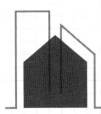

## READ MORE, STAY HOME

不需人擠人，輕鬆挑書送到家

### ◆ **週年慶**期間**75**折，快來瞧瞧**神農如何出頭天**！

新書　文創風 849-851《神農小倆口》全三冊

### ◆ 新歡與老友的回憶時光

| | |
|---|---|
| 75折 | 文創風805-848 |
| 7折 | 文創風750~804 |
| 6折 | 文創風640~749 |

### 小狗章專區

| | |
|---|---|
| 每本 100 元 | 文創風526~639 |
| 每本 50 元 | 文創風001~525、橘子說/花蝶/采花全系列（典心、樓雨晴除外） |
| 每本 15 元 | PUPPY 439~522 |
| 每本 10 元 | PUPPY 001~438、小情書全系列 |

更多活動請上 f 狗屋天地

週年慶優惠**75**折，一套三冊只要**564**

雖説農民都有自己的土方子殺蟲，但效果……就一般般，
她慶幸自己從小記憶力極佳，閒暇時看的農書有了用武之地，
不是她自誇，她調配的各式農藥水一灑，蟲蟲大軍無一不投降，
無論古今，莊稼就是農民的命根子，所以她家的農藥肯定會大賣，
這不，賣出去的藥水成效驚人，生意蒸蒸日上，財源滾滾來啊！

文創風 849-851《神農小倆口》全套三冊

她原本是個人美心善的白富美，還嫁了個愛慘她的好老公，
豈料，突如其來的一場車禍奪走了小倆口的性命，
本以為幸福美滿的生活就此結束，幸好老天沒對兩人趕盡殺絕，
他們附身在古代一對溺水而亡的農家夫妻身上，重、生、了！
但……老天爺在讓他們穿越的時候，是不是哪個環節出了錯？
她這夫君宋平生是個渾不吝的二流子，而她姚三春更是有名的潑婦耶，
之所以丟了小命，全因他內心另有意中人，彼此大打出手時意外落水！
也就是説，一對恩愛的神仙眷侶，今後要扮演起厭惡彼此的小夫妻？
更糟的是，甦醒沒三天，他們這房就被迫分家，鄉親們還覺得大快人心！
原來兩人的名聲這麼差，已經到了人憎狗嫌的地步嗎？這下該如何是好？
而且雖然分家時得了田宅，但將他們掃地出門的宋老頭卻一文錢都沒給，
所以小倆口如今很窮，非常窮，窮到快揭不開鍋、沒飯吃的地步啦！
何況那老宅是個一下雨就四處漏水的破屋子，根本沒法久住，
最慘絕人寰的是，她又黑又瘦，容貌令人驚「厭」，相公卻擁有驚人的美貌……
老天爺要這樣玩她就是了？那就來吧，她可不是會輕易屈服於命運的人！

# 旺來好評推推

在家就是防疫，狗屋精挑細選好評書單，錯過真的母湯～～

## 文創風 750-754《妙手福醫》全套五冊

重生一世，爹不疼娘不愛的程蘊寧沒啥了不起的大志向，
只想著醫好被滾水燙壞的容顏，還有為她試藥而中毒的祖父，
她已非昔日任人揉捏的無知幼女，修理算計她的人不過小菜一碟，
孰料卻引來行事不羈的陸九公子注意，不但吃光她的藥膳，還賴上她了？!

## 文創風 815-818《醫世好妻》全套四冊

憶起前世慘遭養姊毒手的悲劇，定國公府嫡女宋凝姝實在嚥不下這口氣——
先是設計她跟家人離心後被黑豹咬死，然後踩著宋家往上爬，再一腳踢開，
身為冤魂的她卻什麼都不能做，只能眼睜睜看定國公府毀在那惡毒女子手裡。
如今重活一世，她定要揪出養姊的狐狸尾巴為家族除害，奪回自己的人生！
眼看事事皆按預想發展，孰料一場遇襲，讓她跟蜀王傅瀲之意外牽上了線……

## 文創風 836-838《二嫁榮門》全套三冊

她名叫簡淡，但日子過得……可真不簡單！
因為雙胞胎剋親的傳言，自小爹不疼娘不愛，只得在祖父關照下寄居親戚家，
學得製瓷巧藝回本家後，又被迫代替嬌弱的胞姊出嫁，最後落得橫死下場。
這回重生，她不打算再悲催一次，定要保全自己，還要做瓷器生意賺大錢！
有祖父當靠山，她忙著習武強身、精進手藝，唯一苦惱的是隔壁王府的沈餘之，
此人正是前世早早病亡，害她沖喜不成，嫁人三月便做了寡婦的罪魁禍首！

更多精采故事請見官網→ love.doghouse.com.tw

※ 小叮嚀——

(1) 請於訂購後**兩日內**完成付款，最後訂購於2020/5/30前完成付款才算有效訂單喔！
(2) 活動期間親自至本社購買亦享有相同折扣，請先電話聯絡確認欲購書籍，以方便備書。
(3) 購書滿千元(含)以上免郵資。未滿千元部分：
郵資65元(2本以下郵資50元)／超商取貨70元，限7本以內／宅配100元。
(4) 特賣書籍因出書時間較久，雖經擦拭、整理，仍有褪色或整飾痕跡，故難免不如新書亮麗。
除缺頁、倒裝外無法換書，因實在無書可換，但一定會優先提供書況較良好的書給大家。
若有個人原因需要換書，需自付來回郵資。
(5) 各書籍庫存不一，若遇缺書情形可選擇換書或退款。
(6) 歡迎海外讀者參與(郵資另計)，請上網訂購或是mail至love小姐信箱
(love@doghouse.com.tw)詢問相關訊息。

**狗屋有權修改優惠活動的實施權益及辦法。**

文創風
851

# 神農小倆口 3 完


國家圖書館出版品預行編目資料

神農小倆口 / 安小橘著. --
初版. -- 臺北市 : 狗屋, 2020.05
冊 ; 公分. --（文創風）
ISBN 978-986-509-108-8（第3冊：平裝）. --

857.7　　　　109004255

著作者　安小橘
編輯　黃淑珍
校對　黃薇霓
發行所　狗屋出版社有限公司
地址　台北市104中山區龍江路71巷15號1樓
電話　02-2776-5889～0
發行字號　局版台業字845號
法律顧問　蕭雄淋律師
總經銷　知遠文化事業有限公司
電話　02-2664-8800
初版　2020年05月
國際書碼　ISBN-13　978-986-509-108-8

本著作物由北京晉江原創網絡科技有限公司授權出版

定價250元
狗屋劃撥帳號：19001626
網址：love.doghouse.com.tw　E-mail：love@doghouse.com.tw